季羡林 著

读书与做人

北京出版集团

北京十月文艺出版社

序 "天下第一好事，还是读书"

古今中外赞美读书的名人和文章，多得不可胜数。张元济先生有一句简单朴素的话："天下第一好事，还是读书。""天下"而又"第一"，可见他对读书重要性的认识。

为什么读书是一件"好事"呢？

也许有人认为，这问题提得幼稚而又突兀。这就等于问"为什么人要吃饭"一样，因为没有人反对吃饭，也没有人说读书不是一件好事。

但是，我却认为，凡事都必须问一个"为什么"，事出都有因，不应当马马虎虎，等闲视之。现在就谈一谈我个人的认识，谈一谈读书为什么是一件好事。

凡是事情古老的，我们常常总说"自从盘古开天地"。我现在还要从盘古开天地以前谈起，从人类脱离了兽界进入人界开始谈。人成了人以后，就开始积累人的智慧，这种智慧如滚雪球，越滚越大，也就是越积越多。禽兽似乎没有发现有这种本领，一只蠢猪一万年以前是这样蠢，到了今天仍然是这样蠢，没有增加什么智慧。人则不然，不但能随时增加智慧，而且根据我的观察，增加的速度越来越快，犹如物体从高空下坠一般。到了今天，达到了知识爆炸的水平。最近一段时间以来，"克隆"使全世界的人都大吃一惊。有的人竟忧心忡忡，不知这种技术发展伊于胡底。信耶稣教的人担心将来一旦"克隆"出来了人，他们的上帝将向何处躲藏。

人类千百年以来保存智慧的手段不出两端：一是实物，比如长城等等；二是书籍，以后者为主。在发明文字以前，保存智慧靠记忆；文字发明了以后，则使用书籍。把脑海里记忆的东西搬出来，搬到纸上，就形成了书籍，书籍是贮存人类代代相传的智慧的宝库。后一代的人必须读书，才能继承和发扬前人的智慧。人类之所以能够进步，永远不停地向前迈进，靠的就是能读书又能写书的本领。我常常想，人类向前发展，犹如接力赛跑，第一代人跑第一棒；第二代人接过棒来，跑第二棒，以至第三棒、第四棒，永远跑下去，永无穷尽，这样智慧的传承也永无穷尽。这样的传承靠的主要就是书，书是事关人类智慧传承的大事，这样一来，读书不是"天下第一好事"又是什么呢？

但是，话又说了回来，中国历代都有"读书无用论"的说法，读书的知识分子，古代通称之为"秀才"，常常成为被取笑的对象，比如说什么"秀才造反，三年不成"，是取笑秀才的无能。这话不无道理。在古代——请注意，我说的是"在古代"，今天已经完全不同了——造反而成功者几乎都是不识字的痞子流氓，中国历史上两个马上皇帝，开国"英主"，刘邦和朱元璋，都属此类。诗人只有慨叹"可惜刘项不读书"。"秀才"最多也只有成为这一批地痞流氓的"帮忙"或者"帮闲"，帮不上的，就只好慨叹"儒冠多误身"了。

但是，话还要再说回来，中国悠久的优秀的传统文化的传承者，是这一批地痞流氓，还是"秀才"？答案皎如天日。这一批"读书无用论"的现身"说法"者的"高祖""太祖"之类，除了镇压人民剥削人民之外，只给后代留下了什么陵之类，供今天搞旅游的人赚钱而已。他们对我们国家竟无贡献可言。

总而言之，"天下第一好事，还是读书"。

1997年4月8日

目　录

第二部分　做人

读

书

第 一 部 分

我在清华大学念书的时候

　　我少无大志，从来没有想到做什么学者。中国古代许多英雄，根据正史的记载，都颇有一些豪言壮语，什么"大丈夫当如是也"，什么"彼可取而代也！"又是什么"燕雀焉知鸿鹄之志哉"，真正掷地作金石声，令我十分敬佩，可我自己不是那种人。

　　在我读中学的时候，像我这种从刚能吃饱饭的家庭出身的人，唯一的目的和希望就是——用当时流行的口头语来说——能抢到一只"饭碗"。当时社会上只有三个地方能生产"铁饭碗"：一个是邮政局，一个是铁路局，一个是盐务稽核所。这三处地方都掌握在不同国家的帝国主义分子手中。在那半殖民地社会里，"老外"是上帝。不管社会多么动荡不安，不管"城头"多么"变幻大王旗"，"老外"是谁也不敢碰的。他们生产的"饭碗"是"铁"的，砸不破，摔不碎。只要一碗在手，好好干活，不违"洋"命，则终生会有饭吃，无忧无虑，成为羲皇上人。

我的家庭也希望我在高中毕业后能抢到这样一只"铁饭碗"。我不敢有违严命，高中毕业后曾报考邮政局。若考取后，可以当一名邮务生。如果勤勤恳恳，不出娄子，干上十年二十年，也可能熬到一个邮务佐，算是邮局里的一个芝麻绿豆大的小官了；就这样混上一辈子，平平安安，无风无浪。幸乎？不幸乎？我没有考上。大概面试的"老外"看我不像那样一块料，于是我名落孙山了。

在这样的情况下，我才报考了大学。北大和清华都录取了我。我同当时众多的青年一样，也想出国去学习，目的只在"镀金"，并不是想当什么学者。"镀金"之后，容易抢到一只饭碗，如此而已。在出国方面，我以为清华条件优于北大，所以舍后者而取前者。后来证明，我这一宝算是押中了。这是后事，暂且不提。

清华是当时两大名牌大学之一，前身叫留美预备学堂，是专门培养青年到美国去学习的。留美若干年镀过了金以后，回国后多为大学教授，有的还做了大官。在这些人里面究竟出了多少真正的学者，没有人做过统计，我不敢瞎说。同时并存的清华国学研究院，是一所很奇特的机构，仿佛是西装革履中一袭长袍马褂，非常不协调。然而在这个不起眼的机构里却有名闻宇内的四大导师：梁启超、王国维、陈寅恪、赵元任。另外有一名年轻的讲师李济，后来也成了大师，担任了台湾"中央研究院"的院长。这个国学研究院，与其说它是一所现代化的学堂，毋宁说它是一所旧日的书院。一切现代化学校必不可少的烦琐的规章制度，在这里似乎都没有。师生直接联系，师了解生，生了解师，真正做到了循循善诱，因材施教。虽然只办了几年，梁、王两位大师一去世，立即解体，然而所创造的业绩却是非同小可。我不确切知道究竟毕业了多少人，估计只有几十个人，但几乎全都成了教授，其中有若干位还成了学术界的著名人物。听史学界的朋友说，中国20世纪30年代后形成了一个学术派别，名叫"吾师派"，大概是由某些人写文章常说的"吾师梁任公""吾师王静安""吾师陈寅恪"等衍变而来的。从这一件小事也可以看到清华国学研究院在学术界影响之大。

吾生也晚，没有能亲逢国学研究院的全盛时期。我于1930年入清华时，留美预备学堂和国学研究院都已不再存在，清华改成了国立清华大学。清华有一个特点：新生投考时用不着填上报考的系名，录取后，再由学生自己决定入哪一个系；读上一阵，觉得不恰当，还可以转系。转系在其他一些大学中极为困难——比如说现在的北京大学，但在当时的清华，却真易如反掌。可是根据我的经验：世上万事万物都具有双重性。没有入系的选择自由，很不舒服；现在有了入系的选择自由，反而更不舒服。为了这个问题，我还真伤了点脑筋。系科盈目，左右掂量，好像都有点吸引力，究竟选择哪一个系呢？我一时好像变成了莎翁剧中的Hamlet（哈姆雷特）碰到了To be or not to be—That is the question（生存还是毁灭，这是一个值得考虑的问题）。我是从文科高中毕业的，按理说，文科的系对自己更适宜。然而我却忽然一度异想天开，想入数学系，真是"可笑不自量"。经过长时间的考虑，我决定入西洋文学系（后改名外国语文系）。这一件事也证明我"少无大志"，我并没有明确的志向，想当哪一门学科的专家。

当时的清华大学的西洋文学系，在全国各大学中是响当当的名牌。原因据说是由于外国教授多，讲课当然都用英文，连中国教授讲课有时也用英文。用英文讲课，这可真不得了呀！只是这一条就能够发聋振聩，于是就名满天下了。我当时未始不在被振发之列，又同我那虚无缥缈的出国梦联系起来，我就当机立断，选了西洋文学系。

从1930年到现在，六十七个年头已经过去了。所有的当年的老师都已经去世了。最后去世的一位是后来转到北大来的美国的温德先生，去世时已经活过了一百岁。我现在想根据我在清华学习四年的印象，对西洋文学系做一点评价，谈一谈我个人的一点看法。我想先从古希腊找一张护身符贴到自己身上："吾爱吾师，吾尤爱真理。"有了这一张护身符，我就可以心安理得，能够畅所欲言了。

我想简略地实事求是地对西洋文学系的教授阵容做一点分析。我说"实事求是"，至少我认为是实事求是，难免有不同的意见，这就是平常所谓的"仁者见仁，智者见智"了。我先从系主任王文显教授谈起。他的英文极好，能用英文写剧本，没怎么听他说过中国话。他是莎士比亚研究的专家，有一本用英文写成的有关莎翁研究的讲义，似乎从来没有出版过。他隔年开一次莎士比亚的课，在堂上念讲义，一句闲话也没有。下课铃一摇，合上讲义走人。多少年来，都是如此。讲义是否随时修改，不得而知。据老学生说，讲义基本上不做改动。他究竟有多大学问，我不敢瞎说。他留给学生最深的印象是他充当冰球裁判时那种脚踏溜冰鞋似乎极不熟练的战战兢兢如履薄冰的神态。

现在我来介绍温德教授。他是美国人，怎样到清华来的，我不清楚。他教欧洲文艺复兴文学和第三年法语。他终身未娶，死在中国。据说他读的书很多，但没见他写过任何学术文章。学生中流传着有关他的许多逸闻趣事。他说，在世界上所有的宗教中，他最喜爱的是伊斯兰教，因为伊斯兰教的"天堂"很符合他的口味。学生中流传的逸闻之一就是：他身上穿着五百块大洋买来的大衣（当时东交民巷外国裁缝店的玻璃橱窗中摆出一块呢料，大书"仅此一块"。被某一位冤大头买走后，第二天又摆出同样一块，仍然大书"仅此一块"。价钱比平常同样的呢料要贵上5～10倍），腋下夹着十块钱一册的《万人丛书》（*Everyman's Library*）（某一国的老外名叫Vetch，在北京饭店租了一间铺面，专售西书。他把原有的标价剪掉，然后抬高四五倍的价钱卖掉），眼睛上戴着用八十块大洋配好但把镜片装反了的眼镜，徜徉在水木清华的林荫大道上，昂首阔步，醉眼蒙眬。

现在介绍翟孟生教授。他也是美国人，教西洋文学史。听说他原是清华留美预备学堂的理化教员。后来学堂撤销，改为大学，他就留在西洋文学系。他大概是颇为勤奋，确有著作，而且是厚厚的大大的巨册，在商务印书馆出版，书名叫*A Survey of European Literature*（《欧洲文学史纲》）。读了可以对欧洲文学得到一个完整的概念。但是，书中错误颇多，特别是在叙述某一部名作的故事内容中，时有张冠李戴之处。学生们推测，翟老师在写作此书时，手头有一部现成的欧洲文学史，又有一本Story Book（故事书），讲一段文学发展的历史事实；遇到名著，则查一查Story Book，没有时间和可能尽读原作，因此对名著内容印象不深，稍一疏忽，便出讹误。不是行家出身，这种情况实在是难以避免的。我们不应苛责翟孟生老师。

现在介绍吴可读教授。他是英国人，讲授中世纪文学。他既无著作，也不写讲义。上课时他顺口讲，我们顺手记。究竟学到了些什么东西，我早已忘到九霄云外去了。他还讲授当代长篇小说一课。他共选了五部书，其中包括当时才出版不太久但已赫赫有名的《尤利西斯》和《追忆逝水年华》。此外还有托马斯·哈代的《还乡》，吴尔芙和劳伦斯各一部。第一二部谁也不敢说完全看懂。我只觉迷离模糊，不知所云。根据现在的研究水平来看，我们的吴老师恐怕也未必能够全部透彻地了解。

现在介绍毕莲教授。她是美国人。我也不清楚她是怎样到清华来的。听说她在美国教过中小学。她在清华讲授中世纪英语，也是一无著作，二无讲义。她的拿手好戏是能背诵英国大诗人Chaucer（乔叟）的*Canterbury Tales*（《坎伯雷故事集》）开头的几段。听老同学说，每逢新生上她的课，她就背诵那几段，背得滚瓜烂熟，先给学生一个下马威。以后呢？以后就再也没有什么新花样了。年轻的学生们喜欢品头论足，说些开玩笑的话。我们说：程咬金还能舞上三板斧，我们的毕老师却只能砍上一板斧。

下面介绍两位德国教授。第一位是石坦安，讲授第三年德语。不知道他的专长何在，只是教书非常认真，颇得学生的喜爱。此外我对他便一无所知了。第二位是艾克，字锷风。他算是我的业师，他教我第四年德文，并指导我的学士论文。他在德国拿到过博士学位，主修的好像是艺术史。他精通希腊文和拉丁文，偏爱德国古典派的诗歌，对于其名最初隐而不彰后来却又大彰的诗人荷尔德林（Hölderlin）情有独钟，经常提到他。艾克先生教书并不认真，也不愿费力。有一次我们几个学生请他用德文讲授，不用英文。他便用最快的速度讲了一通，最后问我们："Verstehen Sie etwas davon？"（你们听懂了什么吗？）我们瞠目结舌，敬谨答曰："No！"从此天下太平，再也没有人敢提用德文讲授的事。他学问是有的，曾著有一部厚厚的《宝塔》，是用英文写的，利用了很丰富的资料和图片，专门讲中国的塔。这一部书在国外汉学界颇有一些名气。他的另外一部专著是研究中国明代家具的，附了很多图表，篇幅也相当多。由此可见他的研究兴趣之所在。他工资极高，孤身一人，租赁了当时辅仁大学附近的一座王府，他就住在银安殿上，雇了几个听差和厨师。他收藏了很多中国古代名贵字画，坐拥画城，享受王者之乐。1946年，我回到北京时，他仍在清华任教。此时他已成了家，夫人是一位中国女画家，年龄比他小一半，年轻貌美。他们夫妇请我吃过烤肉。北京一解放，他们就流落到夏威夷。艾锷风老师久已谢世，他的夫人还健在。

我在上面提到过，我的学士论文是在艾锷风老师指导下写成的，是用英文写的，题目是 *"The Early Poems of F. Hölderlin"*〔《近代德国大诗人薛德林（荷尔德林）早期诗的研究》〕。英文原稿已经遗失，只保留下来了一份中文译文。一看这题目，就能知道是受到了艾先生的影响。现在回忆起来，以我当时的德文水平不可能真正看懂荷尔德林的并不容易懂的诗句。当然，要说一点都不懂，那也不是事实。反正是半懂半不懂，囫囵吞枣，参考了几部《德国文学史》，写成了这一篇论文，分数是E（excellent，优）。我年轻时并不缺少幻想力，这是一篇幻想力加学术探讨写成的论文。本章的题目是"学术研究的发轫阶段"。如果这就算学术研究的话，说它是"发轫"，也未尝不可。但是，这个

"轫""发"得并不辉煌，里面并没有什么"天才的火花"。

现在再介绍西洋文学系的老师，先介绍吴宓（字雨僧）教授。他是美国留学生，是美国人文主义大师白璧德的弟子，在国内不遗余力地宣传自己老师的学说。他反对白话文，更反对白话文学。他联合了一些志同道合者，创办了《学衡》杂志，文章一律是文言。他自己也用文言写诗，后来出版了《吴宓诗集》。在中国文坛上，他属于右倾保守集团，没有什么影响。他给我们讲授两门课：一门是"英国浪漫诗人"，一门是"中西诗之比较"。在美国他入的是比较文学系。在中国，他是提倡比较文学的先驱者之一。但是，他在这方面的文章却几乎不见。就以我为例，"比较文学"这个概念当时并没有形成。如果真有文章的话，他并不缺少发表的地方，《学衡》和天津《大公报·文学副刊》都掌握在他手中。留给我印象最深的只是他那些连篇累牍的关于白璧德人文主义的论述文章。在"英国浪漫诗人"这一堂课上，我记得最清楚的是他让我们背诵那些浪漫诗人的诗句，有时候要背得很长很长。理论讲授我一点也回忆不起来了。在"中西诗之比较"这一堂课上，除了讲点西方的诗和中国的古诗之外，关于理论我的回忆中也是一片空白。反之，最难忘的却是：他把自己一些新写成的旧诗也铅印成讲义，在堂上散发。他那有名的《空轩诗》就是在这种情况下发到我们手中的。雨僧先生生性耿直，古貌古心，却流传着许多"绯闻"。他似乎爱过追求过不少女士，最著名的一个是毛彦文。他曾有一首诗，开头两句是："吴宓苦爱〇〇〇，三洲人士共惊闻。"隐含在三个〇里面的人名，用押韵的方式呼之欲出。"三洲"指的是亚、欧、美。这虽是诗人的夸大，知道的人确实不少，这却是事实。他的《空轩诗》被学生在小报《清华周刊》上改写为打油诗，给他开了一个不大不小的玩笑。第一首的头两句被译成了"一见亚北貌似花，顺着秫秸往上爬"。"亚北"者，指一个姓欧阳的女生。关于这一件事，我曾在发表在香港《大公报·文学副刊》上的一篇谈叶公超先生的散文中写到过，这里不再重复。回头仍然讲吴先生的"中西诗之比较"这一门课。为这一门课我曾写过一篇论文，题目忘记了，是师命或者自愿，我也忘记了。内容依稀记得是把陶渊明同一位英国浪漫诗人相比较，当然不会比出什么东西来的。我最近几年颇在一些文章和谈话中，对比较文学的"无限可比性"有所指责。X和Y，任何两个诗人或其他作家都可以硬拉过来一比，有人称之为"拉郎配"，是一个很形象的说法。焉知六十多年前自己就是一个"拉郎配"者或始作俑者。自己向天上吐的唾沫最终还是落到自己脸上，岂不尴尬也哉！然而这个事实我却无法否认。如果这样的文章也能算科学研究的"发轫"的话，我的发轫起点实在是很低的。但是，话又说了回来，在西洋文学系教授群中，讲真有学问的，雨僧先生算是一个。

下面介绍叶崇智（公超）教授。他教我们第一年英语，用的课本是英国女作家Jane Austen（简·奥斯丁）的《傲慢与偏见》。他的教学法非常离奇，一不讲授，二不解释，而是按照学生的座次——我先补充一句，学生的座次是并不固定的——从第一排右手起，每一个学生念一段，依次念下去。念多么长？好像也并没有一定之规，他一声令下：Stop（停）！于是就Stop了。他问学生："有问题没有？"如果没有，就是邻座的第二个学生念下去。有一次，一个同学提了一个问题，他大声喝道："查字典去！"一声狮子吼，全堂愕然、肃然，屋里静得能听到彼此的呼吸声。从此天下太平，再没有人提任何问题了。就这样过了一年。公超先生英文非常好，对英国散文大概是很有研究的。可惜他惜墨如金，从来没见他写过任何文章。

在文坛上，公超先生大概属于新月派一系。他曾主编过——或者帮助编过一个纯文学杂志《学文》。我曾写过一篇散文《年》，送给了他。他给予这篇文章极高的评价，说我写的不是小思想、小感情，而是"人类普遍的意识"。他立即将文章送《学文》发表。这实出我望外，欣然自喜，颇有受宠若惊之感。为了表示自己的感激之情，兼怀有巴结之意，我写了一篇《我是怎样写起文章来的？》送呈先生。然而，这次却大出我意料，狠狠地碰了一个钉子。他把我叫了去，铁青着脸，把原稿掷给了我，大声说道："我一个字都没有看！"我一时目瞪口呆，赶快拿着文章开路大吉。个中原因我至今不解。难道这样的文章只有成了名的作家才配得上去写吗？此文原稿已经佚失，我自己是自我感觉极为良好的。平心而论，我在清华四年，只写过几篇散文：《年》《黄昏》《寂寞》《枸杞树》，一直到今天，还是一片赞美声。清夜扪心，这样的文章我今天无论如何也写不出来了。我一生从不敢以作家自居，而只以学术研究者自命。然而具有讽刺意味的是：如果说我的学术研究起点很低的话，我的散文创作的起点应该说是不低的。

公超先生虽然一篇文章也不写，但是，他并非懒于动脑筋的人。有一次，他告诉我们几个同学，他正考虑一个问题：在中国古代诗歌中人的感觉——或者只是诗人的感觉的转换问题。他举了一句唐诗："静听松风寒。"最初只是用耳朵听，然而后来却变成了躯体的感受"寒"。虽然后来没见有文章写出，却表示他在考虑一些文艺理论的问题。当时教授与学生之间有明显的鸿沟：教授工资高，社会地位高，存在决定意识，由此就形成了"教授架子"这一个词儿。我们学生只是一群有待于到社会上去抢一只饭碗的碌碌青年。我们同教授们不大来往，路上见了面，也是望望然而去之，不敢用代替西方"早安""晚安"一类的致敬词儿的"国礼"："你吃饭了吗？""你到哪里去呀？"去向教授们表示敬意。公超先生后来当了大官：台湾的"外交部长"。关于这一件事，我同我的一位师弟——一位著名的诗人有不同的看法。我曾在香港《大公报·文学副刊》上发表过的一篇文章中提到此事。此文上面已提到。

现在再介绍一位不能算是主要教授的外国女教授，她是德国人华兰德小姐，讲授法语。她满头银发，闪闪发光，恐怕已经有了一把子年纪，终身未婚。中国人习惯称之为"老姑娘"。也许正因为她是"老姑娘"，所以脾气有点变态。用医生的话说，可能就是迫害狂。她教一年级法语，像是教初小一年级的学生。后来我领略到的那种德国外语教学方法，她一点都没有。极简单的句子，翻来覆去地教，令人从内心深处厌恶。她脾气却极坏，又极怪，每堂课都在骂人。如果学生的卷子答得极其正确，让她无辫子可抓，她就越发生气，气得简直浑身发抖，面红耳赤，开口骂人，语无伦次。结果是把百分之八十的学生全骂走了，只剩下我们五六个不怕骂的学生。我们商量"教训"她一下。有一天，在课堂上，我们一齐站起来，对她狠狠地顶撞了一番。大出我们所料，她屈服了。从此以后，天下太平，再也没有看到她撒野骂人了。她住在当时燕京大学南面军机处的一座大院子里，同一个美国"老姑娘"相依为命。二人合伙吃饭，轮流每人管一个月的伙食。在这一个月中，不管伙食的那一位就百般挑剔，恶毒咒骂。到了下个月，人变换了位置，骂者与被骂者也颠倒了过来。总之是每月每天必吵。然而二人却谁也离不开谁，好像吵架已经成了生活的必不可缺的内容。

我在上面介绍了清华西洋文学系的大概情况，绝没有一句谎言。中国古话：为尊者讳，为贤者讳。这道理我不是不懂。但是为了真理，我不能用撒谎来讳，我只能据实直说。我也绝不是说，西洋文学系一无是处。这个系能出像钱锺书和万家宝（曹禺）这样大师级的人物，必然有它的道理。我在这里无法详细推究了。

专就我个人而论，专从学术研究发轫这个角度上来看，我认为，我在清华四年，有两门课对我影响最大：一门是旁听而又因时间冲突没能听全的历史系陈寅恪先生的"佛经翻译文学"，一门是中文系朱光潜先生的"文艺心理学"，是一门选修课。这两门不属于西洋文学系的课程，我可万没有想到会对我终生产生了深刻而悠久的影响，绝非本系的任何课程所能相比于万一。陈先生上课时让每个学生都买一本《六祖坛经》。我曾到今天的美术馆后面的某一座大寺庙里去购买此书。先生上课时，任何废话都不说，先在黑板上抄写资料，把黑板抄得满满的，然后再根据所抄的资料进行讲解分析；对一般人都不注意的地方提出崭新的见解，令人顿生石破天惊之感，仿佛酷暑饮冰，凉意遍体，茅塞顿开。听他讲课，简直是最高最纯的享受。这同他写文章的做法如出一辙。当时我对他的学术论文已经读了一些，比如《四声三问》等等。每每还同几个同学到原物理楼南边王静安先生纪念碑前，共同阅读寅恪先生撰写的碑文，觉得文体与流俗不同，我们戏说这是"同光体"。有时在路上碰到先生腋下夹着一个黄布书包，走到什么地方去上课，步履稳重，目不斜视，学生们都投以极其尊重的目光。

朱孟实（光潜）先生是北大的教授，在清华兼课。当时他才从欧洲学成归来。他讲"文艺心理学"，其实也就是美学。他的著作《文艺心理学》还没有出版，也没有讲义，他只是口讲，我们笔记。孟实先生的口才并不好，他不属于能言善辩一流，而且还似乎有点怕学生，讲课时眼睛总是往上翻，看着天花板上的某一个地方，不敢瞪着眼睛看学生。可他一句废话也不说，慢条斯理，操着安徽乡音很重的蓝青官话，讲着并不太容易理解的深奥玄虚的美学道理，句句仿佛都能钻入学生心中。他显然同鲁迅先生所说的那一类，在外国把老子或庄子写成论文让洋人吓了一跳，回国后却偏又讲康德、黑格尔的教授，完全不可相提并论。他深通西方哲学和当时在西方流行的美学流派，而对中国旧的诗词又极娴熟。所以在课堂上引东证西或引西证东，触类旁通，头头是道，毫无扞格牵强之处。我觉得，这才是真正的比较文学，比较诗学。这样的本领，在当时是凤毛麟角，到了今天，也不多见。他讲的许多理论，我终生难忘，比如Lipps（立普斯）的"感情移入说"，到现在我还认为是真理，不能更动。

陈、朱二师的这两门课，使我终生受用不尽。虽然我当时还没有敢梦想当什么学者，然而这两门课的内容和精神却已在潜移默化中融入了我的内心深处。如果说我的所谓"学术研究"真有一个待"发"的"轫"的话，那个"轫"就隐藏在这两门课里面。

在德国读书十年

　　自己觉得德国十年的学术回忆好像是写完了。但是，仔细一想，又好像是没有写完，还缺少一个总结回顾，所以又加上了这一段。把它当作回忆的一部分，或者让它独立于回忆之外，都是可以的。

　　在我一生六十多年的学术研究的过程中，德国十年是至关重要的关键性的十年。我在上面已经提到过，如果我的学术研究有一个发轫期的话，真正的发轫不是在清华大学，而是在德国哥廷根大学。我也提到过，如果我不是由于一个非常偶然的机遇来到德国的话，我的一生将会完完全全是另一个样子。我今天究竟会在什么地方，还能不能活着，都是一个未知数。

　　但是，这个十年并不是一个简单的十年，有它辉煌成功的一面，也有它阴暗悲惨的一面。所有这一切都比较详细地写在我的《留德十年》一书中，读者如有兴趣，可参阅。因为我现在写的《自述》重点是在学术；在生活方面，如无必要，我不涉及。我在上面写的我在哥廷根十年的学术活动，主要以学术论文为经，写出了我的经验与教训。我现在想以读书为纲，写我读书的情况。我辈知识分子一辈子与书为伍，不是写书，就是读书，二者是并行的，是非并行不可的。

我已经活过了八个多十年，已经到了望九之年。但是，在读书条件和读书环境方面，哪一个十年也不能同哥廷根的十年相比。在生活方面，我是一个最枯燥乏味的人，所有的玩的东西，我几乎全不会，也几乎全无兴趣。我平生最羡慕两种人：一个是画家，一个是音乐家。而这两种艺术是最需天才的，没有天赋而勉强对付，绝无成就。可是造化小儿偏偏跟我开玩笑，只赋予我这方面的兴趣，而不赋予我那方面天才。《汉书·董仲舒传》说："古人有言曰：'临渊羡鱼，不如退而结网。'"我极想"退而结网"，可惜找不到结网用的绳子，一生只能做一个羡鱼者。我自己对我这种个性也并不满意。我常常把自己比作一盆花，只有枝干而没有绿叶，更谈不到有什么花。

在哥廷根的十年，我这种怪脾气发挥得淋漓尽致。哥廷根是一个小城，除了一个剧院和几个电影院以外，任何消遣的地方都没有。我又是一介穷书生，没有钱，其实也是没有时间冬夏两季到高山和海滨去旅游。我所有的仅仅是时间和书籍。学校从来不开什么会。有一些学生会偶尔举行晚会跳舞，我去了以后，也只能枯坐一旁，呆若木鸡。这里中国学生也极少，有一段时间，全城只有我一个中国人。这种孤独寂静的环境，正好给了我空前绝后的读书的机会。我在国内不是没有读过书，但是，从广度和深度两个方面来看，什么时候也比不上在哥廷根。

我读书有两个地方，分两大种类，一个是有关梵文、巴利文和吐火罗文等的书籍，一个是汉文的书籍。我很少在家里读书，因为我没有钱买专业图书，家里这方面的书非常少。在家里，我只在晚上临睡前读一些德文的小说，Thomas Mann（托马斯·曼）的名著 *Buddenbrooks*（《布登勃洛克一家》）就是这样读完的。我早晨起床后在家里吃早点，早点极简单，只有两片面包、一点黄油和香肠。到了后来，第二次世界大战爆发后，首先在餐桌上消逝的是香肠，后来是黄油，最后只剩一片有鱼腥味的面包了。最初还有茶可喝，后来只能喝白开水了。早点后，我一般是到梵文研究所去，在那里一待就是一天，午饭在学生食堂或者饭馆里吃，吃完就回研究所。整整十年，不懂什么叫午睡，德国人也没有午睡的习惯。

我读梵文、巴利文、吐火罗文的书籍，一般都是在梵文研究所里。因此，我想先把梵文研究所图书收藏的情况介绍一下。哥廷根大学的各个研究所都有自己的图书室。梵文图书室起源于何时、何人，我当时就没有细问。可能是源于Franz Kielhorn（弗朗茨·基尔霍恩），他是哥廷根大学的第一个梵文教授。他在印度长年累月搜集到的一些极其珍贵的碑铭的拓片，都收藏在研究所对面的大学图书馆里。他的继任人Hemann Oldenberg（海尔曼·奥尔登堡）在他逝世后把大部分藏书都卖给了或者赠给了梵文研究所。其中最珍贵的还不是已经出版的书籍，而是零篇的论文。当时Oldenberg是国际上赫赫有名的梵学大师，同全世界各国的同行们互通声气，对全世界梵文研究的情况了如指掌。广通声气的做法不外一是互相邀请讲学，二是互赠专著和单篇论文。专著易得，而单篇论文，由于国别太多，杂志太多，搜集颇为困难。只有像Oldenberg这样的大学者才有可能搜集比较完备。Oldenberg把这些单篇论文都装订成册，看样子是按收到时间的先后顺序装订起来的，并没有分类，皇皇几十巨册，整整齐齐地排列书架上。我认为，这些零篇论文是梵文研究所的镇所之宝。除了这些宝贝以外，其他梵文、巴利文一般常用的书都应有尽有。其中也不乏名贵的版本，比如Max Müller（麦克斯·缪勒，1823年—1900年）校订出版的印度最古的典籍《梨俱吠陀》原刊本，Whitney（惠特尼）校订的《阿闼婆吠陀》原刊本。Böhtlingk（伯特林克）和Roth（罗特）的被视为词典典范的《圣彼德堡梵文大词典》原本和缩短本，也都是难得的书籍。至于其他字典和工具书，无不应有尽有。

我每天几乎是一个人坐拥书城，"躲进小楼成一统"，我就是这些宝典的伙伴和主人，它们任我支配，其威风虽南面王不易也。整个Gauss-Weber-Haus（高斯-韦伯楼）平常总是非常寂静，里面的人不多，而德国人又不习惯于大声说话，干什么事都只静悄悄的。门外介于研究所与大学图书馆之间的马路，是通往车站的交通要道；但是哥廷根城还不见汽车，于是本应该喧阗的马路，也如"结庐在人境，而无车马喧"。这真是一个读书的最理想的地方。

除了礼拜天和假日外，我每天就到这里来。主要工作是同三大厚册的*Mahāvastu*（《大疏》）拼命。一旦感到疲倦，就站起来，走到摆满了书的书架旁，信手抽出一本书来，或浏览，或仔细阅读。积时既久，我对当时世界上梵文、巴利文和佛教研究的情况，心中大体上有一个轮廓。世界各国的有关著作，这里基本上都有。而且德国还有一种特殊的购书制度，除了大学图书馆有充足的购书经费之外，每一个研究所都有自己独立的购书经费，教授可以任意购买他认为有用的书，不管大学图书馆是否有复本。当Waldschmidt（瓦尔施密特）被征从军时，这个买书的权力就转到了我的手中。我愿意买什么书，就买什么书。书买回来以后，编目也不一定很科学，把性质相同或相类的书编排在一起就行了。借书是绝对自由的，有一个借书簿，自己写上借出书的书名、借出日期；归还时，写上一个归还日期就行了。从来没有人来管，可是也从来没有丢过书，不管是多么珍贵的版本。除了书籍以外，世界各国有关印度学和东方学的杂志，这里也应有尽有。总之，这是一个很不错的专业图书室。

我就是在这样的情况下畅游于书海之中。我读书粗略地可以分为两类：一类是细读的，一类是浏览的。细读的书目不可能太多。学梵文必须熟练地掌握语法。我上面提到的Stenzler（施滕茨勒）的《梵文基础读本》，虽有许多优点，但是毕竟还太简略；入门足够，深入却难。在这时候必须熟读Kielhorn的《梵文文法》，我在这一本书上下过苦功夫，读了不知多少遍。其次，我对Oldenberg的几本书，比如《佛陀》等等都从头到尾细读过。他的一些论文，比如分析*Mahāvastu*的文体的那一篇，为了写论文，我也都细读过。Whitney和Wackcrnagel（瓦克尔纳格尔）的梵文文法，Debrunner（德布伦纳）续Wackernagel的那一本书，以及W. Geiger（W. 盖格尔）的关于巴利文的著作，我都下过功夫。但是，我最服膺的还是我的太老师Heinrich Lüders（亨利希·吕德斯），他的书，我只要能得到，就一定仔细阅读。他的论文集*Philologica Indica*（《印度语文学》）是一部很大的书，我从头到尾仔细读过一遍，有的文章读过多遍。像这样研究印度古代语言、宗教、文学、碑铭等的对一般人来说都是极为枯燥、深奥的文章，应该说是最乏味的东西。喜欢读这样文章的人恐怕极少极少，然而我却情有独钟；我最爱读中外两位大学者的文章，中国是陈寅恪先生，西方就是Lüders先生。这两位大师实有异曲同工之妙。他们为文，如剥春笋，一层层剥下去，愈剥愈细；面面俱到，巨细无遗；叙述不讲空话，论证必有根据；从来不引僻书以自炫，所引者多为常见书籍；别人视而不见的，他们偏能注意；表面上并不艰深玄奥，于平淡中却能见神奇；有时真如"山重水复疑无路"，转眼间"柳暗花明又一村"；迂回曲折，最后得出结论，让你顿时觉得豁然开朗，口服心服。人们一般读文学作品能得美感享受，身轻神怡。然而我读两位大师的论文时得到的美感享受，与读文学作品时所得到的迥乎不同，却似乎更深更高。也许有人会认为这是我个人的怪癖；我自己觉得，这确实是"癖"，然而毫无"怪"可言。"此中有真意，欲辩已忘言"，实不足为外人道也。

上面谈的是我读梵文著作方面的一些感受。但是，当时我读的书绝不限于梵文典籍。我在上面已经说到，哥廷根大学有一个汉学研究所。所内有一个比梵文研究所图书室大到许多倍的汉文图书室。为什么比梵文图书室大这样多呢？原因是大学图书馆中没有收藏汉籍，所有的汉籍以及中国少数民族的语言，如藏文、蒙文、西夏文、女真文之类的典籍都收藏在汉学研究所中。这个所的图书室，由于Gustav Haloun（古斯塔夫·哈隆）教授的惨淡经营，大量从中国和日本购进汉文典籍，在欧洲颇有点名气。我曾在那里会见过许多世界知名的汉学家，比如英国的Arthur

Waley（亚瑟·韦利）等等。汉学研究所所在的大楼比Gauss–Weber–Haus要大得多，也宏伟得多；房子极高极大。汉学研究所在二楼上，上面还有多少层，我不清楚。我始终也没有弄清楚，偌大一座大楼是做什么用的。十年之久，我不记得，除了打扫卫生的一位老太婆，还在这里见到过什么人。院子极大，有极高极粗的几棵古树，样子都有五六百年的树龄，地上绿草如茵。楼内楼外，干干净净，比梵文研究所更寂静，也更幽雅，真是读书的好地方。

我每个礼拜总来这里几次，有时是来上课，更多的是来看书。我看得最多的是日本出版的《大正新修大藏经》。有一段时间，我帮助Waldschmidt查阅佛典。他正写他那一部有名的关于释迦牟尼涅槃前游行的叙述的大著。他校刊新疆发现的佛经梵文残卷，也需要汉译佛典中的材料，特别是唐义净译的那几部数量极大的"根本说一切有部的律"。至于我自己读的书，则范围广泛。十几万册汉籍，本本我都有兴趣。到了这里，就仿佛回到了祖国一般。我记得这里藏有几部明版的小说。是否是宇内孤本，因为我不通此道，我说不清楚。即使是的话，也都埋在深深的"矿井"中，永世难见天日了。自从1937年Gustav Haloun教授离开哥廷根大学到英国剑桥大学去任汉学讲座教授以后，有很长一段时间，汉学研究所就由我一个人来管理。我每次来到这里，空荡荡的六七间大屋子就只有我一个人，万籁俱寂，静到能听到自己心跳的声音。在绝对的寂静中，我盘桓于成排的大书架之间，架上摆的是中国人民智慧的结晶，我心中充满了自豪感。我翻阅的书很多，但是我读得最多的还是一大套上百册的中国笔记丛刊，具体的书名已经忘记了。笔记是中国特有的一种著述体裁，内容包罗万象，上至宇宙，下至鸟兽虫鱼，以及身边琐事、零星感想，还有一些历史和科技的记述，利用得好，都是十分有用的资料。我读完了全套书，可惜我当时还没有研究糖史的念头，很多有用的资料白白地失掉了。及今思之，悔之晚矣。我在哥廷根读梵、汉典籍，情况大体如此。

假若我再上一次大学

　　"假若我再上一次大学"，多少年来我曾反复思考过这个问题。我曾一度得到两个截然相反的答案：一个是最好不要再上大学，"知识越多越反动"，我实在心有余悸。一个是仍然要上，而且偏偏还要学现在学的这一套。后一个想法最终占了上风，一直到现在。

　　我为什么还要上大学而又偏偏要学现在这一套呢？没有什么堂皇的理由。我只不过觉得，我走过的这一条道路，对己，对人，都还有点好处而已。我搞的这一套东西，对普通人来说，简直像天书，似乎无利于国计民生。然而世界上所有的科技先进国家，都有梵文、巴利文以及佛教经典的研究，而且取得了辉煌的成绩。这一套冷僻的东西与先进的科学技术之间，真似乎有某种联系。其中消息耐人寻味。

我们不是提出了弘扬祖国优秀文化，发扬爱国主义吗？这一套天书确实能同这两句口号挂上钩，我举一个具体的例子。日本梵文研究的泰斗中村元博士在给我的散文集日译本《中国知识人の精神史》写的序中说道，中国的南亚研究原来是相当落后的。可是近几年来，突然出现了一批中年专家，写出了一些水平较高的作品，让日本学者有"攻其不备"之感。这是几句非常有意思的话。实际上，中国梵学学者同日本同行们的关系是十分友好的。我们一没有"攻"，二没有争，只有坐在冷板凳上辛苦耕耘。有了一点成绩，日本学者看在眼里，想在心里，觉得过去对中国南亚研究的评价过时了。我觉得，这里面既包含着"弘扬"，也包含着"发扬"。怎么能说，我们这一套无补于国计民生呢？

话说远了，还是回来谈我们的本题。

我的大学生活是比较长的：在中国念了四年，在德国哥廷根大学又念了五年，才获得学位。我在上面所说的"这一套"就是在国外学到的。我在国内时，对"这一套"就有兴趣。但苦无机会。到了哥廷根大学，终于找到了机会，我简直如鱼得水，到现在已经坚持学习了将近六十年。如果马克思不急于召唤我，我还要坚持学下去的。

如果想让我谈一谈在上大学期间我收获最大的是什么，那是并不困难的。在德国学习期间有两件事情是我毕生难忘的，这两件事都与我的博士论文有关联。

我想有必要在这里先谈一谈德国的与博士论文有关的制度。当我在德国学习的时候，德国并没有规定学习的年限。只要你有钱，你就可以无限期地学习下去。德国有一个词儿是别的国家没有的，这就是"永恒的大学生"。德国大学没有空洞的"毕业"这个概念。只有博士论文写成，口试通过，拿到博士学位，这才算是毕了业。

写博士论文也有一个形式上简单而实则极严格的过程，一切决定于教授。在德国大学里，学术问题是教授说了算。德国大学没有入学考试，只要高中毕业，就可以进入任何大学。德国学生往往是先入几个大学，过了一段时间以后，自己认为某个大学、某个教授，对自己最适合，于是才安定下来，在一个大学，从某一位教授学习。先听教授的课，后参加他的研讨班。最后教授认为你"孺子可教"才会给你一个博士论文题目。再经过几年的努力，收集资料，写出论文提纲，经过教授过目。论文写成的年限没有规定，至少也要三四年，长则漫无限制。拿到题目十年八年写不出论文，也不是稀见的事。所有这一切都决定于教授，院长、校长无权过问。写论文，他们强调一个"新"字，没有新见解，就不必写文章。见解不论大小，唯新是图。论文题目不怕小，就怕不新。我个人觉得，这是非常重要的一点。只有这样，学术才能"日日新"，才能有进步。否则满篇陈言，东抄西抄，饾饤拼凑，尽是冷饭。虽洋洋数十甚至数百万言，除了浪费纸张、浪费读者的精力以外，还能有什么效益呢？

我拿到博士论文题目的过程，基本上也是这样。我拿到了一个有关佛教混合梵语的题目。用了三年的时间，搜集资料，写成卡片，又到处搜寻有关图书，翻阅书籍和杂志，大约看了总有一百多种书刊。然后整理资料，使之条理化、系统化，写出提纲，最后写成文章。

我个人心里琢磨：怎样才能向教授露一手儿呢？我觉得那几千张卡片虽然抄写得好像蜜蜂采蜜，极为辛苦；然而却是干巴巴的，没有什么文采，或者无法表现文采。于是我想在论文一开始就写上一篇"导言"，这既能炫学，又能表现文采，真是一举两得的绝妙主意。我照此办理，费了很长的时间，写成一篇相当长的"导言"。我自我感觉良好，心里美滋滋的，认为教授一定会大为欣赏，说不定还会夸上几句哩。我先把"导言"送给教授看，回家做着美妙的梦。我等呀，等呀，终于等到教授要见我，我怀着走上领奖台的心情，见到了教授。然而结果却使我大吃一惊。教授在我的"导言"前画上了一个前括号，在最后画上了一个后括号，笑着对我说："这篇导言统统不要！你这里面全是华而不实的空话，一点新东西也没有！别人要攻击你，到处都是暴露点，一点防御也没有！"对我来说，这真如晴天霹雳，打得我一时说不上话来。但是，经过自己的反思，我深深地感觉到，教授这一棍打得好，我毕生受用不尽。

第二件事情是，论文完成以后，口试接着通过，学位拿到了手。论文需要从头到尾认真核对，不但要核对从卡片上抄入论文的篇、章、字、句，而且要核对所有引用过的书籍、报纸和杂志。要知道，在三年以内，我从大学图书馆，甚至从柏林的普鲁士图书馆，借过大量的书籍和报刊，耗费了大量的时间。当时就感到十分烦腻。现在再在短期内，把这样多的书籍重新借上一遍，心里要多腻味就多腻味。然而老师的教导不能不遵行，只有硬着头皮，耐住性子，一本一本地借，一本一本地查。把论文中引用的大量出处重新核对一遍，不让它发生任何一点错误。

后来我发现，德国学者写好一本书或者一篇文章，在读校样的时候，都是用这种办法来一一仔细核对。一个研究室里的人，往往都参加看校样的工作。每人一份校样，也可以协议分工。他们是以集体的力量，来保证不出错误。这个法子看起来极笨，然而除此以外，还能有"聪明的"办法吗？德国书中的错误之少，是举世闻名的。有的极为复杂的书竟能一个错误都没有，连标点符号都包括在里面。读过校样的人都知道，能做到这一步，是非常非常不容易的。德国人为什么能做到呢？他们并非都是超人的天才，他们比别人高出一头的诀窍就在于他们的"笨"。我想改几句中国古书上的话："德国人其智可及也，其笨（愚）不可及也。"

反观我们中国的学术界，情况则颇有不同。在这里有几种情况。中国学者博闻强记，世所艳称，背诵的本领更令人吃惊。过去有人能背诵四书五经，据说还能倒背。写文章时，用不着去查书，顺手写出，即成文章。但是记忆力会时不时出点问题的，中国近代一些大学者的著作，若加以细致核对，也往往有引书出错的情况。这是出上乘的错。等而下之，作者往往图省事，抄别人的文章时，也不去核对，于是写出的文章经不起核对。这是责任心不强，学术良心不够的表现。还有更坏的就是胡抄一气。只要书籍文章能够印出，哪管它什么读者！名利到手，一切不顾。我国的书评工作又远远跟不上，即使发现了问题，也往往"为贤者讳"怕得罪人，一声不吭。在我们当前的学术界，这种情况能说是稀少吗？我希望我们的学术界能痛改这种极端恶劣的作风。

我上了九年大学，在德国学习时，我自己认为收获最大的就是以上两点。也许有人会认为这卑之无甚高论。我不去争辩。我现在年届耄耋，如果年轻的学人不弃老朽，问我有什么话要对他们讲，我就讲这两点。

1991年5月5日写于北京大学

我的一本“学习簿”

　　入哥廷根大学是我一生，特别是在学术研究方面的一个巨大的转折点。我不妨把学习过程叙述得详细一点。我想先把登记在“学习簿”上的课程逐年逐项都抄在下面，这对了解我的学习过程会有极大的用处。时隔半个世纪，我又多次迁徙，中间还插入了一个“文化大革命”，这一本“学习簿”居然能够完整地保留下来，似有天助，实出我意料，真正是喜出望外。

　　我这一本“学习簿”，封面上写着“全国编号”：A/3438；“大学编号”：A/167。发给时间是1935年11月9日。“专业方向”（Studium，Fachrichtung）最初写的是“德国语文学”，后来改为“印度学”。可见我初到哥廷根大学时，还不甚了解全校课程安排情况。开始想学习德国语文学，第二学期才知道有梵文，所以改为印度学。我现在按年代顺序把我所有选过的课程都一一抄在下面，给读者一个全面而具体的印象，抄完以后，再稍加必要的解释。哥廷根大学毕竟是我学术研究真正发轫的地方，所以我不厌其详。

1935年—1936年冬学期（Winter-Halbjahr）

Prof. Neumann	中世纪早期德国文学创作和德国著作
Dr. Lugowski	17世纪德国文学创作史
Prof. Wilde	新英语语言史
Dr. Rabbow	（实际上没去上课）

1936年夏学期（Sommer-Halbjahr）

Prof. Neumann	德国骑士文学的繁荣时期
Prof. Wilde	1880年至目前的英国文学
Prof. May	较新的德国文学的分期问题
Prof. Unger	1787年以后的席勒
Dr. Lugowski	人文主义和宗教改革时期的德国文学创作（没有上）
Prof. Roeder	乔叟的语言和诗艺（没有上）
Dr. Weber	英美留学生的德语课程
Prof. Waldschmidt	初级梵文语法

1936年—1937年冬学期

Prof. Waldschmidt   梵文简单课本

Prof. Waldschmidt   译德为梵的翻译练习

Prof. Waldschmidt   印度艺术和考古工作（早期）

Prof. Wilde   直至莎士比亚的英国戏剧史

Prof. Wilde   英国语言的结构形成

Prof. May   19世纪的德国文学创作

1937年夏学期

Prof. Waldschmidt   马鸣菩萨的佛所行赞

Prof. Waldschmidt   巴利文

Prof. von Soden   初级阿拉伯文

1937年—1938年冬学期

Prof. Waldschmidt   印度学讨论班：梨俱吠陀

Prof. Waldschmidt   南印度的土地和民族的基本特征

Prof. von Soden   简易阿拉伯文散文

1938年夏学期

Prof. Waldschmidt   艺术诗（Kunstgedicht）（迦梨陀婆）

Prof. Waldschmidt　　　　印度学讨论班：Brhadaranyaka–Upanisad

Prof. von Soden　　　　　阿拉伯文散文

Prof. Haloun　　　　　　汉学讨论班：早期周代的铭文

1938年—1939年冬学期

Prof. Waldschmidt　　　　巴利文：《长阿含经》

Prof. Waldschmidt　　　　印度学讨论班：东土耳其斯坦的梵文佛典

Prof. Waldschmidt　　　　印度风俗与宗教

Dr. von Grimm　　　　　初级俄文练习

1939年夏学期

Prof. Waldschmidt　　　　梵文Chāndogyopanisat

Prof. Waldschmidt　　　　印度学讨论班：Lalitavistara（普耀经）

Prof. Wilde　　　　　　　英国的德国观

Dr. Barkas　　　　　　　J. M. Synge剧本讲解

Prof. Braun　　　　　　　斯拉夫语言结构的根本规律

Dr. von Grimm　　　　　高级俄文练习

1939年秋学期

Prof. Sieg　　　　　　　印度学讨论班：Dandin的《十王子传》

Prof. Sieg　　　　　　　梨俱吠陀选读

Prof. Braun	斯拉夫语句型学和文体学
Prof. Braun	俄国与乌克兰
Prof. Braun	塞尔维亚·克罗地亚文
Dr. von Grimm	高级俄文练习

1939年—1940年冬学期

Prof. Sieg	讨论班：Kāssikā讲读
Prof. Sieg	梨俱吠陀选读
Prof. Braun	19世纪俄国文学史
Prof. Braun	斯拉夫语言的主要难点
Dr. von Grimm	高级俄文练习

1940年夏学期

Prof. Sieg	吠陀散文
Prof. Sieg	讨论班：Bhāravi的Kirātārjuniy讲读
Prof. Roeder	向大自然回归时期的英国文学史
Prof. Braun	俄罗斯精神史中的俄罗斯和欧洲问题
Dr. von Grimm	高级俄文练习

我的学习簿就到此为止，自1935年起至1940年止，共11个学期。

在下面我加几条解释：

1. 我在上面已经提到，我原来本想以德国语言学为主系，后来改为印度学。为什么我在改了以后仍然选了这么多的德国语言和文学的课程呢？我原来又想以此为副系，后来又改了。

2. 以英文为副系是我的"既定方针"，因为我在国内清华大学学的就是这一套，这样可以驾轻就熟，节省出点精力来。

3. 为什么我又选了阿拉伯文，而且一连选了三个学期呢？原来我是想以阿拉伯文作为第二副系的。

4. 一直到第七个学期，我才改变主意，决定以斯拉夫语文学作为第二副系，因此才开始选这方面的课。

5. 按规定，不管是以斯拉夫语文学为主系，还是为副系，只学一门斯拉夫文是不行的，必须学两种以上才算数。所以我选了俄文，又选了塞尔维亚·克罗地亚文。因为只有我一个学生选此课，所以课就在离我的住处不远的Prof. Braun（布劳恩教授）家里上。我同他全家都很熟，他的两个小男孩更是我的好友。他还给我画过一幅像。Prof. Braun是一个多才多艺的人，他跟我学过点汉文，念过几首诗。

6. 梵文和巴利文学习下面专章谈。

7. 吐火罗文学习下面专章谈。

学外语

一

现在全国正弥漫着学外语的风气，学习的主要是英语，而这个选择是完全正确的，因为英语实际上已经成了一种世界语。学会了英语，几乎可以走遍天下，碰不到语言不通的困难。水平差的，有时要辅之以一点手势。那也无伤大雅，语言的作用就在于沟通思想。在一般生活中，思想绝不会太复杂的。懂一点外语，即使有点洋泾浜，也无大碍，只要"老内"和"老外"的思想能够沟通，也就行了。

学外语难不难呢？有什么捷径呢？俗话说："天下无难事，只怕有心人。"所谓"有心人"，我理解，就是有志向去学习又肯动脑筋的人。高卧不起，等天上落下馅儿饼来的人是绝对学不好外语的，别的东西也不会学好的。

至于"捷径"问题，我想先引欧洲古代大几何学家欧几里得（也许是另一个人。年老昏聩，没有把握）对国王说的话："几何学里面没有御道！""御道"，就是皇帝走的道路。学外语也没有捷径，人人平等，都要付出劳动。市场卖的这种学习法、那种学习法，多不可信。什么方法也离不开个人的努力和勤奋。这些话都是老生常谈，但是，说一说绝不会有坏处。

根据我个人经验，学外语学到百分之五六十，甚至七八十，也并不十分难。但是，我们不学则已，要学就要学到百分之九十以上，越高越好。不到这个水平你的外语是没有用的，甚至会出娄子的。我这样说，同上面讲的并不矛盾。上面讲的只是沟通简单的思想，这里讲的却是治学、译书、做重要口译工作。现在市面上出售为数不太少的译本，错误百出，译文离奇。这些都是一些急功近利、水平极低而又懒得连字典都不肯查的译者所为。说句不好听的话，这些都是假冒伪劣的产品，应该归入严打之列的。

我常有一个比喻：我们这些学习外语的人，好像是一群鲤鱼，在外语的龙门下泆游。有天资肯努力的鲤鱼，经过艰苦的努力，认真钻研，锲而不舍，一不要花招，二不找捷径，有朝一日风雷动，一跳跳过了龙门，从此变成了一条外语的龙，他就成了外语的主人，外语就为他所用。如果不这样做的话，则在龙门下游来游去，不肯努力，不肯钻研，就是游上一百年，他仍然是一条鲤鱼。如果是一条安分守己的鲤鱼，则还不至于害人。如果不安分守己，则必然堕入假冒伪劣之列，害人又害己。

做人要老实，学外语也要老实。学外语没有什么万能的窍门。俗语说："书山有路勤为径，学海无涯苦作舟。"这就是窍门。

二

前不久，我写过一篇《学外语》，限于篇幅，意犹未尽，现在再补充几点。

学外语与教外语有关，也就是与教学法有关，而据我所知，外语教学法国与国之间是不相同的，仅以中国与德国对比，其悬殊立见。中国是慢吞吞地循序渐进，学了好久，还不让学生自己动手查字典、读原著。而在德国，则正相反。据说19世纪一位大语言学家说过："学外语犹如学游泳，把学生带到游泳池旁，一一推下水去；只要淹不死，游泳就学会了，而淹死的事是绝无仅有的。"我学俄文时，教师只教我念了念字母，教了点名词变化和动词变化，立即让我们读果戈理的《鼻子》，天天拼命查字典，苦不堪言。然而学生的主动性完全调动起来了。一个学期，就念完了《鼻子》和一本教科书。实践是检验真理的唯一标准，德国的实践证明，这样做是有成效的。在那场空前的灾难中，当我被戴上种种莫须有的帽子时，有的"革命小将"批判我提倡的这种教学法是法西斯式的方法，使我欲哭无泪，欲笑不能。

我还想根据我的经验和观察在这里提个醒：那些已经跳过了外语龙门的学者是否就可以一劳永逸地吃自己的老本呢？我认为，这吃老本的思想是非常危险的。一个简单的事实往往为人们所忽略，世界上万事万物无不在随时变化，语言何独不然！一个外语学者，即使已经十分纯熟地掌握了一门外语，倘若不随时追踪这一门外语的变化，有朝一日，他必然会发现自己已经落伍了，连自己的母语也不例外。一个人在外国待久了，一旦回到故乡，即使自己"乡音未改"，然而故乡的语言，特别是词汇却有了变化，有时你会听不懂了。

我讲点个人的经验。当我在欧洲待了将近十一年回国时，途经西贡和香港，从华侨和华人口中听到了"搞"这个字和"伤脑筋"这个词儿，就极使我"伤脑筋"。我出国之前没有听说过。"搞"字是一个极有用的字，有点像英文的do。现在"搞"字已满天飞了。当我在80年代重访德国时，走进了饭馆，按照四五十年前的老习惯，呼服务员为heverofer，他瞠目以对。原来这种称呼早已被废掉了。

因此，我就想到，不管你今天外语多么好，不管你是一条多么精明的龙，都必须随时注意语言的变化，否则就会出笑话。中国古人说："学如逆水行舟，不进则退。"要时刻记住这句话。

我还想建议：今天在大学或中学教外语的老师，最好是每隔五年就出国进修半年，这样才不致为时代抛在后面。

三

前不久，我在"夜光杯"上发表了两篇谈学习外语的千字文，谈了点个人的体会，卑之无甚高论，不意竟得了一些反响。有的读者直接写信给我，有的写信给"夜光杯"的编辑。看来非再写一篇不行了。我不可能在一篇短文中答复所有的问题，我现在先对上海胡英琼同志提出的问题说一点个人的意见，这意见带有点普遍意义，所以仍占"夜光杯"的篇幅。

我在上述两篇千字文中提出的意见，归纳起来，不出以下诸端：第一，要尽快接触原文，不要让语法缠住手脚，语法在接触原文过程中逐步深化；第二，天资与勤奋都需要，而后者占绝大的比重；第三，不要妄想捷径，外语中没有"御道"。

学习了英语再学第二外语德语，应该说是比较容易的。英语和德语是同一语言系属，语法前者表面上简单，熟练掌握颇难；后者变化复杂，特别是名词的阴、阳、中三性，记得极为麻烦，连本国人都头痛。背单词时，要连同词性der、die、das一起背，不能像英文那样只背单词。发音则英文极难，英文字典必须使用国际音标。德文则一字一音，用不着国际音标。

学习方法仍然是我讲的那一套：尽快接触原文，不惮勤查字典，懒人是学不好任何外语的，连本国语也不会学好。胡英琼同志的具体情况和具体要求，我完全不清楚。信中只谈到德文科技资料，大概胡同志目前是想集中精力攻克这个难关。

我想斗胆提出一个"无师自通"的办法，供胡同志和其他读者参考。你只需要找一位通德语的人，用上二三小时，把字母读音学好。从此你就可以丢掉老师这个拐棍，自己行走了。你找一本有可靠的汉文译文的德文科技图书，伴之以一本浅易的德文语法。先把语法了解个大概的情况，不必太深入，就立即读德文原文，字典反正不能离手，语法也放在手边。一开始必然如堕入五里雾中。读不懂，再读，也许不止一遍两遍。等到你认为对原文已经有了一个大概的了解，为了验证自己了解的正确程度，只是到了此时，才把那一本可靠的译本拿过来，看看自己了解得究竟如何。就这样一页页读下去，一本原文读完了，再加以努力，你慢慢就能够读没有汉译本的德文原文了。

科技名词，英德颇有相似之处，记起来并不难，而且一般说来，科技书的语法都极严格而规范，不像文学作品那样不可捉摸。我为什么再三说"可靠的"译本呢？原因极简单，现在不可靠的译本太多太多了。

1997年3月27日

学习哪一种外语

我在上面多次谈到学习外语的重要性。但是，在世界上，民族林立，几乎都各有各的语言或方言，其数目到现在仍然处在估计阶段，究竟有多少，没有人能说得清楚。至于语言的系属和分类的方法，更是众说纷纭，一直也没有大家都承认的定论。

一个明显的问题摆在我们眼前：我们中国人要学习哪一种或几种外语呢？这个问题在中国实际上已经解决了，学校里，科研单位，社会上，都在学习英语，而这个解决方式是完全正确的。

当年马克思和恩格斯共同领导世界共运时，根据传记的记载，他们二人之间也有所分工，马克思主要搞经济问题和理论研究，恩格斯分工之一是搞军事研究，在他们的圈子里，恩格斯有一个绰号叫"将军"。至于语言，二人都能掌握很多种。希腊文和拉丁文在中学就都学过，马克思能整段整段地背诵古希腊文学作品。据说他们对印度的梵文也涉猎过。他们二人都能用德、英、法文写文章。德文以外，用英文写的文章最多，这是当时的环境使然，不足为怪。恩格斯更是一个语言天才，磕磕巴巴能说十几种外语。他们同家属一起到北欧去旅游，担任翻译的就是恩格斯。

总起来看，他们学习外语的方针是：需要和有用。

六十年前，当我在德国大学里念书的时候，德国文科高中毕业的大学生，在中学里至少要学三种外语：希腊文、拉丁文、英文或法文。拉丁文要学八年，高中毕业时能用拉丁文致辞。德国大学生的外语水平，同我们中国简直不能同日而语，这对他们不管学习什么科都是有用的。欧洲文化的渊源是古希腊和罗马，他们掌握了这两种语言，给他们的人文素质打下了深厚广阔的基础。至于现代语言，比如英文、法文、荷兰和北欧诸国的语言，由于有语言亲属关系，只要有需要，他们用不着费多大的力量，顺手就能够捡起。据我的观察，他们几乎没有不通英文的。

总之，他们学习外语的方针依然是：需要和有用。

我们中国怎样呢？我们学习外语的目的和方针也不能不是需要和有用。

拿这两个标准来衡量，我们今天学习外语首当其冲的就是英语。而近百年来我们的实践过程正是自觉或不自觉地遵守了这个方针。五四运动前，英语已颇为流行。我们通过英语学习了大量的西方知识，连德、法、俄、意等国的著作，也往往是通过英语的媒介翻译成了汉文的。五四运动以后，有些地方从小学起就开始学英文。初中和高中都有英文课，自然不在话下。山东在教育方面不是最发达的省份，但是，高中毕业生都会英文。学习的课本大概都是《泰西五十轶事》《天方夜谭》《莎氏乐府本事》等等，英文文法则用《纳氏文法》。从这些书本来看，程度已经不算太浅了。可是，根据我的观察和经验，山东英文水平比不上北京、上海等地的高中毕业生。在这两个地方，还加上天津，有的高中物理学已经采用美国大学一年级的课本了。

总而言之，简短截说一句话，中国一百年以来，学习外语，选择了英文，是完全合情合理的，是顺乎世界潮流的。

大家都知道，英文是英国、美国、加拿大、澳大利亚、新西兰等国的国语。连在印度，英文也算是国语之一。印度独立后第一部宪法规定了英文作为印度使用的语言的使用期，意思是，过了那个时限，英文就不再是宪法规定的使用语言了。但是，由于印度语言和方言十分繁杂，如果不使用英文，则连国会也难以开成。英文的使用期不能不无限期地延长了。在非洲，有一些国家也不得不使用英文。我们中国人，如果能掌握了英文，则游遍世界无困难。在今天的世界上，英文实际上已经成了"世界语"了。

说到"世界语"，大家会想到1887年波兰人柴门霍夫创造的Esperanto。这种"世界语"确实在世界上流行过一阵。中国人学习的也不少，并且还成立了世界语协会，用世界语创作文学作品。但是，到了今天，势头已过，很少有人再提起了。此外还有一些语言学家制造过一些类似Esperanto之类的人造语言，没有产生什么效果。有的专家就认为，语言是自然形成的，人造语言是不会行得通的。

可是，据我所了解到的，有人总相信，世界上林林总总的人民，将来有朝一日，总会共同走向大同之域，人类总会有，也总需要有一种共同的语言。这种共同语言不是人造的，而是自然形成的。但形成也总需要一个基础，这个基础是哪一种语言呢？从眼前的形势来看，英文占优先地位。但是，英文能不能成为真正的"世界语"呢？我听有人说，英文单独难成为"世界语"的。英文的结构还有一些不合乎人类思维逻辑的地方。有的人就说，最理想的"世界语"是英文词汇加汉语的语法。这话初听起来有点近似开玩笑。但是，认真考虑起来，这并非完全是开玩笑。好久以来，就有一种汉文称之为"洋泾浜英语"，英文称之为Pidgin English的语言，是旧日通商口岸使用的语言。出于需要，非说英语不行，然而那里的中国人文化程度极低，没有时间，也没有能力去认真学习英语，只好英汉杂烩，勉强能交流思想而已。这种洋泾浜英语，好久没有听说了。不意最近读到《读书》，1998年第3期，其中有一篇文章《外语为何难学？》中讲到：语言具有表达形式与表达功能两套系统。两套系统的"一分为二"还是"合二而一"，直接影响到语言本身的学习。作者举英语为例，儿童学话，但求达意，疏于形式，其错误百出，常令外人惊愕。如I done it（I did it）（我做了它）；She no sleeping（She is not sleeping）（她没有睡）；Nobody don't like me（Nobody like me）（没有人喜欢我）。这表示功能与形式有了矛盾，等到上学时，才一一纠正。至于文盲则"终身无悔"

了。当它作为外语时，这一顺序则正相反，即学者已经具备表达功能，缺少的仅仅是一套表达形式。作者这些论述给了我许多启发。三句例子中，至少有两句合乎洋泾浜英语的规律。据说洋泾浜英语中有no can do这样的说法，换成汉语就是"不能做"。为什么英国小孩学说话竟有与洋泾浜英语相类似之处呢？这可能表示汉语没有形式变化，而思维逻辑则接近人类天然的思维方式。英语那一套表达形式中有的属于画蛇添足之类。因此，使用英语词汇，统之以汉语语法，从而形成的一种世界语，这想法不一定全是幻想。这样语言功能与表达形式可以统一起来。这种语言是人造的，但似乎又是天然形成的，与柴门霍夫等的人造的世界语，迥异其趣。

怎样学习外国语

这是我经常碰到的一个问题，也是学外语的人容易问的一个问题。我在1997年给上海《新民晚报》"夜光杯"这一栏一连写了三篇《学外语》，其中也回答了怎样学习外语的问题。现在让我再写，也无非是那一些话。我索性把那三篇短文抄在这里，倒不全是为了偷懒。其中一些话难免与上面重复，我也不再去改写了，目的是保存那三篇文章的完整性。话，只要说得正确，多听几遍，料无大妨。

梵文和巴利文的学习

我初到哥廷根大学时，对大学的情况了解得非常少，因此才产生了上面提到的最初想以学德国语文学为主系的想法。我之所以选了希腊文而又没有去上课的原因是，我一度甚至动了念头，想以欧洲古典语文学为主系。后来听说，德国文科高中毕业生一般都学习过八年拉丁文和六年希腊文。我在这方面什么时候能赶上德国高中毕业生的程度呢？处于绝对的劣势，我怎么能够同天资相当高的德国大学生去竞争呢？于是我立即打消了那个念头，把念头转向德国语文学。我毕竟还是读过Hölderlin的诗的中国大学生嘛。

正在彷徨犹豫之际，1936年的夏学期开始了。我偶尔走到大学教务处的门外，逐一看各系各教授开课的课程表。我大吃一惊，眼睛忽然亮了起来；我看到了Prof. Waldschmidt开梵文的课程表。这不正是我多少年来梦寐以求而又求之不得的那一门课程吗？我在清华时曾同几个同学请求陈寅恪先生开梵文课。他回答说，他不开。焉知在几年之后，在万里之外，竟能圆了我的梵文梦呢？我喜悦的心情，简直是用语言文字无论如何也表达不出来的，实不足为外人道也。

于是我立即决定：选梵文。

这一个决定当然与我在清华大学旁听陈寅恪先生的"佛经翻译文学"这一件事是分不开的。没有当时的那一个因，就不会有今天这个果。佛家讲"因缘和合"，谁又能违抗冥冥中这一个规律呢？我不是佛教徒，我也并不迷信；但是我却认为，因缘关系或者缘分——哲学家应该称之为偶然性吧——是无法抗御的，也是无法解释的。

如果说我毕生的学术研究真有一个发轫的话，这个选择才是真正的发轫。我多次说过，我少无大志，干什么事情都是后知后觉。学术研究何独不然！此时距大学毕业已经一年又半，我的年龄已经到了二十五岁，时间是1936年5月13日，"学习簿"上有准确的记载。

上第一堂梵文课是在5月26日，地点是大学图书馆对门的著名的Gauss-Weber-Haus，是当年两个伟大的德国科学家Gauss和Weber第一次实验、发明电报的地方。房子有三层楼，已经十分古旧，也被称为"东方研究所"，因为哥廷根大学的几个从事东方学研究的研究所都设在这里。一楼是古埃及文研究所和巴比伦亚述文以及阿拉伯文研究所。二楼是印度学研究所、中东语言（波斯文和土耳其文）研究所、斯拉夫语言研究所。印度学研究所虽然在楼上，上课却有时在楼下。所有这些语言，选的学生都很少，因此教室也就不大。

　　梵文课就在楼下的一间极小的教室里上。根据我的"学习簿"上的记载，我Anmeldung（开课前报道）的时间是1936年5月26日，这也就是第一堂课开始的日子，也是我开始学习梵文的时候。选这一门的只有我一个学生，然而教授却照上不误。教授就是我毕业的恩师Ernst Waldschmidt。他刚从柏林大学的讲师位置上调来哥廷根大学充任正教授。他的前任Emil Sieg（艾密尔·西克）教授也是我终生难忘的恩师，刚刚由于年龄关系离任退休。Waldschmidt很年轻，看样子也不过三十七八岁。他的老师是梵文大师、蜚声全球的Heinrich Lüders教授。Lüders在梵文研究的许多方面都有突出的划时代的贡献，在古代梵文碑铭研究方面，是一代泰斗。印度新发现的碑铭，本国的梵文学者百读不通，总会说："到德国柏林大学去找Lüders。"我的老师陈寅恪先生在柏林留学时也是Lüders的弟子，同Waldschmidt是同门，Waldschmidt有时会对我提起此事。在德国梵文学者中，Waldschmidt也享有崇高的威望。Sieg就曾亲口对我说过："Der Lüders ist ganz fabelhaft！"（这个Lüders简直是"神"了。）Waldschmidt继承师门传统，毕生从事中国新疆出土的古代梵文典籍的研究。这些梵典基本上都属于佛教，间亦有极少数例外。此外，他对中亚和新疆古代艺术也有精深的研究。

在这里，我想插入一段话，先讲一讲德国，特别是哥廷根大学对一般东方学，特别是对梵文研究的历史和一般情况，这对于了解我的研究过程会有很大的帮助。德国朋友有时对我说："德国人有一个特点，也可以算是民族性吧，越离他们远的东西，他们越感兴趣。"这是德国人的"夫子自道"，应该说是可靠的。据我个人的观察，这话真是八九不离十，是符合实际情况的。古代希腊和罗马，从时间上来看，离开他们很远，所以他们感兴趣；因此，欧洲古典语文学的研究，德国堪称独霸。从空间和时间上来看，古代东方对他们很遥远，所以他们更感兴趣；因此，德国的东方学也称霸世界。后来一些庸俗的政治学家，专门从政治上，从德国一些统治者企图扩张领土的野心方面来解释这个问题，虽不能说一点道理都没有，实际上却是隔靴搔痒，没有说到点子上。在研究学问方面，民族的心理因素绝不能低估。

德国立国的时间并不太长，统一成一个大帝国，时间就更短。可是从一开始，德国人就对东方感兴趣，这可以算是东方学的萌芽吧。许多德国伟大的学者都对东方感兴趣，主要是对中国和印度。Leibniz（莱布尼茨，1646年—1716年）通晓中国和印度等东方主要国家的典籍和学问。Hegel（黑格尔，1770年—1831年）、Arthur Schopenhauer（亚瑟·叔本华，1788年—1860年）等都了解东方学术，后者的哲学思想深受印度的影响，是众所周知的。德国最伟大的诗人歌德（Goethe，1749年—1832年），对东方国家，主要是中国和印度文学艺术以及哲学思想推崇备至，简直到了迷信的程度。读一读他的文学作品，就能够一清二楚。他的杰作《浮士德》一开头就模仿了印度剧本的技巧。他又作诗歌颂印度古诗人迦梨陀婆的《沙恭达罗》，想把这个印度剧本搬上德国舞台。再读一读他同爱克曼的《谈话录》，经常可以读到他对中国或印度文学的赞美之辞。他晚年对一部在中国文学史上根本占不到什么地位的才子佳人小说《好逑传》的高度赞扬，也是人们所熟知的。

德国的梵文研究是什么情况呢？在欧洲，梵文研究起步很晚，比中国要晚上一千多年。原因很明显，由于佛教在汉代就已传入中国，对梵文的研究以后就跟踪而起；虽然支离破碎，不成什么气候，但毕竟有了开端。而欧洲则不然，直至英国殖民主义者侵入印度，才开始有梵学的研究。"近水楼台先得月"，按理说，英国应当首开其端。英国人Walliam Jones（威廉·琼斯）确实在18世纪末就已把印度名剧《沙恭达罗》由梵文译为英文，在欧洲引起了强烈的震动；但是真正的梵学研究并未开端。开始的地点是在法国巴黎。一些早期的德国梵文学者——从他们的造诣来看，可能还算不上真正的学者——比如早期的浪漫诗人Friedrich Schlegel（弗里德里希·施莱格尔，1772年—1829年）就曾到巴黎去学过梵文。印欧语系比较语言学的创立者Franz Bopp（弗朗茨·葆朴，1791年—1867年），是一个德国学者，他也学过梵文。传统的比较语言学都是以梵文、古希腊文和拉丁文为最坚实的基础的。因为在所有的印欧语言中，这几种古老的语言语法变化最复杂、最容易解剖分析。后来的语言语法变化日趋简单，原始的形式都几乎看不出来了，这大大地不利于解剖分析，难于追本溯源以建立语言发展规律。一直到今天，相沿成习，研究比较语言学的专家学者，都或多或少必须具备梵文知识。德国有的大学中，梵文讲座和比较语言学讲座集中在一位教授身上。此外，建立比较文学史的学者Th. Benfey（本发伊，1809年—1881年），也是一个德国人。他对印度古代梵文名著《五卷书》（后来传到了波斯和阿拉伯国家，改名为《卡里来和笛木乃》）进行了追踪研究，从而形成了一门新学科：比较文学史，实际上也可以算是比较文学的前身。他当然也是个梵文学者。19世纪，世界梵文研究的中心在德国，比较语言学的中心也在德国。当时名家辈出，灿如繁星。美国的梵学研究的奠基人Whitney是德国留学生。英国最伟大的梵文学者Max Müller，是《梨俱吠陀》梵文原本的校订出版者，他也是德国人。

　　至于哥廷根大学的梵文研究，也是有一段非常辉煌的历史的。记得Th. Benfey就曾在这里待过。被印度学者称为"活着的最伟大的梵文学家"的Wackernagel也曾在哥廷根大学待过。他那一部《古代印度文文法》（*Altindische Grammatik*）蜚声世界学坛。他好像是比较语言学的教授。真正的梵文讲座的第一任教授是在印度待了很长时间的F. Kielhorn，他专治梵文语法学。他的《梵文文法》有德文和英文两个本子，在梵学界享有极高的权威。他的接班人是H. Oldenberg，是一位博学多能的印度学家，研究的范围极广，既涉及梵文，又涉及巴利文；既涉及佛教，又涉及印度教（婆罗门教）。他既是一个谨严的考证学家，又是一个极富有文采的作家。他的那一部名著《佛陀》，德文原文印行了二十多版，又被译为多种外国语言出版，其权威性至今仍在。Oldenberg的接班人是Emil Sieg教授。在梵文方面，Sieg的专长是《吠陀》波你尼语法和《大疏》（*Mahāvastu*）。德国考古学家在中国新疆发掘出来了大量用婆罗米字母写的残卷，其中有梵文，由Lüders、Waldschmidt、Hoffmann（霍夫曼）等学人加以校订出版，影响了全世界的梵学研究。这个传统由Waldschmidt带到了哥廷根大学，至今仍然是研究重点之一。除了整理研究残卷本身，还出版了一部《吐鲁番梵文残卷字典》。这些残卷，虽然是用同一种字母写成的，但却不是同一种语言。除梵文外还有一些别的语言，吐火罗文A（焉耆文）和B（龟兹文）都包括在里面。详细情况下面再谈。在治梵文的同时，Sieg教授又从事吐火罗文的解读工作。Sieg先生的接班人就是Waldschmidt先生，换届时间正是我来到哥廷根的时候。

上面我简略地谈了谈德国的梵学研究的历史以及哥廷根大学梵学研究的师承情况。山有根，水有源，有了这样一个历史背景，才能了解我自己学习梵文的师承来源。上面这一篇很冗长又颇为显得有点节外生枝的叙述，绝非无用的废话。

现在回头再来谈我第一次上课的情况。因为只有我一个学生，而且还是一个"老外"，我最初颇为担心，颇怕教授宣布不开课。我听说，国内外都有一些大学规定：如果只有一个学生选课，教授可以宣布此课停开。Waldschmidt不但没有宣布停开，而且满面笑容地先同我寒暄了几句，然后才正式开课。课本用的是Stenzler的《梵文基础读本》（*Elementarbuch des Sanskrit*）。提起此书，真正是大大地有名。至今已有一百多年的历史，在德国已经出了十七版，还被译成了许多外语出版。1960年，我在北京大学开梵文课时，采用的就是这一本书。原文是德文，我用汉文意译，写成讲义。一直到今天还活跃在中国学坛上的七八位梵文学者，都是用这本书开蒙的。梵文语法变化极为复杂，但是这一本薄薄的小书，却能用极其简练的语言、极其准确地叙述那一套稀奇古怪的语法变化形式，真不能不使人感到敬佩。顺便说一句，此书已经由我的学生段晴和钱文忠，根据我的讲义，补充完整，在北京大学出版社出版。Waldschmidt的教学法是典型的德国方法。第一堂课先教字母读音，以后的"语音""词形变化"等等，就一律不再讲解，全由我自己去阅读。我们每上一堂课，都在读附在书后的练习例句。19世纪德国一位东方学家说，教学生外语，拿教游泳来做比方，就是把学生带到游泳池旁，一下子把学生推入水中，倘不淹死，即能学会游泳，而淹死的事几乎是绝无仅有的，甚至是根本不可能的。"文化大革命"期间，这方法被批判为"德国法西斯的教学方法"，为此我还多挨了几次批斗。实际上却是行之有效的。学习外语，让学生一下子就跟外语实际接触，一下子就进入实践，这比无休无止地讲解分析效果要好得多。不过这种方法对学生要求极高，每周两小时的课，我要费上一两天的时间来备课。在课堂上，学生念梵文，又将梵文译为德文，教授只从旁帮助改正。一个教授面对一个学生，每周两小时的课，转瞬就过。可是没想到这么一来，从5月26日Anmeldung到6月30日Abmeldung，不到四十天的工夫，这一个夏学期就过去了，我们竟把《梵文基础读本》的练习例句几乎全部念完，一整套十分复杂的梵文文法也讲完了。今天回想起来，简直像是一个奇迹。

这里还要写上一个虽极简短但却极为重要的插曲。在最后一堂课结束时，Waldschmidt忽然问我："你是不是决定以印度学为主系呢？"我立即回答说："是的。"这就决定了我一生要走的学术道路。大概他对我的学习还是满意的。

到了1936年至1937年冬学期，我当然又选了梵文。Anmeldung的时间，也就是本学期第一堂上课的时间是1936年12月7日。Abmeldung的时间是1937年2月19日，共上课两个月加十二天。念的课文是Stenzler书上附录的"阅读文选"、大史诗《摩诃婆罗多》中的一个故事《那罗传》。这也是德国梵文教学的传统做法。记得是从这学期开始，班上增加了一个学生，名叫Heinrich Müller（亨利希·缪勒），是一个以历史为主系的德国学生。他已经是一个老学生，学历我不十分清楚，只知道他已经跟Sieg教授学过两个学期的梵文。他想以印度学为副系，所以又选了梵文，从此就结束了我一个人独霸讲堂的局面。一直到1939年第二次世界大战爆发，他被征从军，才又离开了课堂。他初来时，我对他真是肃然起敬，他毕竟比我早学两个学期。可是，后来我慢慢地发现，他虽有希腊文和拉丁文的基础，可他并不能驾驭梵文那种既复杂又奇特的语法现象。有时候在翻译过程中，老师猛然提出一个语法问题，Müller乍听之下，立即慌张起来，瞠目结舌，满脸窘态可掬。Waldschmidt并不是脾气很好的人，很容易发火。他的火越大，Müller的窘态越厉害，往往出现难堪的局面。后来我教梵文时，也碰到过这样的学生。因此我悟到，梵文虽不神秘，可绝不是每一个人都能学通的。Müller被征从军后，还常回校来看我，聊一些军营中的生活。一直到我在哥廷根待了十年后离开那里时，Müller依然是一个大学生。我上面曾提到德国的特产"永恒的大学生"，Müller大概就是一个了。

以后班上又陆续增添了两名学生：一名是哥廷根附近一个乡村里的牧师；一名是靠送信打工上学的Paul Nagel（保罗·纳格尔），他的主系是汉学，但没见他选过汉学的课。后来汉学教授Gustav Haloun调往英国剑桥大学去任正教授，哥廷根大学有很长一段时间根本没有汉学教授。Nagel曾写过一篇相当长的讨论中国音韵学的论文，在国际上负有盛名的《通报》上发表。但是他自己却也成了一个"永恒的大学生"了。

我跟Waldschmidt学的课程都见于上面我开列的"学习簿"上的课程表中，这里不再细谈。到了1939年的秋学期，第二次世界大战爆发，Waldschmidt被征从军。久已退休的Sieg又走回课堂，代他授课。我的身份也早有了变化。清华大学同德国约定的交换期只有两年。到了1937年，期限已届，我本打算回国的。但是这一年发生了日军侵华的七七事变，不久我的故乡就被占领，我是有家难归，只好留在德国了。为了维持生活，我接受了大学的聘任，担任了汉文讲师。有一段时间，在战争最激烈的时候，我曾奉命兼管印度学研究所和汉学研究所两所的事情。一进大学的各个建筑和课堂，几乎是清一色的女学生，人们仿佛走进"女人国"了。

在Sieg先生代Waldschmidt授课以前我就认识他了。他虽已逾古稀之年，但身体看上去很硬朗，身板挺直，走路不用手杖，是一位和蔼、慈祥得像祖父一样的人物。他开始授课以后，郑重地向我宣告：他决心把他的全套本领都毫无保留地一一传授给我这个异域的青年。看来他对把德国印度学传播到中国来抱有极大的信心和希望。我们中国人常说："学术乃天下之公器。"然而在中国民间童话中却有猫做老虎的老师的故事。老虎学会了猫的全套本领，心里却想：如果我把猫吃掉的话，我不就成了天下第一了吗？正伸爪子想抓猫时，猫却飞身爬上了树。爬树这一招是猫预先准备好不教给老虎的最后的护身之招。如果它不留这一招的话，它早已被老虎吞到肚子里去了。据说中国教武术的老师，大都留下一招，不教给学生，以作护身之用。然而，在德国，在被中国旧时代的顽固保守分子视作"蛮夷之邦"的地方，情况竟迥乎不同。Sieg先生说得到，也做得到。在他代课的三个学期中，他确实把他最拿手的《梨俱吠陀》和《大疏》（*Mahāvastu*）都把着手教给了我。关于吐火罗文，下面再谈。一直到今天，我对我这一位祖父般的恩师还念念不忘，一想到他，我心中便油然漾起了幸福之感与感激之情。可惜我自己已经到了望九之年了。

吐火罗文的学习

我在上面已经说到Sieg先生读通了吐火罗文的事情。事实上，Sieg后半生的学术生涯主要是与吐火罗文分不开的。他同Prof. Siegling（西灵格教授），再加上柏林大学印欧语系比较语言学的教授W. Schulze（W. 舒尔策）三位学者通力协作，费了二十多年的工夫，才把这一种原来简直被认为是"天书"的文字读通。

一直到1931年，一册皇皇巨著《吐火罗文文法》（*Tocharische Grammatik*）才正式出版。十年以前，在1921年，Sieg和Siegling已经合作出版了《吐火罗文残卷》（*Tocharische Sprachreste*）。第一册是原文拉丁字母的转写，第二册是原卷的照相复制（即影印本）。婆罗米字母，不像现在的西方语言那样每个字都是分开来书写的，而是除了一些必须分开来书写的字以外，都是连在一起或粘在一起书写的。如果不懂句子的内容，则根本不知道如何把每个字都分拆开来。1921年，这两位著名的吐火罗文破译者在拉丁字母的转写中已经把一个个的字都分拆开来。这就说明，他们已经基本上懂了原文的内容。我说"基本上"，意思是并不全懂。一直到今天，我们仍然不能全懂，还有很多词的含义不明。

吐火罗文，根据学者的研究，共有两个方言，语法和词汇基本相同，但又有不少的区别。根据残卷出土的地点，学者分之为两种方言，前者称之为吐火罗文A，或焉耆文；后者称之为吐火罗文B，或龟兹文。当年这两个方言就分别流行在焉耆和龟兹这两个地区。上面讲到的Sieg、Siegling和Schulze共同合作写成的书主要是讲吐火罗文A焉耆文，间或涉及B方言。原因是B方言的残卷主要贮存在法国巴黎。Sieg和Siegling并非不通吐火罗文B方言。Sieg也有这方面的著作，只是在最初没有集中全力去研究而已。一直到1952年，世界上第一部研究吐火罗文B方言龟兹文的文法，还是出自一个德国学者之手，这就是哥廷根大学的比较语言学教授W. Krause（W. 克劳泽）的《西吐火罗文文法》（*Westtocharische Grammatik*）。"西吐火罗文"就是B方言，是相对于处于东面的A方言焉耆文而言的。我在哥廷根大学时，Krause好像还没有进行吐火罗文的研究。后来不知从什么时候起才开始此项研究，估计仍然是受教于Sieg。Krause双目失明而能从事学术界号称难治的比较语言的研究，也算是一大奇事。Krause简直是一个天才，脑子据说像照相机一样，过耳不忘。上堂讲课，只需事前让人把讲义读上一遍，他就能滔滔不绝地讲上两个钟头，一字不差。他能在一个暑假到北欧三国去度假，学会了三国的语言。

吐火罗文的发现与读通，在世界语言学界，特别是在印欧语系比较语言学界，是一件石破天惊的大事。在中国，王静庵先生和陈寅恪先生都曾讲过，有新材料的发现才能有新学问的产生。征之中国是如此，征之世界亦然。吐火罗文的出现，使印欧语系这个大家族增添了一个新成员，而且还不是一般的成员，它给这个大家庭带来了新问题。印欧语系共分为两大支派：西支叫作centum，东支叫作satəm。按地理条件来看，吐火罗文本应属于东支，但实际上却属于西支。这就给学者们带来了迷惑：怎么来解释这个现象呢？这牵涉到民族迁徙的问题，到现在也还没有得到解决。最近在新疆考古发掘，发现了古代印欧人的尸体。这当然也引起了有关学者的关注。现在来谈我的吐火罗文的学习。

先谈一谈我当时的学习情况。根据我的"学习簿"，我选课的最后一个学期是1940年的夏学期。上Sieg先生的课，Anmeldung的日期是这一年的6月25日，Abmeldung是在7月27日。这说明，我的博士论文写完了，而且教授也通过了。按照德国大学的规定，我可以参加口试答辩了。三个系的口试答辩一通过，再把论文正式印刷出来，我就算是哲学博士了。由于当时正在战争中，正式印刷出版这一个必经的手续就简化了，只需用打字机打上几份（当时还没有复印机）交到文学院院长办公室，事情就算完了。因为Waldschmidt正在从军，我的口试答辩分两次举行。第一次是两个副系（Nebenfach）：英国语文学和斯拉夫语文学。前者主试人是Prof. Roeder（勒德尔教授），后者是Prof. Braun。完全出我意料，我拿了两个"优"。到了1941年春天，Waldschmidt教授休假回家，我才又补行口试答辩，加上博士论文，又拿了两个"优"，这倒没有出我意料。我一拿就是四个"优"，算是没给祖国丢人。

　　我此时已经不用再上课，只是自己看书学习，脑筋里想了几个研究题目，搜集资料，准备写作。战争还正在激烈地进行着，Waldschmidt还不能回家，Sieg仍然代理。有一天，他忽然找到了我，说他要教我吐火罗文。世界上第一个权威要亲自教我，按道理说，这实在是千金难买、别人求之不得的好机会。可我听了以后，在惊喜之余，又有点迟疑。我觉得，自己的脑袋容量有限，现在里面已经塞满了不少稀奇古怪的语言文字，好像再也没有空隙可以塞东西了，因此才产生了迟疑。但是，看到Sieg老师那种诚挚认真的神色，我真受到了感动，我当即答应了他。老人脸上漾起了一丝微笑，至今栩栩如在眼前，这是我永世难忘的。

正在这个时候，一位比利时的青年学者，赫梯文的专家Walter Couvreur（沃尔特·古勿勒）来到哥廷根，千里寻师，想跟Sieg先生学习吐火罗文。于是Sieg便专为两个外国学生开了一门不见于大学课程表上的新课：吐火罗文。上课地点就在印度学研究所。我的"学习簿"上当然也不会登记上这一门课程。我们用的课本就是我在上面提到的Sieg和Siegling的《吐火罗文残卷》拉丁字母转写本。如果有需要也可对一下吐火罗文残卷的原本的影印本。婆罗米字母老师并不教，全由我们自己去摸索学习。语法当时只有一本，就是那三位德国大师著的那一本厚厚的《吐火罗文文法》。这些就是我们这两个学生的全部"学习资料"。老师对语法只字不讲，一开头就念原文。首先念的是《吐火罗文残卷》中的前几张。我在这里补充说一个情况。吐火罗文残卷在新疆出土时，每一张的一头都有被焚烧的痕迹。焚烧的面积有大有小，但是没有一张是完整的。我后来发现，甚至没有一行是完整的。读这样真正"残"的残卷，其困难概可想见。Sieg的教法是，先读比较完整的那几张。Sieg屡屡把这几张称之为Prachtstücke（漂亮的几张）。这几张的内容大体上是清楚的，个别地方和个别字含义模糊。从一开始，主要就是由老师讲。我们即使想备课，也无从备起。当然，我们学生也绝不轻松，我们要翻文法，学习婆罗米字母。这一部文法绝不是为初学者准备的，简直像是一片原始森林，我们一走进去，立即迷失方向，不辨天日。老师讲过课文以后，我们要跟踪查找文法和词汇表。由于原卷残破，中间空白的地方颇多。老师根据上下文或诗歌的韵律加以补充。这一套办法，在我后来解读吐火罗文A《弥勒会见记剧本》时，完全使用上了。这是我从Sieg老师那里学来的本领之一。这一套看来并不稀奇的本领，在实践中却有极大的用处。没有这一套本领，读残卷是有极大困难的。

我们读那几张Prachtstücke，读了不久我就发现，这里面讲的故事就是中国《大藏经》中的《福力太子因缘经》中讲的故事。我将此事告诉了Sieg先生，他大喜过望。我曾费了一段时间就这个问题用德文写了一篇相当长的文章，我把我在许多语言中探寻到的同经的异本择其要者译成了德文。Sieg先生说，这对了解吐火罗文原文有极大的帮助，对我奖誉有加。这篇文章下面再谈。

我现在已经记不清楚我们开始学习吐火罗文的准确时间，也记不清楚每周的时数。大概每周上课两次，每次两小时。因为不是正课，所以也不受学期的限制。根据我那一本《吐火罗文残卷》中的铅笔的笔记来看，我们除了读那几张Prachtstücke之外，还读了大量的其他残卷。当时Sieg先生对原文残缺部分建议补充的字，我都有笔记。根据现在的研究水平来看，这些补充基本上都是正确的，由此可见Sieg先生造诣之博大精深。我现在也记不清我们学习时间究竟用了多长，反正时间是不会短的。

读完了吐火罗文A，又接着读吐火罗文B，也就是龟兹文，或西吐火罗文。关于吐火罗文B，当时德国还没有现成的资料和著作。因此，Sieg先生只能选用法国学者的著作。他选用的一本是法国东方学者烈维（Sylvain Levi）的*Fragments de Textes Koutchéens，Udānavarga，Udānastotra，Udānālamkāra et Karmavibhanga，publiés et traduits avec une vocabulaire et une introdction sur le "Tokharien"*（《库车（龟兹）文残卷》包含着Udānavarga四种佛典，有一个词汇表和一篇论"吐火罗文"的导论），出版时间是1933年，巴黎Imprimerie Nationale（国家印刷局）。在这里，我要加入一段话。第一，"吐火罗文"这个名称是德国学者，首先是Sieg等坚持使用的。法国学者还有一些其他国家的学者是反对的。为此事还引发了一场笔战，Sieg撰文为此名辩护。第二，德国学者不大瞧得起欧美其他国家的东方学者。在闲谈中，Sieg也经常流露出轻蔑之意。但他们对英国学者H. W. Bailey（H. W. 贝利）表示出相当大的敬意，这几乎是唯一的一个例外。在迫不得已的情况下，Sieg使用了烈维这一本书。学习时，更是我们只听Sieg先生一个人讲，因为当时还没有吐火罗文B的文法可供参考。Sieg从这一本书里选了一些章节来念，并没有把全书通读。每次上课时，他总是先指出烈维读婆罗米字母读错的地方，这样的地方还真不算太少。Sieg老师是一个老实厚道的德国学者，我几乎没有听到他说过别人的坏话，他总是赞美别的学者，独独对于烈维这一本书，他却忍不住经常现出讽刺的微笑。

每一次上课总是说："先改错！"我们先读的是Udānavarga，后来又读Karmavibhanga。原文旁边有我当时用铅笔写的字迹，时隔半个多世纪，字迹多已漫漶不清，几乎没有法子辨认了。

我在上面已经说过，学习吐火罗文的确切时间已经记不清了。我觉得，确切时间并不是重要问题。我现在也没有时间去仔细翻检我的日记，就让它先模糊一点吧。留在我的回忆中最深刻难忘的情景，是在冬天的课后。冬天日短，黄昏早临，雪满长街，寂无行人。我一个人扶掖着我这位像祖父般的恩师，小心翼翼地踏在雪地上，吱吱有声。我一直把他送到家，看他进了家门，然后再转身回我自己的家。此情此景，时来入梦，是我一生最幸福、最愉快的回忆之一。有此一段回忆，我就觉得此生不虚矣。我离开了德国以后，老人于50年代初逝世。由于资料和其他条件的限制，我回国后长期没有能从事吐火罗文的研究。这辜负了恩师的期望，每一念及，辄内疚于心，中夜辗转反侧，难以安睡。幸而到了80年代，新疆博物馆的李遇春先生躬自把在新疆新出土的四十四张、八十八页用婆罗米字母写成的吐火罗文A残卷送到我手里。我大喜过望，赶快把多年尘封的一些吐火罗文的资料和书籍翻了出来，重理旧业，不久就有了结果。我心里感到了很大的安慰，我可以告慰恩师在天之灵了。我心中默祝："我没有辜负了你对我殷切的希望！"然而我此时已经到了耄耋之年，我的人生历程结束有日了。

其他语言的学习

我在哥廷根大学除了学习梵文和吐火罗文外，还学习了一些别的语言。我在上面已经提到过，从1937年夏学期开始，不知为什么，我忽然异想天开，想以阿拉伯文为副系之一，选了Prof. von Soden（冯·素顿教授）的课：初级阿拉伯文。上课的地方就在Gauss–Weber–Haus楼下。这一次不是我一个学生了，还有一个名叫Bartels（巴特尔斯）的德国学生，他的主系是经济学。他人长得英俊漂亮，又十分聪明，很有学语言的天才。他的俄文非常好。有一次我们闲谈，他认为阿拉伯文很难，而俄文则很容易。我则认为阿拉伯文容易，而俄文则颇难。我想，原因大概是，俄文虽然语法复杂，但毕竟同德文一样是一个印欧语系的语言，所以Bartels觉得容易。我的母语是汉语，在欧洲人眼中，是一种稀奇古怪的语言。阿拉伯文对他们来说也同样是稀奇古怪的。我习惯于稀奇古怪的语言，两怪相遇，反而觉得不怪了。在第一学期，我们读了一本阿拉伯文法，念了许多例句。教学方法也是德国式的，教授根本不讲语法，一上来就读例句。第二学期，我们就读《古兰经》，没感到有多大困难。阿拉伯文是一种简洁明了的语言，文体清新简明，有一种淳朴的美。我只选了两个学期的阿拉伯文。后来不知为什么，自己又忽然灵机一动，心血来潮，决定放弃阿拉伯文的学习，改以斯拉夫语文学为副系了。

以斯拉夫语文学为副系，除了俄文以外，还必须学习另外一种斯拉夫语言。我选了塞尔维亚·克罗地亚文。虽然写入"学习簿"，实际上没有在研究所上课。Prof. Braun的家同我住的地方只隔一条街，就在他家里上课。他给我选了一本语法，照样是一字不讲，全由我自己去读。我们读的东西不算太多。我恐怕只能算是勉强进了门。这种语言的特点是有声调，不像汉文有四声或者更多的声，而只有两个声调：升和降。这种情况在欧洲其他语言中是没有的。

语言这种东西不是学了就一成不变、永远不忘的，而是很容易忘掉的。就是自己的母语，如果长时间不用也会忘掉的。1946年我回到上海时，长之就发现我说的汉语有点别扭，这一点我自己也略有所感觉。

学习阿拉伯文和塞尔维亚·克罗地亚文，也是用了不少的精力的；可是到了今天，这两种语言对我的研究工作一点用处都没有，早已几乎全部交还给了老师，除了长了点知识以外，简直等于"竹篮子打水一场空"。人在一生中难免浪费一些时间，难免走一点弯路的。如果从小学起就能决定自己一生研究学问的方向，所学的东西都与这个方向有关，一点时间也不浪费，一点弯路也不走，那该有多好啊！然而这样的人恐怕是绝无仅有的，现在社会上用非所学的大有人在。有些人可能浪费的时间比我要长，走的弯路比我要多。

博士论文

梵文学习了几个学期以后，Waldschmidt教授大概认为我"孺子可教"，愿意把我收为门下弟子，便主动找我谈博士论文的事情。他征求我的意见，问我有什么想法。我直率地告诉他，论文题目绝不能同中国有任何牵连。我在国内时就十分瞧不起那一些在国外靠中国老祖宗老子、庄子等的威名写出论文，回国后又靠西方诸大师的威名两头吓唬人的所谓学者。这引得Waldschmidt也笑了起来。一般说来，德国教授并不勉强把论文题目塞给学生。他在研究工作中，觉得他这门学问中还有哪一部分需要补充研究，他就把自己的意思告诉学生，征求学生的意见。学生如果同意，题目就算定下来了。Waldschmidt问我的兴趣何在，我回答说：在研究佛典梵语的语法。早期佛典，除巴利文佛典外，还有许多是用"混合梵文"写成的，不是纯粹的古典梵文，而是掺杂了许多方言成分。方言分东部、西部、西北部等不同地区，语法变化各有特点。这些佛典原来可能就是方言写成的，在"梵文化"的大趋势下，各个向梵文转化，但转化的程度极不相同，转化所处的阶段也各个不同，从中可以探求一部佛典的原产地。这对印度佛教史的研究有重要意义。我同教授商量的结果是，他把一部分量非常大的混合梵文的佛典交给我去研究。因为其量过大，不可能把全部书的语法现象都弄清楚，于是首先限制在动词上。就是这样，其量也还是过大，于是又限定在限定动词上。这一部大书就是*Mahāvastu*。全书用散文和诗歌（伽陀Gāthā）混合写成。散文部分梵文化的程度较深，因为散文不受韵律限制，容易梵文化，而诗歌部分则保留原来的方言成分较多。我的论文题目定为"*Die Konju-gation des finiten Verburns in dan Gāthas des Mahāvastu*"（《〈大疏〉中陀部为限定动词的变化》）。*Mahāvastu*一书厚厚的三巨册，校刊出版者是法国梵文学家E. Senart（E. 色纳尔）。从此以后，我每天课余就都在读这一本书。我每天的生活程序是：凌晨起床，在家里吃过早点，就穿过全城从城东走到城西的梵文研究所；中午不回家，在外面饭馆里吃过午饭，仍回研究所，浏览有关的杂志，从来没有什么午睡；一直工作到六点，才回家吃晚饭。天天如此，像刻板一样。只要有书可读，我就从来没有感到单调或寂寞，乐也融融。

这一部大书并不容易读。我要查好多字典，梵文的、巴利文的都有，还要经常翻阅R. Pischel（R. 皮舍尔）那一部著名的《俗语语法》。边读边把所有的动词形式都写成卡片，按字母顺序排列起来。遇到困难问题，我从来不找教授。因为这种古怪的文字，对教授来说也会是陌生的。Senart的法文注释也可以参考。主要是靠自己来解决。一时解决不了，就放一放，等到类似的现象发现多了，集拢起来，一比较，有的困难问题自然能得到解决。

写论文的过程，实际上就是学习的过程。我读*Mahāvastu*共用了两年多的时间。同时当然也读了许多与此有关的参考书。书读完后，卡片也做完了，就开始分类编排，逐章逐段写成文章。论文主体写完，又附上了一篇"Anhang：Über die Endung-matha"（附录：《论词尾–matha》），还附上了一个详细的动词字根表。我这一篇博士论文的框架就是如此。

我现在讲一讲"导论"（Einleitung）的问题。论文主体完成以后，我想利用导论来向教授显示一下自己的才华。我穷数月之力，翻阅了大量的专著和杂志，搜集有关混合梵文的资料以及佛典由俗语逐渐梵文化的各种不同的说法。大学图书馆就在印度研究所对面，借书非常方便，兼之德国人素以细致、彻底、效率高闻名全世界，即使借一本平常几乎没有人借阅的古旧的杂志，都不用等很长时间，唾手可得。这也给我提供了写作的便利。结果写成了一篇洋洋万言的"导论"，面面俱到，巨细不遗，把应该或者甚至不太应该、只有点沾亲带故的问题，都一一加以论列。写完以后，自我感觉非常良好，沾沾自喜，把全部论文请Irmgard Meyer（伊姆加德·迈耶）小姐用打字机打好，等到Waldschmidt休假时，亲自呈送给他，满以为他会大大地把自己褒奖一番的。然而，事与愿违。过了几天，他把我叫了去，并没有生气，只是面带笑容地把论文稿子交给了我。对其余部分他大概还是非常满意的，只是我的心肝宝贝，那一篇"导论"却一字未动，只在文前画了一个前括号，在最后画了一个后括号，意思很明显，就是统统删掉。这完全出我期望，几乎一棍子把我打晕。他慢慢地对我解释说："你讨论这个问题，面面俱到，其实哪一面也不够充实、坚牢。人家如果想攻击你，从什么地方都能下手，你是防不胜防！"他用了"攻击"这个字眼儿，我至今忆念不忘。我猛然省悟，心悦诚服地接受了他这一"棒喝"，把"导论"一概不要，又重新写了一篇相当短而扎实得多的"导论"，就是现在出版的这一篇。在留德十年中，我当然从这位大师那里学习了不少的本领、不少的招数。但是，给我留下印象最深的还是这一篇"导论"，我终生难忘。以后我教我的学生时也经常向他们讲这个故事。写学术论文，千万不要多说废话，最好能够做到每一句话都有根据。我最佩服的中外两个大学者Heinrich Lüders和陈寅恪就是半句废话也不说的典范。可惜有时候我自己也做不到，我的学术论文中还是有废话的。

现在再谈一谈论文的附录：Über die Endung-matha的问题。这一个动词第一人称复数的词尾，不见于其他佛典内。Senart也觉得奇怪，他想把它解释为-ma atha。但是，我把*Mahāvastu*全书中所有有-matha这个词尾的动词形式都搜集到一起，明确无误地证明了-matha只能是一个完整的动词词尾，Senart的解释是完全站不住脚的。虽然我也意识到这是我的一个新发现，所以才以"附录"的形式让它独立出来；但是，由于我对印欧语系比较语言学钻研不深，我还不能理解这个新发现的重要意义。上面提到的Krause教授，我的论文一写完，就让人读给他听。当他听到关于-matha的这一段时，大为惊喜，连声说："这是一个了不起的发现！"原来同样或者类似的词尾在古代希腊文中也有。一个西方的希腊，一个东方印度的*Mahāvastu*，相距万里，而竟有同样的词尾，这会给印欧语系比较语言学的研究带来新问题，给予新启发。他逢人便讲，至少在Gauss-Weber-Haus里，颇引起了一点轰动。连专攻斯拉夫语文学的Bochucke（博楚克）小姐，见面时也对我提起此事。

重返哥廷根

我真是万万没有想到经过了三十五年的漫长岁月，我又回到这个离开祖国几万里的小城里来了。

我坐在从汉堡到哥廷根的火车上，简直不敢相信这是事实。难道是一个梦吗？我频频问着自己。这当然是非常可笑的，这毕竟就是事实。我脑海里印象历乱，面影纷呈。过去三十多年来没有想到的人，想到了；过去三十多年来没有想到的事，想到了。我那一些尊敬的老师，他们的笑容又呈现在我眼前。我那像母亲一般的女房东，她那慈祥的面容也呈现在我眼前。那个宛宛婴婴的女孩子伊尔穆嘉德，也在我眼前活动起来。那窄窄的街道，街道两旁的铺子，城东小山的密林，密林深处的小咖啡馆，黄叶丛中的小鹿，甚至冬末春初时分从白雪中钻出来的白色小花雪钟，还有很多别的东西，都一齐争先恐后地呈现到我眼前来。一霎时，影像纷乱，我心里也像开了锅似的激烈地动荡起来了。

火车停，我飞也似的跳了下去，踏上了哥廷根的土地。忽然有一首诗涌现出来：

少小离家老大回，

乡音无改鬓毛衰。

儿童相见不相识，

笑问客从何处来。

怎么会涌现这样一首诗呢？我一时有点茫然、懵然。但又立刻意识到，这一座只有十来万人的异域小城，在我的心灵深处，早已成为我的第二故乡了。我曾在这里度过整整十年，是风华正茂的十年。我的足迹印遍了全城的每一寸土地。我曾在这里快乐过，苦恼过，追求过，幻灭过，动摇过，坚持过。这一座小城实际上决定了我一生要走的道路。这一切都不可避免地要在我的心灵上打上永不磨灭的烙印。我在下意识中把它看作第二故乡，不是非常自然的吗？

我今天重返第二故乡，心里面思绪万端，酸甜苦辣，一齐涌上心头。感情上有一种莫名其妙的重压，压得我喘不过气来，似欣慰，似惆怅，似追悔，似向往。小城几乎没有变。市政厅前广场上矗立的有名的抱鹅女郎的铜像，同三十五年前一模一样。一群鸽子仍然像从前一样在铜像周围徘徊，悠然自得。说不定什么时候一声呼哨，飞上了后面大礼拜堂的尖顶。我仿佛昨天才离开这里，今天又回来了。我们走下地下室，到地下餐厅去吃饭。里面陈设如旧，座位如旧，灯光如旧，气氛如旧。连那年轻的服务员也仿佛是当年的那一位。我仿佛昨天晚上才在这里吃过饭。广场周围的大小铺子都没有变。那几家著名的餐馆，什么"黑熊""少爷餐厅"等等，都还在原地。那两家书店也都还在原地。总之，我看到的一切都同原来一模一样。我真的离开这座小城已经三十五年了吗？

但是，正如中国古人所说的，江山如旧，人物全非。环境没有改变，然而人物却已经大大地改变了。我在火车上回忆到的那一些人，有的如果还活着的话年龄已经过了一百岁。这些人的生死存亡就用不着去问了。那些计算起来还没有这样老的人，我也不敢贸然去问，怕从被问者的嘴里听到我不愿意听的消息。我只绕着弯子问上那么一两句，得到的回答往往不得要领，模糊得很。这不能怪别人，因为我的问题就模糊不清。我现在非常欣赏这种模糊，模糊中包含着希望。可惜就连这种模糊也不能完全遮盖住事实。结果是：访旧半为鬼，惊呼热中肠。我只能在内心里用无声的声音来惊呼了。

在惊呼之余，我仍然坚持怀着沉重的心情去访旧。首先我要去看一看我住过整整十年的房子。我知道，我那母亲般的女房东欧朴尔太太早已离开了人世。但是房子却还存在，那一条整洁的街道依旧整洁如新。从前我经常看到一些老太太用肥皂来洗刷人行道，现在这人行道仍然像是刚才洗刷过似的，躺下去打一个滚，绝不会沾上一点尘土。街拐角处那一家食品商店仍然开着，明亮的大玻璃窗子里面陈列着五光十色的食品。主人却不知道已经换了第几代了。我走到我住过的房子外面，抬头向上看，看到三楼我那一间房子的窗户，仍然同以前一样摆满了红红绿绿的花草，当然不是出自欧朴尔太太之手。我蓦地一阵恍惚，仿佛我昨晚才离开，今天又回家了。我推开大门，大步流星地跑上三楼。我没有用钥匙去开门，因为我意识到，现在里面住的是另外一家人了。从前这座房子的女主人恐怕早已安息在什么墓地里了，墓上大概也栽满了玫瑰花吧。我经常梦见这所房子，梦见房子的女主人，如今却是人去楼空了。我在这里度过的十年中，有愉快，有痛苦，经历过轰炸，忍受过饥饿。男房东逝世后，我多次陪着女房东去扫墓。我这个异邦的青年成了她身边的唯一的亲人。无怪我离开时她号啕痛哭。我回国以后，最初若干年，还经常通信。后来时移事变，就断了联系。我曾痴心妄想，还想再见她一面。而今我确实又来到了哥廷根，然而她却再也见不到，永远永远地见不到了。

我徘徊在当年天天走过的街头，这里什么地方都有过我的足迹。家家门前的小草坪上依然绿草如茵。今年冬雪来得早了一点。10月中，就下了一场雪。白雪、碧草、红花，相映成趣。鲜艳的花朵赫然傲雪怒放，比春天和夏天似乎还要鲜艳。我在一篇短文《海棠花》里描绘的那海棠花依然威严地站在那里。我忽然回忆起当年的冬天，日暮天阴，雪光照眼，我扶着我的吐火罗文和吠陀语老师西克教授，慢慢地走过十里行街，心里面感到凄清，但又感到温暖。回到祖国以后，每当下雪的时候，我便想到这一位像祖父一般的老人。回首前尘，已经有四十多年了。

我也没有忘记当年几乎每一个礼拜天都到的席勒草坪。它就在小山下面，是进山必由之路。当年我常同中国学生或者德国学生，在席勒草坪散步之后，就沿着弯曲的山径走上山去。曾登上俾斯麦塔，俯瞰哥廷根全城；曾在小咖啡馆里流连忘返；曾在大森林中茅亭下躲避暴雨；曾在深秋时分惊走觅食的小鹿，听它们脚踏落叶一路窸窸窣窣地逃走。甜蜜的回忆是写也写不完的，今天我又来到这里。碧草如旧，亭榭犹新。但是当年年轻的我已颓然一翁，而旧日游侣早已荡若云烟，有的离开了这个世界，有的远走高飞，到地球的另一半去了。此情此景，人非木石，能不感慨万端吗？

我在上面讲到江山如旧，人物全非。幸而还没有真正地全非。几十年来我昼思暮想最希望还能见到的人，最希望他们还能活着的人，我的"博士父亲"，瓦尔德施米特教授和夫人居然还都健在。教授已经是八十三岁高龄，夫人比他寿更高，是八十六岁。一别三十五年，今天重又会面，真有相见疑梦之感。老教授夫妇显然非常激动，我心里也如波涛翻滚，一时说不出话来。我们围坐在不太亮的电灯光下，杜甫的名句一下子涌上我的心头：

人生不相见，
动如参与商。
今夕复何夕？
共此灯烛光。

四十五年前我初到哥廷根，我们初次见面，以及以后长达十年相处的情景，历历展现在眼前。那十年是剧烈动荡的十年，中间插上了一个第二次世界大战，我们没有能过上几天好日子。最初几年，我每次到他们家去吃晚饭时，他那个十几岁的独生儿子都在座。有一次教授同儿子开玩笑："家里有一个中国客人，你明天到学校去又可以张扬吹嘘一番了。"哪里知道，大战一爆发，儿子就被征从军，一年冬天，战死在北欧战场上。这对他们夫妇俩的打击，是无法形容的。不久教授也被征从军。他心里怎样想，我不好问，他也不好说，看来是默默地忍受痛苦。他预定了剧院的票，到了冬天，剧院开演，他不在家，每周一次陪他夫人看戏的任务，就落到我肩上。深夜，演出结束后，我要走很长的道路，把师母送到他们山下林边的家中，然后再摸黑走回自己的住处。在很长的时间内，他们那一座漂亮的三层楼房里，只住着师母一个人。

他们的处境如此，我的处境更要糟糕。烽火连年，家书亿金。我的祖国在受难，我的全家老老小小在受难，我自己也在受难。中夜枕上，思绪翻腾，往往彻夜不眠。而且头上有飞机轰炸，肚子里没有食品充饥。做梦就梦到祖国的花生米。有一次我下乡去帮助农民摘苹果，报酬是几个苹果和五斤土豆。回家后一顿就把五斤土豆吃了个精光，还并无饱意。

有六七年的时间，情况就是这个样子。我的学习、写论文、参加口试、获得学位，就是在这种情况下进行的。教授每次回家度假，都听我的汇报，看我的论文，提出他的意见。今天我会的这一点点东西，哪一点不包含着教授的心血呢？不管我今天的成就还是多么微小，如果不是他怀着毫不利己的心情对我这一个素昧平生的异邦的青年加以诱掖教导的话，我能够有什么成就呢？所有这一切能够忘记得了吗？

现在我们又会面了。会面的地方不是在我所熟悉的那一所房子里，而是在一所豪华的养老院里，别人告诉我，他已经把房子赠给哥廷根大学印度学和佛教研究所，把汽车卖掉，搬到这一所养老院里来了。院里富丽堂皇，应有尽有，健身房、游泳池，无不齐备。据说，饭食也很好。但是，说句不好听的话，到这里来的人都是七老八十的人，多半行动不便。对他们来说，健身房和游泳池实际上等于聋子的耳朵。他们不是来健身，而是来等死的。头一天晚上还在一起吃饭、聊天，第二天早晨说不定就有人见了上帝。一个人生活在这样的环境中，心情如何，概可想见。话又说了回来，教授夫妇孤苦伶仃，不到这里来，又到哪里去呢？

就是在这样一个地方，教授又见到了自己几十年没有见面的弟子。他的心情是多么激动，又是多么高兴，我无法加以描绘。我一下汽车就看到在高大明亮的玻璃门里面，教授端端正正地坐在圈椅上。他可能已经等了很久，正望眼欲穿哩。他瞪着慈祥昏花的双目瞧着我，仿佛想用目光把我吞了下去。握手时，他的手有点颤抖。他的夫人更是老态龙钟，耳朵聋，头摇摆不停，同三十多年前完全判若两人了。师母还专为我烹制了当年我在她家常吃的食品。两位老人齐声说："让我们好好地聊一聊老哥廷根的老生活吧！"他们现在大概只能用回忆来填充日常生活了。我问老教授还要不要中国关于佛教的书，他反问我："那些东西对我还有什么用呢？"我又问他正在写什么东西。他说："我想整理一下以前的旧稿；我想，不久就要打住了！"从一些细小的事情上来看，老两口的意见还是有一些矛盾的。看来这相依为命的一双老人的生活是阴沉的、郁闷的。在他们前面，正如鲁迅在《过客》中所写的那样："前面？前面，是坟。"

我心里陡然凄凉起来，老教授毕生勤奋，著作等身，名扬四海，受人尊敬，老年就这样度过吗？我今天来到这里，显然给他们带来了极大的快乐。一旦我离开这里，他们又将怎样呢？可是，我能永远在这里待下去吗？我真有点依依难舍，尽量想多待些时候。但是，千里凉棚，没有不散的筵席。我站起来，想告辞离开。老教授带着乞求的目光说："才10点多钟，时间还早嘛！"我只好重又坐下。最后到了深夜，我狠了狠心，向他们说了声："夜安！"站起来，告辞出门。老教授一直把我送下楼，送到汽车旁边，样子是难舍难分。此时我心潮翻滚，我明确地意识到，这是我们最后一面了。但是，为了安慰他，或者欺骗他，也为了安慰我自己，或者欺骗我自己，我脱口说了一句话："过一两年，我再回来看你！"声音从自己嘴里传到自己耳朵，显得空荡、虚伪，然而却又真诚。这真诚感动了老教授，他脸上现出了笑容："你可是答应了我了，过一两年再回来！"我还有什么话好说呢？我噙着眼泪，钻进了汽车。汽车开走时，回头看到老教授还站在那里，一动也不动，活像是一座塑像。

过了两天，我就离开了哥廷根。我乘上了一辆开到另一个城市去的火车。坐在车上，同来时一样，我眼前又是面影迷离，错综纷杂。我这两天见到的一切人和物，一一奔凑到我的眼前来；只是比来时在火车上看到的影子清晰多了，具体多了。在这些迷离错乱的面影中，有一个特别清晰、特别具体、特别突出，它就是我在前天夜里看到的那一座塑像。愿这一座塑像永远停留在我的眼前，永远停留在我的心中。

1980年11月在西德开始
1987年10月在北京写成

我和外国文学

要想谈我和外国文学，简直像"一部十七史，不知从何处谈起"。

我从小学时期起开始学习英文，年龄大概只有十岁吧。当时我还不大懂什么是文学，只朦朦胧胧地觉得外国文很好玩而已。记得当时学英文是课余的，时间是在晚上。现在留在我的记忆里的只是在夜课后，在黑暗中，走过一片种满了芍药花的花畦，紫色的芍药花同绿色的叶子化成了一个颜色，清香似乎扑入鼻官。从那以后，在几十年的漫长的岁月中，学习英文总同美丽的芍药花连在一起，成为美丽的回忆。

到了初中，英文继续学习。学校环境异常优美，紧靠大明湖，一条清溪流经校舍。到了夏天，杨柳参天，蝉声满园。后面又是百亩苇绿，十里荷香，简直是人间仙境。我们的英文教员水平很高，我们写的作文，他很少改动，但是一笔勾销，自己重写一遍。用力之勤，可以想见。从那以后，我学习英文又同美丽的校园和一位古怪的老师连在一起，也算是美丽的回忆吧。

到了高中，自己已经十五六岁了，仍然继续学英文，又开始学了点德文。到了此时，才开始对外国文学发生兴趣。但是这个启发不是来自英文教员，而是来自国文教员。高中前两年，我上的是山东大学附设高中。国文教员王崑玉先生是桐城派古文作家，自己有文集。后来到山东大学做了讲师。我们学生写作文，当然都用文言文，而且尽量模仿桐城派的调子。不知怎么一来，我的作文竟受到他的垂青。什么"亦简练，亦畅达"之类的评语常常见到，这对于我是极大的鼓励。高中最后一年，我上的是山东济南省立高中，经过了五卅惨案，学校地址变了，空气也变了，国文老师换成了董秋芳（冬芬）、夏莱蒂、胡也频等等，都是有名的作家。胡也频先生只教了几个月，就被国民党通缉，逃到上海，不久就壮烈牺牲。以后是董秋芳先生教我们。他是北大英文系毕业的，曾翻译过一本短篇小说集《争自由的波浪》，鲁迅写了序言。他同鲁迅通过信，通信全文都收在《鲁迅全集》中。他虽然教国文，却是外国文学出身，在教学中自然会讲到外国文学的。我此时写作文都改用白话，不知怎么一来，我的作文又受到董老师的垂青。他对我大加赞誉，在一次作文的评语中，他写道，我同另一个同级王峻岭（后来入北大数学系）是全班、全校之冠。这对一个十七八岁的青年来说，更是极大的鼓励。从那以后，虽然我思想还有过波动，但也只能算是小插曲。我学习文学，其中当然也有学外国文学的决心，就算是确定下来了。

在这时期，我曾从日本东京丸善书店订购过几本外国文学的书。其中一本是英国作家吉卜林的短篇小说。我曾着手翻译过其中的一篇，似乎没有译完。当时一本洋书值几块大洋，够我一个月的饭钱。我节衣缩食，存下几块钱，写信到日本去订书，书到了，又要跋涉十几里路到商埠去"代金引换"。看到新书，有如贾宝玉得到通灵宝玉，心中的愉快，无法形容。总之，我的兴趣已经确定，这也就确定了我以后学习和研究的方向。

考上清华以后，在选择系科的时候，不知是由于什么原因，我曾经一阵心血来潮，想改学数学或者经济。要知道我高中读的是文科，几乎没有学过数学。入学考试数学分数不到十分。这样的成绩想学数学岂非滑天下之大稽！愿望当然落空。一度冲动之后，我的心情立即平静下来：还是老老实实，安分守己，学外国文学吧。

清华大学西洋文学系，实际上是以英国文学为主，教授，不管是哪一国人，都用英语讲授。但是又有一个古怪的规定：学习英、德、法三种语言中任何一种，从一年级学到四年级，就叫什么语的专门化。德文和法文从字母学起，而大一的英文一上来就念J.奥斯丁的《傲慢与偏见》，可见英文的专门化同法文和德文的专门化，完全是不可同日而语的。四年的课程有文艺复兴文学、中世纪文学、现代长篇小说、莎士比亚、欧洲文学史、中西诗之比较、英国浪漫诗人、中古英文、文学批评等等。教大一英文的是叶公超，后来当了国民党的外交部长。教大二的是毕莲（Miss Bille），教现代长篇小说的是吴可读（英国人），教东西诗之比较的是吴宓，教中世纪文学的是吴可读，教文艺复兴文学的是温特（Winter），教欧洲文学史的是翟孟生（Jameson），教法文的是Holland（华兰德）小姐，教德文的是杨丙辰、艾克（Ecke）、石坦安（Von den Steinen）。这些外国教授的水平都不怎么样，看来都不是正途出身，有点野狐谈禅的味道。费了四年的时间，收获甚微。我还选了一些其他的课，像朱光潜的文艺心理学、陈寅恪的佛经翻译文学、朱自清的陶渊明诗等等，也曾旁听过郑振铎和谢冰心的课。这些课程水平都高，至今让我忆念难忘的还是这一些课程，而不是上面提到的那一些"正课"。

从上面的选课中可以看出，我在清华大学四年，兴趣是相当广的，语言、文学、历史、宗教几乎都涉及了。我是德文专门化的学生，从大一德文，一直念到大四德文，最后写论文还是用英文，题目是"The Early Poems of F. Hölderlin"，指导教师是艾克。内容已经记不清楚，大概水平是不高的。在这期间，除了写作散文以外，我还翻译了德莱塞的《旧世纪还在新的时候》、屠格涅夫的《玫瑰是多么美丽、多么新鲜呵……》，史密斯（Smith）的《蔷薇》、杰克逊（H. Jackson）的《代替一篇春歌》、马奎斯（D. Marquis）的《守财奴自传序》、索洛古勃（Sologub）的一些作品、荷尔德林的一些诗，其中《玫瑰是多么美丽、多么新鲜呵……》《代替一篇春歌》《蔷薇》等几篇发表了，其余的大概都没有刊出，连稿子现在都没有了。

此时我的兴趣集中在西方的所谓"纯诗"上，但是也有分歧。纯诗主张废弃韵律，我则主张诗歌必须有韵律，否则叫任何什么名称都行，只是不必叫诗。泰戈尔是主张废除韵律的，他的道理并没有能说服我。我最喜欢的诗人是法国的魏尔兰、马拉梅和比利时的维尔哈伦等。魏尔兰主张：首先是音乐，其次是明朗与朦胧相结合。这符合我的口味。但是我反对现在的所谓"朦胧诗"。我总怀疑这是"英雄欺人"，以艰深文浅陋。文学艺术都必须要人了解，如果只有作者一个人了解（其实他自己也不见得就了解），那何必要文学艺术呢？此外，我还喜欢英国的所谓"形而上学诗"。在中国，我喜欢的是六朝骈文，唐代的李义山、李贺，宋代的姜白石、吴文英，都是唯美的，讲求辞藻华丽的。这个嗜好至今仍在。

在这四年期间，我同吴雨僧先生（宓）接触比较多。他主编天津《大公报》的一个副刊，我有时候写点书评之类的文章给他发表。我曾到燕京大学夜访郑振铎先生，同叶公超先生也有接触，他教我们英文，喜欢英国散文，正投我所好。我写散文，也翻译散文。曾有一篇《年》发表在与叶有关的《学文》上，受到他的鼓励，也碰过他的钉子。我常常同几个同班访问雨僧先生的藤影荷声之馆，有名的水木清华之匾就挂在工字厅后面。我也曾在月夜绕过工字厅走到学校西部的荷塘小径上散步，亲自领略朱自清先生《荷塘月色》描绘的那种如梦如幻的仙境。

我在清华时就已开始对梵文发生兴趣，旁听陈寅恪先生的佛经翻译文学更加深了我的兴趣。但由于当时没有人教梵文，所以空有这个愿望而不能实现。1935年深秋，我到了德国哥廷根，才开始从瓦尔德施米特教授学习梵文和巴利文，后又从西克教授学习吠陀和吐火罗文。梵文文学作品只在授课时作为语言教材来学习。第二次世界大战爆发，瓦尔德施米特被征从军，西克以耄耋之年出来代他授课。这位年老的老师亲切和蔼，恨不能把自己的一切学问和盘托出来，交给我这个异域的青年。他先后教了我吠陀、《大疏》、吐火罗语。在文学方面，他教了我比较艰深的檀丁的《十王子传》。这一部用艺术诗写成的小说实在非常古怪，开头一个复合词长达三行，把一个需要一章来描写的场面细致地描绘出来了。我回国以后之所以翻译《十王子传》，基因就是这样形成的。当时我主要是研究混合梵文，没有余暇来搞梵文文学，好像是也没有兴趣。在德国十年，没有翻译过一篇梵文文学著作，也没有写过一篇论梵文文学的文章。现在回想起来，也似乎从来没有想到要研究梵文文学。我的兴趣完完全全转移到语言方面，转移到吐火罗文方面去了。

1946年回国，我到北大来工作。我兴趣最大、用力最勤的佛教梵文和吐火罗文的研究，由于缺少起码的资料，已无法进行。我当时有一句口号，叫作："有多大碗，吃多少饭。"意思是说，国内有什么资料，我就做什么研究工作。巧妇难为无米之炊。不管我多么不甘心，也只能这样了。我就是在这种情况下来翻译文学作品的。新中国成立初期，我翻译了德国女小说家安娜·西格斯的短篇小说。西格斯的小说，我非常喜欢。她以女性特有的异常细致的笔触，描绘反法西斯的斗争，实在是优秀的短篇小说家。以后我又翻译了迦梨陀婆的《沙恭达罗》和《优哩婆湿》，翻译了《五卷书》和一些零零碎碎的《佛本生故事》等。直至此时，我还并没有立志专门研究外国文学。我用力最勤的还是中印文化关系史和印度佛教史。我努力看书，积累资料。50年代，我曾想写一部《唐代中印关系史》，提纲都已写成，可惜因循未果。十年浩劫中，资料被抄，丢了一些，还留下了一些，我已兴趣索然了。在浩劫之后，我自忖已被打倒在地，命运是永世不得翻身。但我又不甘心无所事事，白白浪费人民的小米，想找一件能占住自己的身心而又能旷日持久的翻译工作，从来也没想到出版问题。我选择的结果就是印度大史诗《罗摩衍那》。大概从1973年开始，在看门房、守电话之余，着手翻译。我一定要译文押韵。但有时候找一个适当的韵脚又异常困难，我就坐在门房里，看着外面来来往往的人，大半都不认识，只见眼前人影历乱，我脑筋里却想的是韵脚。下班时要走四十分钟才能到家，路上我仍搜索枯肠，寻求韵脚，以此自乐，实不足为外人道也。

上面我谈了六十年来我和外国文学打交道的经过。原来不知从何处谈起，可是一谈，竟然也谈出了不少的东西。记得什么人说过，只要塞给你一支笔，几张纸，出上一个题目，你必然能写出东西来。我现在竟成了佐证。可是要说写得好，那可就不见得了。

究竟怎样评价我这六十年中对外国文学的兴趣和所表现出来的成绩呢？我现在谈一谈别人的评价。1980年，我访问联邦德国，同分别了将近四十年的老师瓦尔德施米特教授会面，心中的喜悦之情可以想见。那时期，我翻译的《罗摩衍那》才出了一本，我就带了去送给老师。我万没有想到，他板起脸来，很严肃地说："我们是搞佛教研究的，你怎么弄起这个来了！"我了解老师的心情，他是希望我在佛教研究方面能多做出些成绩。但是他哪里能了解我的处境呢？我一无情报，二无资料，我是不得已而为之的。只是到了最近五六年，我两次访问联邦德国，两次访问日本，同外国的渠道逐渐打通，同外国同行通信、互赠著作，才有了一些条件，从事我那有关原始佛教语言的研究，然而人已垂垂老矣。

前几天，我刚从日本回来。在东京时，以东京大学名誉教授中村元博士为首的一些日本学者为我布置了一次演讲会。我讲的题目是《和平与文化》。在致开幕词时，中村元把给他的八大本汉译《罗摩衍那》提到会上，向大家展示。他大肆吹嘘了一通，说什么世界名著《罗摩衍那》外文译本完整的，在过去一百多年内只有英文，汉文译本是第二个全译本，有重要意义。日本、美国、苏联等国都有人在翻译，汉译本对日本译本会有极大的鼓励作用和参考作用。

　　中村元教授同瓦尔德施米特教授的评价完全相反。但是我绝不由于瓦尔德施米特的评价而沮丧，也绝不由于中村元的评价而发昏。我认识到翻译这本书的价值，也认识到自己工作的不足。由于别的研究工作过多，今后这样大规模的翻译工作大概不会再干了。难道我和外国文学的缘分就从此终结了吗？绝不是的。我目前考虑的有两件工作：一件是翻译一点《梨俱吠陀》的抒情诗，这方面的介绍还很不够；二是读一点古代印度文艺理论的书。我深知外国文学在我们国家精神文明建设中的重要性，也深知我们研究的深度和广度都有待于大大地提高。不管我其他工作多么多，我的兴趣多么杂，我也决不会离开外国文学这一阵地的，永远也不会离开。

1986年5月31日

我的图书馆

一想到清华图书馆，一股温馨的暖流便立即油然涌上心头。

在清华园念过书的人，谁也不会忘记两馆：一个是体育馆，一个就是图书馆。

专就图书馆而论，在当时一直到今天，它在中国大学中绝对是一流的。光是那一座楼房建筑，就能令人神往。淡红色的墙上，高大的玻璃窗上，爬满了绿叶葳蕤的爬山虎。新中国成立后，曾加以扩建，建筑面积增加了很多；但是整个建筑的庄重典雅的色调，一点也没有遭到破坏。与前面的雄伟的古希腊建筑风格的大礼堂，形成了双峰并峙的局面，一点也不显得有任何逊色。

至于馆内藏书之多，插架之丰富，更是名闻遐迩。不但能为本校师生服务，而且还能为外校，甚至外国的学者提供稀有的资料。根据我的回忆，馆员人数并不多，但是效率极高，而且极有礼貌，有问必答，借书也非常方便。当时清华学生宿舍是相当宽敞的，一间屋住两人，每人一张书桌。在屋里读书也是很惬意的。但是，我们还是愿意到图书馆去，那里更安静，而且参考书极为齐全。书香飘满了整个阅览大厅，每个人说话走路都是静悄悄的。人一走进去，立即为书香所迷，进入角色。

我在校时，有一位馆员毕树棠老先生，胸罗万卷，对馆内藏书极为熟悉，听他娓娓道来，如数家珍。学生们乐意同他谈天，看样子他也乐意同青年们侃大山，是一个极受尊敬和欢迎的人。1946年，我去国十多年以后，又回到北京，是在北京大学工作。我打听清华的人，据说毕老先生还健在，我十分兴奋，几次想到清华园去会一会老友；但都因事未果，后来听说他已故去，痛失同这位鲁殿灵光见面的机会，抱恨终天了。

书籍是人类文化和智慧的最重要的载体。世界各国、各地，只要有文字有书籍的地方，书籍就必然承担起这个十分重要的责任。没有书籍，人类文化的发展，人类社会的进步，就会受到极大的影响，遇到极大的障碍，延缓前进的步伐。而图书馆就是储存这些重要载体的地方。在人类历史上，世界上各个国家，中国的各个朝代，几乎都有类似今天图书馆的设备。这是人类文化之所以能够代代传承下来的重要原因。我们对图书馆必须给予最高的赞扬。

清华大学，包括留美预备学堂和国学研究院在内，建校八十来年以来，颇出了一些卓有建树、蜚声士林的学者和作家。其中原因很多，但是校歌中说的："西山苍苍，东海茫茫；吾校庄严，巍然中央。"这是形象的说法，说得很玄远，其意不过是说清华园有灵气。园中的水木清华、荷塘月色等等，都是灵气之所钟。在这样有灵气的地方，又有全国一流的学生，有一些全国一流的教授，再加上有这样一个图书馆，焉得不培养出一些优秀人才呢？

我一想到清华图书馆，就有一种温馨的回忆。我永远不会忘记清华图书馆。

我和北大图书馆

　　我对北大图书馆有一种特殊的感情，这种感情潜伏在我的内心深处，从来没有明确地意识到过。最近图书馆的领导同志要我写一篇讲图书馆的文章，我连考虑都没有，立即一口答应。但我立刻感到有点吃惊。我现在事情还是非常多的，抽点时间，并非易事。为什么竟立即答应下来了呢？如果不是心中早就蕴藏着这样一种感情的话，能出现这种情况吗？

　　山有根，水有源，我这种感情的根源由来已久了。

　　1946年，我从欧洲回国。去国将近十一年，在落叶满长安（长安街也）的深秋季节，又回到了北平，在北大工作，内心感情的波动是难以形容的。既兴奋，又寂寞；既愉快，又惆怅。然而我立刻就到了一个可以安身立命的地方，这就是北大图书馆。当时我单身住在红楼，我的办公室（东语系办公室）是在灰楼。图书馆就介乎其中。承当时图书馆的领导特别垂青，在图书馆里给了我一间研究室，在楼下左侧。窗外是到灰楼去的必由之路。经常有人走过，不能说是很清静。但是在图书馆这一面，却是清静异常。我的研究室左右，也都是教授研究室，当然室各有主，但是颇少见人来。所以走廊里静如古寺，真是念书写作的好地方。我能在奔波数万里扰攘十几年，有时梦想得到一张一尺见方的书桌而渺不可得的情况下，居然有了一间窗明几净的研究室，简直如坐天堂，如享天福了。当时我真想咬一下自己的手，看一看自己是否是做梦。

研究室的真正要害还不在窗明几净——当然，这也是必要的——而在有没有足够的书。在这一点上，我也得到了意外的满足。图书馆的领导允许我从书库里提一部分必要的书，放在我的研究室里，供随时查用。我当时是东语系的主任，虽然系非常小，没有多少学生；但是，麻雀虽小，五脏俱全，仍然有一些会要开，一些公要办，所以也并不太闲。可是我一有机会，就遁入我的研究室去，"躲进小楼成一统"，这地方是我的天下。我一进屋，就能进入角色，潜心默读，坐拥书城，其乐实在是不足为外人道也。我回国以后，由于资料缺乏，在国外时的研究工作无法进行，只能有多大碗，吃多少饭，找一些可以发挥自己的长处而又有利于国计民生的题目，来进行研究。北大图书馆藏书甲全国大学，我需要的资料基本上能找得到，因此还能够写出一些东西来。如果换一个地方，我必如车辙中的鲋鱼那样，什么书也看不到，什么文章也写不出，不但学业上不能进步，长此以往，必将索我于鲍鱼之肆了。

作为全国最高学府的北京大学，我们有悠久的爱国主义的革命历史传统，有实事求是的学术传统，这些都是难能可贵的。但是，我认为，一个第一流的大学，必须有第一流的设备、第一流的图书、第一流的教师、第一流的学者和第一流的管理。五个第一流，缺一不可。我们北大可以说是具备这五个第一流的。因此，我们有充分的基础，可以来弘扬祖国的优秀文化，为我国四化建设培养德才兼备的人才，对外为祖国争光，对内为人民立功，仰不愧于天，俯不怍于地，充满信心地走向光辉的未来。在这五个第一流中，第一流的图书更显得特别突出。北大图书馆是全国大学图书馆的翘楚。这是世人之公言，非我一个之私言。我们为此应该感到骄傲，感到幸福。

但是，我们全校师生员工却不能躺在这个骄傲上、这个幸福上睡大觉。我们必须努力学习，努力工作，像爱护自己的眼球一样，爱护北大，爱护北大的一草一木、一山一石，爱护我们的图书馆。我们图书馆的藏书盈架充栋，然而我们应该知道，一部一册来之不易，一页一张得之维艰。我们全体北大人必须十分珍惜爱护。这样，我们的图书馆才能有长久的生命，我们的骄傲与幸福才有坚实的基础。愿与全校同人共勉之。

1991年11月6日

我的书斋

最近身体不太好。内外夹攻，头绪纷繁，我这已届耄耋之年的神经有点吃不消了。于是下定决心，暂且封笔。乔福山同志打来电话，约我写点什么。我遵照自己的决心，婉转拒绝。但一听这题目是《我的书斋》，于我心有戚戚焉，立即精神振奋，暂停决心，拿起笔来。

我确实有个书斋，我十分喜爱我的书斋，这个书斋是相当大的，大小房间，加上过厅、厨房，还有封了顶的阳台，大大小小，共有八个单元。书籍从来没有统计过，总有几万册吧。在北大教授中，"藏书状元"我恐怕是当之无愧的。而且在梵文和西文书籍中，有一些堪称海内孤本。我从来不以藏书家自命，然而坐拥如此大的书城，心里能不沾沾自喜吗？

我的藏书都像是我的朋友，而且是密友。我虽然对它们并不是每一本都认识，它们中的每一本却都认识我。我每走进我的书斋，书籍立即活跃起来，我仿佛能听到它们向我问好的声音，我仿佛看到它们向我招手的情景，倘若有人问我，书籍的嘴在什么地方？而手又在什么地方呢？我只能说："你的根器太浅，努力修持吧。有朝一日，你会明白的。"

我兀坐在书城中，忘记了尘世的一切不愉快的事情，怡然自得。以世界之广，宇宙之大，此时却仿佛只有我和我的书友存在。窗外粼粼碧水，丝丝垂柳，阳光照在玉兰花的肥大的绿叶子上，这都是我平常最喜爱的东西，现在也都视而不见了。连平常我喜欢听的鸟鸣声"光棍儿好过"，也听而不闻了。

我的书友每一本都蕴含着无量的智慧。我只读过其中的一小部分。这智慧我是能深深体会到的。没有读过的那一些，好像也不甘落后，它们不知道是施展一种什么神秘的力量，把自己的智慧放了出来，像波浪似的涌向我来。可惜我还没有修炼到能有"天眼通"和"天耳通"的水平，我还无法接受这些智慧之流。如果能接受的话，我将成为世界上古往今来最聪明的人。我自己也去努力修持吧。

我的书友有时候也让我窘态毕露。我并不是一个不爱清洁和秩序的人，但是，因为事情头绪太多，脑袋里考虑的学术问题和写作问题也不少，而且每天都收到大量的寄来的书籍和报纸杂志以及信件，转瞬之间就摞成一摞。在这样的情况下，如果我需要一本书，往往是遍寻不得。"只在此屋中，书深不知处"，急得满头大汗也是枉然，只好到图书馆去借，等我把文章写好，把书送还图书馆后，无意之间，在一摞书中，竟找到了我原来要找的书，"得来全不费工夫"，然而晚了，工夫早已费过了，我啼笑皆非，无可奈何。等到用另一本书时，再重演一次这出喜剧。我知道，我要寻找的书友，看到我急得那般模样，会大声给我打招呼的，但是喊破了嗓子也无济于事，我还没有修持到能听懂书的语言的水平。我还要加倍努力去修持。我有信心将来一定能获得真正的"天眼通"和"天耳通"。只要我想要哪一本书，哪一本书就会自己报出所在之处，我一伸手，便可拿到，如探囊取物。这样一来，文思就会像泉水般地喷涌，我的笔变成了生花妙笔，写出来的文章会成为天下之至文——到了那时，我的书斋里会充满了没有声音的声音，布满了没有形象的形象，我同我的书友们能够自由地互通思想，交流感情。我的书斋会成为宇宙间第一神奇的书斋，岂不猗欤休哉！

我盼望有这样一个书斋。

1993年6月22日

我和书

古今中外都有一些爱书如命的人。我愿意加入这一行列。

书能给人以知识，给人以智慧，给人以快乐，给人以希望。但也能给人带来麻烦，带来灾难。在"文化大革命"的年代里，我就以收藏封资修大洋古书籍的罪名挨过批斗。1976年地震的时候，也有人警告我，我坐拥书城，夜里万一有什么情况，书城将会封锁我的出路。

批斗对我已成过眼云烟，那种万一的情况也没有发生，我"死不改悔"，爱书如故，至今藏书已经发展到填满了几间房子。除自己购买以外，我获赠的书籍越来越多。我究竟有多少书，自己也说不清楚。比较起来，大概是相当多的。搞抗震加固的一位工人师傅就曾多次对我说：这样多的书，他过去没有见过。学校领导对我额外加以照顾，我如今已经有了几间真正的书窝，那种卧室、书斋、会客室三位一体的情况，那种"初极狭，才通人"的桃花源的情况，已经成为历史陈迹了。

有的年轻人看到我的书，瞪大了吃惊的眼睛问我："这些书你都看过吗？"我坦白承认，我只看过极少极少的一点。"那么，你要这么多书干吗呢？"这确实是难以回答的问题。我没有研究过藏书心理学，三言两语，我说不清楚。我相信，古今中外爱书如命者也不一定都能说清楚。即使说出原因来，恐怕也是五花八门的吧。

真正进行科学研究，我自己的书是远远不够的。也许我搞的这一行有点怪。我还没有发现全国任何图书馆能满足，哪怕是最低限度地满足我的需要。有的题目有时候由于缺书，进行不下去，只好让它搁浅。我抽屉里面就积压着不少这样的搁浅的稿子。我有时候对朋友们开玩笑说："搞我们这一行，要想有一个满意的图书室简直比搞四化还要难。全国国民收入翻两番的时候，我们也未必真能翻身。"这绝非耸人听闻之谈，事实正是这样。同我搞的这一行有类似困难的，全国还有不少。这都怪我们过去底子太薄，新中国成立后虽然做了不少工作，但是一时积重难返。我现在只有寄希望于未来，发呼吁于同行。我们大家共同努力，日积月累，将来总有一天会彻底改变目前情况的。古人说："前人种树，后人乘凉。"让我们大家都来当种树人吧。

1985年7月8日晨

对我影响最大的几本书

　　我是一个最枯燥乏味的人，枯燥到什么嗜好都没有。我自比是一棵只有枝干并无绿叶更无花朵的树。

　　如果读书也能算是一个嗜好的话，我的唯一嗜好就是读书。

　　我读的书可谓多而杂，经、史、子、集都涉猎过一点，但极肤浅，小学中学阶段，最爱读的是"闲书"（没有用的书），比如《彭公案》《施公案》《洪公传》《三侠五义》《小五义》《东周列国志》《说岳》《说唐》等等，读得如醉似痴。《红楼梦》等古典小说是以后才读的。读这样的书是好是坏呢？从我叔父眼中来看，是坏。但是，我却认为是好，至少在写作方面是有帮助的。

　　至于哪几部书对我影响最大，几十年来我一贯认为是两位大师的著作：在德国是亨利希·吕德斯，我老师的老师；在中国是陈寅恪先生。两个人都是考据大师，方法缜密到神奇的程度，从中也可以看出我个人兴趣之所在。我禀性板滞，不喜欢玄之又玄的哲学。我喜欢能摸得着看得见的东西，而考据正合吾意。

吕德斯是世界公认的梵学大师，研究范围颇广，对印度的古代碑铭有独到深入的研究。印度每有新碑铭发现而又无法读通时，大家就说："到德国去找吕德斯去！"可见吕德斯权威之高。印度两大史诗之一的《摩诃婆罗多》从核心部分起，滚雪球似的一直滚到后来成型的大书，其间共经历了七八百年。谁都知道其中有不少层次，但没有一个人说得清楚。弄清层次问题的又是吕德斯。在佛教研究方面，他主张有一个"原始佛典"（Urkanon），是用古代半摩揭陀语写成的，我个人认为这是千真万确的事；欧美一些学者不同意，却又拿不出半点可信的证据。吕德斯著作极多，中短篇论文集为一书的《古代印度语文论丛》，是我一生受影响最大的著作之一。这书对别人来说，可能是极为枯燥的，但是，对我来说却是一本极为有味、极有灵感的书，读之如饮醍醐。

在中国，影响我最大的书是陈寅恪先生的著作，特别是《寒柳堂集》《金明馆丛稿》。寅恪先生的考据方法同吕德斯先生基本上是一致的，不说空话，无证不信。二人有异曲同工之妙。我常想，寅恪先生从一个不大的切入口切入，如剥春笋，每剥一层，都是信而有征，让你非跟着他走不行，剥到最后，露出核心，也就是得到结论，让你恍然大悟：原来如此，你没有法子不信服。

寅恪先生考证不避琐细，但绝不是为考证而考证，小中见大，其中往往含着极大的问题。比如，他考证杨玉环是否以处女入宫。这个问题确极猥琐，不登大雅之堂。无怪一个学者说：这太Trivial（微不足道）了。焉知寅恪先生是想研究李唐皇族的家风。在这个问题上，汉族与少数民族看法是不一样的。寅恪先生是从看似细微的问题入手探讨民族问题和文化问题，由小及大，使自己的立论坚实可靠。看来这位说那样话的学者是根本不懂历史的。

在一次闲谈时，寅恪先生问我，《梁高僧传》卷二《佛图澄传》中载有铃铛的声音："秀支替戾冈，仆谷劬秃当"，是哪一种语言？原文说是羯语，不知何所指？我到今天也回答不出来。由此可见寅恪先生读书之细心，注意之广泛。他学风谨严，在他的著作中到处可以给人以启发。读他的文章，简直是一种最高的享受。读到兴会淋漓时，真想浮一大白。

中德这两位大师有师徒关系，寅恪先生曾受学于吕德斯先生。这两位大师又同受战争之害，吕德斯生平致力于Molānavarga之研究，几十年来批注不断。二战时手稿被毁。寅恪师生平致力于读《世说新语》，几十年来眉注累累。日寇入侵，逃往云南，此书丢失于云南。假如这两部书能流传下来，对梵学、国学将是无比重要之贡献。然而先后毁失，为之奈何！

1999年7月30日

我最喜爱的书

我在下面介绍的只限于中国文学作品。外国文学作品不在其中。我的专业书籍也不包括在里面，因为太冷僻。

（一）司马迁《史记》

《史记》这一部书，很多人都认为它既是一部伟大的史籍，又是一部伟大的文学作品。我个人同意这个看法。平常所称的《二十四史》中，尽管水平参差不齐，但是哪一部也不能望《史记》之项背。《史记》之所以能达到这个水平，司马迁的天才当然是重要原因；但是他的遭遇起的作用似乎更大。他无端受了宫刑，以致郁闷激愤之情溢满胸中，发而为文，句句皆带悲愤。他在《报任少卿书》中已有充分的表露。

（二）《世说新语》

这不是一部史书，也不是某一个文学家和诗人的总集，而只是一部由许多颇短的小故事编纂而成的奇书。有些篇只有短短几句话，连小故事也算不上。每一篇几乎都有几句或一句隽语，表面简单淳朴，内容却深奥异常，令人回味无穷。六朝和稍前的一个时期内，社会动乱，出了许多看来脾气相当古怪的人物，外似放诞，内实怀忧。他们的举动与常人不同。此书记录了他们的言行，短短几句话，而栩栩如生，令人难忘。

（三）陶渊明的诗

有人称陶渊明为"田园诗人"。笼统言之，这个称号是恰当的。他的诗确实与田园有关。"采菊东篱下，悠然见南山"，这样的名句几乎是家喻户晓的。从思想内容上来看，陶渊明颇近道家，中心是纯任自然。从文体上来看，他的诗简易淳朴，毫无雕饰，与当时流行的镂金错彩的骈文迥异其趣。因此，在当时以及以后的一段时间内，对他的诗的评价并不高，在《诗品》中，仅列为中品。但是，时间越后，评价越高，最终成为中国伟大诗人之一。

（四）李白的诗

李白是中国文学史上最伟大的天才之一，这一点是谁都承认的。杜甫对他的诗给予了最高的评价："白也诗无敌，飘然思不群。清新庾开府，俊逸鲍参军。"李白的诗风飘逸豪放。根据我个人的感受，读他的诗，只要一开始，你就很难停住，必须读下去。原因我认为是，李白的诗一气流转，这一股"气"不可抗御，让你非把诗读完不行。这在别的诗人作品中，是很难遇到的现象。在唐代，以及以后的一千多年中，对李白的诗几乎只有赞誉，而无批评。

（五）杜甫的诗

杜甫也是一个伟大的诗人，千余年来，李杜并称。但是二人的创作风格却迥乎不同：李是飘逸豪放，而杜则是沉郁顿挫。从使用的格律上，也可以看出二人的不同。七律在李白集中比较少见，而在杜甫集中则颇多。摆脱七律的束缚，李白是没有枷锁跳舞；杜甫善于使用七律，则是戴着枷锁跳舞，二人的舞都达到了极高的水平。在文学批评史上，杜甫颇受到一些人的指摘，而对李白则绝无仅有。

（六）南唐后主李煜的词

后主词传留下来的仅有三十多首，可分为前后两期：前期仍在江南当小皇帝，后期则已降宋。后期词不多，但是篇篇都是杰作，纯用白描，不作雕饰，一个典故也不用，话几乎都是平常的白话，老妪能解；然而意境却哀婉凄凉，千百年来打动了千百万人的心，在词史上巍然成一大家，受到了文艺批评家的赞赏。但是，对王国维在《人间词话》中赞美后主有佛祖的胸怀，我却至今尚不能解。

（七）苏轼的诗文词

中国古代赞誉文人有三绝之说。三绝者，诗、书、画三个方面皆能达到极高水平之谓也，苏轼至少可以说已达到了五绝：诗、书、画、文、词。因此，我们可以说，苏轼是中国文学史和艺术史上最全面的伟大天才。论诗，他为宋代一大家。论文，他是唐宋八大家之一。笔墨凝重，大气磅礴。论书，他是宋代苏、黄、米、蔡四大家之首。论词，他摆脱了婉约派的传统，创豪放派，与辛弃疾并称。

（八）纳兰性德的词

宋代以后，中国词的创作到了清代又掀起了一个新的高潮。名家辈出，风格不同，又都能各极其妙，实属难能可贵。在这群灿若列星的词家中，我独独喜爱纳兰性德。他是大学士明珠的儿子，生长于荣华富贵中，然而却胸怀愁思，流溢于楮墨之间。这一点我至今还难以得到满意的解释。从艺术性方面来看，他的词可以说是已经达到了完美的境界。

（九）吴敬梓的《儒林外史》

胡适之先生给予《儒林外史》极高的评价。诗人冯至也酷爱此书。我自己也是极为喜爱《儒林外史》的。

此书的思想内容是反科举制度，昭然可见，用不着细说，它的特点在艺术性上。吴敬梓惜墨如金，从不作冗长的描述。书中人物众多，各有特性，作者只讲一个小故事，或用短短几句话，活脱脱一个人就仿佛站在我们眼前，栩栩如生。这种特技极为罕见。

（十）曹雪芹的《红楼梦》

在古今中外众多的长篇小说中，《红楼梦》是一颗璀璨的明珠，是状元。中国其他长篇小说都没能成为"学"，而"红学"则是显学。内容描述的是一个大家族的衰微的过程。本书特异之处也在它的艺术性上。书中人物众多，男女老幼，主子奴才，五行八作，应有尽有。作者有时只用寥寥数语而人物就活灵活现，让读者永远难忘。读这样一部书，主要是欣赏它的高超的艺术手法。那些把它政治化的无稽之谈，都是不可取的。

2001年3月21日

丢书之痛

我教了一辈子书，从中学教到大学，从中国教到外国，以书为命，嗜书成癖，积七八十年之积累，到现在已积书数万册，在燕园中成为藏书状元。

想当年十六七岁时，在济南北园白鹤庄读高中，家里穷，我更穷；但仍然省吃俭用，节约出将近一个月的伙食钱，写信到日本丸善书店，用"代金引换"的方式，订购了一本英国作家吉卜林的短篇小说，跋涉三十余里，到商埠邮局去取书，书到手中，如获至宝，当时的欢悦至今仿佛仍蕴含于胸中。

后来到了清华大学，我的经济情况略有改进，因为爬格子爬出了点名堂，可以拿到稿费了；但是，总起来看，仍然是十分拮据的。可我积习难除，仍然节约出一个月的饭费，到东交民巷一个德国书店订购了一部德国诗人荷尔德林的全集，这是我手边最宝贵的东西，爱之如心头肉。

到了德国以后，经济每况愈下。格子无从爬起，津贴数目奇低。每月除了房租饮食之外，所余无几。但在极端困难的十年中，我仍然省吃俭用，积聚了数百册西文专业书。回国以后，托德国友人，历尽艰辛，从哥廷根运回北京，我当然珍如拱璧了。

在新中国成立前的三年内，我在北京琉璃厂和东安市场结识了不少书肆主人。同隆福寺修绠堂经理孙助廉更是往来甚密，成为好友。我的一些旧书，多半是从他那里得到的。十年浩劫以后，天日重明，但古籍已经破坏，焚烧殆尽，旧日搜书之乐，已不可再得，只能在新书上打主意。

年来因种种原因，我自己买书不多，而受赠之书，则源源不绝。数年之间，已塞满了七间房子。以我这样一个书呆子，坐拥书城，焉得不乐！虽南面王不易矣。

然而，天底下闪光的东西，不都是金子。万万没有想到，我这一座看起来固若金汤的书城竟也有了塌陷之处。我过于相信别人，引狼入室，最近搬移书籍，才发现丢书惨重。一般单本书，丢了还容易补上。然而，《王力全集》丢了四本，《朱光潜全集》丢了三本，《宗白华全集》丢了两本，叫我到哪里去配！这当头一棒使我大梦初醒，然而已经晚了。当今世风不良，人心叵测，斯文中人竟会有这种行为。我已望九之年，竟还要对世道纷绘从幼儿园学起，不亦大可哀哉！孔乙己先生说：偷书不算是偷。对此我不敢苟同，我要同他"商榷"的。

我之所以写这一篇短文，是因为我想到，"夜光杯"的读者中嗜书者必不在少数，如果还没有我这种经历，请赶快以我为鉴，在你的书房门口高悬一块木牌，上书四个大字："闲人免进"。

1999年1月9日

我的第一位老师

他实际上不是我的第一位老师。在他之前，我已经有几位老师了。不过都已面影迷离，回忆渺茫，环境模糊，姓名遗忘。只有他我还记得最清楚，因而就成了第一了。

我这第一位老师，姓李，名字不知道。这并非由于忘记，而是当时就不注意。一个九岁的孩子，一般只去记老师的姓，名字则不管。倘若老师有"绰号"——老师几乎都有的——则只记绰号，连姓也不管了。我们小学就有"shiao qianr（即知了，蝉。济南这样叫，不知道怎样写）""卖草纸的"等老师。李老师大概为人和善，受到小孩子的尊敬，又没有什么特点，因此逃掉起"绰号"这一有时颇使老师尴尬的关。

我原在济南一师附小上学，校长是新派人物，在山东首先响应五四运动，课本改为白话。其中有一篇《阿拉伯的骆驼》，是一个众所周知的寓言故事。我叔父忽然有一天翻看语文课本，看到这一篇，勃然大怒，高声说："骆驼怎么能会说话！荒唐之至！快转学！"

于是我就转了学，转的是新育小学。因为侥幸认识了一个"骡"字，震动了老师，让我从高小开始，三年初小，统统赦免。一个字竟能为我这一生学习和工作提前了一两年，不称之为运气好又称之为什么呢？

新育校园极大，从格局上来看，旧时好像是什么大官的花园。门东向，进门左拐，有一排平房。沿南墙也有一排平房，似为当年仆人的住处。平房前面有一片空地，偏西有修砌完好的一大圆池塘，我可从来没见过里面有水，只是杂草丛生而已。池畔隙地也长满了杂草，春夏秋三季，开满了杂花，引得蜂蝶纷至，野味十足，与大自然浑然一体。倘若印度大诗人泰戈尔来到这里，必然认为是办学的最好的地方。

进校右拐，是一条石径，进口处木门上有一匾，上书"循规蹈矩"。我对这四个字感到极大的兴趣，因为它们难写，更难懂。我每天看到它，但是一直到毕业，我也不知道是什么意思。

石径右侧是一座颇大的假山，石头堆成，山半有亭。本来应该是栽花的空地上，现在却没有任何花，仍然只是杂草丛生而已。遥想当年鼎盛时，园主人大官正在辉煌夺目之时，山半的亭子必然彩绘一新，耸然巍然。山旁的隙地上也必然是栽满了姚黄魏紫，国色天香。纳兰性德的词"晚来风动护花铃，人在半山亭"所流露出来的高贵气象，必然会在这里出现。然而如今却是山亭颓败，无花无铃，唯有夕阳残照乱石林立而已。

可是，我却忘记不了这一座假山，不是由于它景色迷人，而是由于它脚下那几棵又高又粗的大树。此树我至今也不知道叫什么名字。它春天开黄色碎花，引得成群的蜜蜂，绕花嗡嗡，绿叶与高干并配，花香与蜂鸣齐飞，此印象至今未泯。我之所以怀念它还有另外一个原因，当年连小学生也是并不那么"循规蹈矩"的——那四个字同今天的一些口号一样，对我们丝毫也不起作用。如果我们觉得哪个老师不行，我们往往会"架"（赶走也）他。"架"的方式不同，不要小看小学生，我们的创造力是极为丰富多彩的。有一个教师就被我们"架"走了。采用的方式是每个同学口袋里装满那几棵大树上结的黄色的小果子，这果子味涩苦，不能吃，我们是拿来做武器的。预备被"架"的老师一走进课堂，每人就从口袋里掏出那种黄色的小果子，投向老师，宛如旧时代两军对阵时万箭齐发一般，是十分有威力的。老师知趣，中了几弹之后，连忙退出教室，卷起铺盖回家。

假山对面，石径左侧，有一个单独的大院子，中建大厅，既高且大，雄伟庄严，是校长办公的地方。当年恐怕是大官的客厅，布置得一定非常富丽堂皇。然而，时过境迁，而今却是空荡荡的，除了墙上挂的一个学生为校长画的炭画像以外，只有几张破桌子，几把破椅子，一副寒酸相。一个小学校长会有多少钱来摆谱呢？

可是，这一间破落的大厅却给我留下了难以磨灭的印象，至今历历如在眼前。我曾在这里因为淘气被校长用竹板打过手心，打得相当厉害，一直肿了几天，胖胖的，刺心地痛。此外，厅前有两个极大的用土堆成用砖砌好的花坛，春天栽满了牡丹和芍药。有一年，我在学校里上英文补习夜班，下课后，在黑暗中，我曾偷着折过一朵芍药。这并不光彩的事，也使我忆念难忘，直至今天耄耋之年，仍然恍如昨日。

大厅院外，石径尽头，有一个小门，进去是一个大院子，整整齐齐，由东到西，盖了两排教室，是平房，房间颇多，可以供全校十几个班的学生上课。教室后面，是大操场，操场西面，靠墙还有几间房子，老师有的住在那里。门前两棵两人合抱的大榆树，叶子长满时，浓荫覆盖一大片地。树上常有成群的野鸟住宿。早晨和黄昏，噪声闹嚷嚷的，有似一个嘈杂无序的未来派的音乐会。

现在该说到我们的李老师了。他上课的地方就在靠操场的那一排平房的东头的一间教室里。他是我们的班主任，教数学、地理、历史什么的。他教书没有什么特点，因此，我回忆不出什么细节。我们当时还没有英文课，学英文有夜班，好像是要另出钱的，不是正课。可不知为什么我却清清楚楚地回忆起一个细节来：李老师在我们自习班上教我们英文字母，说 f 这个字母就像是一只大蜂子，腰细两头尖。这个比喻，形象生动，所以一生不忘。他为什么讲到英文字母，其他字母用什么来比喻，我都记不清了。

还有一件事情让我至今难以忘怀。有一年春天，大概是在清明前后，李老师领我们这一班学生，在我上面讲到的圆水池边上，挖地除草，开辟出一块菜地来，种上了一些瓜果蔬菜一类的东西。我们这一群孩子，平均十一二岁的年龄，差不多都是首次种菜，眼看着乱草地变成了整整齐齐、成垅成畦的菜地，春雨沾衣欲湿，杏花在雨中怒放。古人说：杏花、春雨、江南。我们现在是杏花、春雨、北国。地方虽异，其情趣则一也。春草嫩绿，垂柳鹅黄，真觉得飘飘欲仙。那时候我还不会"为觅新词强说愁"，实际上也根本无愁可说，浑身舒服，意兴盎然。我现在已经经过了八十多个春天，像那样的一个春天，我还没有过过，今后大概也不会再有了。

所有这一切，都是同李老师紧密联系在一起的。因此，众多的小学老师，我只记住了李老师一个人，也可以说是事出有因了吧。李老师总是和颜悦色，从不疾言厉色。他从来没有用戒尺打过任何学生，在当时体罚成风、体罚有理的风气下，这是十分难得的。他住的平房十分简陋，生活十分清苦。但从以上说的情况来看，他真能安贫乐道，不改其乐。

我十三岁离开新育小学，以后再没有回去过。我不知道李老师后来怎样了，心里十分悔恨。倘若有人再让我写一篇《赋得永久的悔》，我一定会写这一件事。差幸我大学毕业以后，国内国外，都步李老师后尘，当一名教师，至今已有六十多年了，我当一辈子教员已经是注定了的。只有这一点可以告慰李老师在天之灵。

李老师永远活在我的心中。

1996年7月

我看西谛先生读书

西谛先生不幸逝世，到现在已经有二十多年了。听到飞机失事的消息时，我正在莫斯科。我仿佛当头挨了一棒，惊愕得说不出话来。我是震惊多于哀悼，惋惜胜过忆念，而且还有点惴惴不安。当我登上飞机回国时，同一架飞机中就放着西谛先生等六人的骨灰盒。我百感交集。当时我的心情之错综复杂可想而知。从那以后，在这样漫长的时间内，我不时想到西谛先生。每一想到，都不禁悲从中来。到了今天，震惊、惋惜之情已逝，而哀悼之意弥增。这哀悼，像烈酒，像火焰，燃烧着我的灵魂。

倘若论资排辈的话，西谛先生是我的老师。30年代初期，我在清华大学读西洋文学系，但是从小学起，我对中国文学就有浓厚的兴趣。西谛先生是燕京大学中国文学系的教授，在清华兼课，我曾旁听过他的课。在课堂上，西谛先生是一个渊博的学者，掌握大量的资料，讲起课来，口若悬河泻水，滔滔不绝。他那透过高度的近视眼镜从讲台上向下看挤满了教室的学生的神态，至今仍宛然如在目前。

当时的教授一般都有一点所谓"教授架子"。在中国话里，"架子"这个词儿同"面子"一样，是难以捉摸、难以形容描绘的，好像非常虚无缥缈，但它又确实存在。有极少数教授自命清高，但精神和物质待遇却非常优厚。在他们心里，在别人眼中，他们好像是高人一等，不食人间烟火，而实则饱餍粱肉，进可以攻，退可以守，其中有人确实也是官运亨通，青云直上，成了羡慕的对象。存在决定意识，因此就产生了架子。

这些教授的对立面就是我们学生。我们的经济情况有好有坏，但是不富裕的占大多数，然而也不至于挨饿。我当时就是这样一个学生。处境相同，容易引起类似同病相怜的感情；爱好相同，又容易同声相求。因此，我就有了几个都是爱好文学的伙伴，经常在一起，其中有吴组缃、林庚、李长之等等。虽然我们所在的系不同，但却常常会面，有时在工字厅大厅中，有时在大礼堂里，有时又在荷花池旁"水木清华"的匾下。我们当时差不多都才二十岁左右，阅世未深，尚无世故，正是天不怕、地不怕的时候。我们经常高谈阔论，臧否天下人物，特别是古今文学家，直抒胸臆，全无顾忌。幼稚恐怕是难免的，但是没有一点框框，却也有可爱之处。我们好像是《世说新语》中的人物，任性纵情，毫不矫饰。我们谈论《红楼梦》，我们谈论《水浒》，我们谈论《儒林外史》，每个人都努力发一些怪论，"语不惊人死不休"。记得茅盾的《子夜》出版时，我们间曾掀起一场颇为热烈的大辩论，我们辩论的声音在工字厅大厅中回荡。但事过之后，谁也不再介意。我们有时候也把自己写的东西，什么诗歌之类，拿给大家看，而且自己夸耀哪句是神来之笔，一点也不脸红。现在想来，好像是别人干的事，然而确实是自己干的事，这样的率真只在那时候能有，以后只能追忆珍惜了。

在当时的社会上，封建思想弥漫，论资排辈好像是天经地义。一个青年要想出头，那是非常困难的。如果没有奥援，不走门子，除了极个别的奇才异能之士外，谁也别想往上爬。那些少数出身于名门贵阀的子弟，他们丝毫也不担心，毕业后爷老子有的是钱，可以送他出洋镀金，回国后优缺美差在等待着他们。而绝大多数的青年经常为所谓"饭碗问题"担忧，我们也曾为"毕业即失业"这一句话吓得发抖。我们的一线希望就寄托在教授身上。在我们眼中，教授简直如神仙中人，高不可攀。教授们自然也是感觉到这一点的，他们之所以有架子，同这种情况是分不开的。我们对这种架子已经习以为常，不以为怪了。

我就是在这样的气氛中认识西谛先生的。

最初我当然对他并不完全了解。但是同他一接触，我就感到他同别的教授不同，简直不像是一个教授。在他身上，看不到半点教授架子。他也没有一点论资排辈的恶习。他自己好像并不觉得比我们长一辈，他完全是以平等的态度对待我们。他有时就像一个大孩子，不失其赤子之心。他说话非常坦率，有什么想法就说了出来，既不装腔作势，也不以势吓人。他从来不想教训人，任何时候都是亲切和蔼的。当时流行在社会上的那种帮派习气，在他身上也找不到。只要他认为有一技之长的，不管是老年、中年还是青年，他都一视同仁。

因此，我们在背后就常常说他是一个宋江式的人物。他当时正同巴金、靳以主编一个大型的文学刊物《文学季刊》，按照惯例是要找些名人来当主编或编委的。这样可以给刊物镀上一层金，增加号召力量。他确实也找了一些名人，但是像我们这样一些无名又年轻之辈，他也绝不嫌弃。我们当中有的人当上了主编，有的人当上特别撰稿人。自己的名字都煌煌然印在杂志的封面上，我们难免有些沾沾自喜。西谛先生对青年人的爱护，除了鲁迅先生外，恐怕并世无二。说老实话，我们有时候简直感到难以理解，有点受宠若惊了。

在这样的情况下，我们既景仰他学问之渊博，又热爱他为人之亲切平易，于是就很愿意同他接触。只要有机会，我们总去旁听他的课，有时也到他家去拜访他。记得在一个秋天的夜晚，我们几个人步行，从清华园走到燕园。他的家好像就在今天北大东门里面大烟筒下面。现在时过境迁，房子已经拆掉，沧海桑田，面目全非了。但是在当时给我的印象却是异常美好，至今难忘的。房子是旧式平房，外面有走廊，屋子里有地板，我的印象是非常高级的住宅。屋子里排满了书架，都是珍贵的红木做成的，整整齐齐地摆着珍贵的古代典籍，都是人间瑰宝，其中明清小说、戏剧的收藏更在全国首屈一指。屋子的气氛是优雅典丽的，书香飘拂在画栋雕梁之间。我们都狠狠地羡慕了一番。

总之，我们对西谛先生是尊敬的，是喜爱的。我们在背后常常谈到他，特别是他那些同别人不同的地方，我们更是津津乐道。背后议论人当然并不能算是美德，但是我们一点恶意都没有，只是觉得好玩而已。比如他的工作方式，我们当时就觉得非常奇怪。他兼职很多，常常奔走于城内城外。当时交通还不像现在这样方便。清华、燕京，宛如一个村镇，进城要长途跋涉。校车是有的，但非常少，有时候要骑驴，有时候坐人力车。西谛先生挟着一个大皮包，总是装满了稿子，鼓鼓囊囊的。他戴着深度的眼镜，跨着大步，风尘仆仆，来往于清华、燕京和北京城之间。我们在背后说笑话，说郑先生走路就像一只大骆驼。可是他一坐上校车，就打开大皮包拿出稿子，写起文章来。

据说他买书的方式也很特别。他爱书如命，认识许多书贾，一向不同书贾讲价钱，只要有好书，他就留下，手边也不一定就有钱偿付书价，他留下以后，什么时候有了钱就还账，没有钱就用别的书来对换。他自己也印了一些珍贵的古籍，比如《插图本中国文学史》《玄览堂丛书》之类。他有时候也用这些书去还书债。书贾愿意拿什么书，就拿什么书。他什么东西都喜欢大，喜欢多，出书也有独特的气派，与众不同。所有这一切我们也都觉得很好玩，很可爱。这更增加我们对他的敬爱。在我们眼中，西谛先生简直像长江大河，汪洋浩瀚；泰山华岳，庄严敦厚。当时的某一些名人同他一比，简直如小水洼、小土丘一般，有点微末不足道了。

但是时间只是不停地逝去，转瞬过了四年，大学要毕业了。清华大学毕业以后，我回到故乡去，教了一年高中。我学的是西洋文学，教的却是国文，用现在的话说，就是"不结合业务"，因此心情并不很愉快。在这期间，我还同西谛先生通过信。他当时在上海，主编《文学》。我寄过一篇散文给他，他立即刊登了。他还写信给我，说他编了一个什么丛书，要给我出一本散文集。我没有去搞，所以也没有出成。过了一年，我得到一份奖学金，到很远的一个国家里去住了十年。从全世界范围来看，这正是一个天翻地覆的时代。在国内，有外敌入侵，大半个祖国变了颜色。在国外，正在进行着第二次世界大战。我在国外，挨饿先不必说，光是每天躲警报，就真够呛。杜甫的诗："烽火连三月，家书抵万金。"我的处境是"烽火连十年，家书无从得"。同西谛先生当然失去了联系。

一直到了1946年的夏天，我才从国外回到上海。去国十年，漂洋万里，到了那繁华的上海，连个落脚的地方都没有。我曾在克家的榻榻米上睡过许多夜。这时候，西谛先生也正在上海。我同克家和辛笛去看过他几次，他还曾请我们吃过饭。他的老母亲亲自下厨房做福建菜，我们都非常感动，至今难以忘怀。当时上海反动势力极为猖獗，郑先生是他们的对立面。他主编一个争取民主的刊物，推动民主运动。反动派把他也看作眼中钉，据说是列入了黑名单。有一次，我同他谈到这个问题。完全出乎我的意料，他的面孔一下子红了起来，怒气冲冲，声震屋瓦，流露出极大的义愤与轻蔑。几十年来他给我的印象是和蔼可亲，平易近人，光风霁月，菩萨慈眉。我万万没有想到，他还有另一面：疾恶如仇，横眉冷对，疾风迅雷，金刚怒目。原来我只是认识了西谛先生的一面，对另一面我连想都没有想过。现在总算比较完整地认识西谛先生了。

有一件事情，我还要在这里提一下。我在上海时曾告诉郑先生，我已应北京大学之聘，担任梵文讲座。他听了以后，喜形于色，他认为，在北京大学教梵文简直是理想的职业。他对梵文文学的重视和喜爱溢于言表。1948年，他在他主编的《文艺复兴·中国文学专号》的《题辞》中写道："关于梵文学和中国文学的血脉相通之处，新近的研究呈现了空前的辉煌。北京大学成立了东方语文学系，季羡林先生和金克木先生几位都是对梵文学有深刻研究的……在这个'专号'里，我们邀约了王重民先生、季羡林先生、万斯年先生、戈宝权先生和其他几位先生写这个'专题'。我们相信，这个工作一定会给国内许多研究工作者以相当的感奋的。"西谛先生对后学的鼓励之情洋溢于字里行间。

新中国成立后不久，西谛先生就从上海绕道香港到了北京。我们，都熬过了寒冬，迎来了春天，又在这文化古都见了面，分外高兴。又过了不久，他同我都参加了新中国开国后派出去的第一个大型文化代表团，到印度和缅甸去访问。在国内筹备工作进行了半年多，在国外和旅途中又用了四五个月。我认识西谛先生已经几十年了，这一次是我们相聚最长的一次，我认识他也更清楚了，他那些优点也表露得更明显了。我更觉得他像一个不失其赤子之心的大孩子，胸怀坦荡，耿直率真。他喜欢同人辩论，有时也说一些歪理。但他自己却一本正经，他同别人抬杠而不知是抬杠。我们都开玩笑说，就抬杠而言，他已达到出神入化的境界，应该选他为"抬杠协会主席"，简称之为"杠协主席"。出国前在检查身体的时候，他糖尿病已达到相当严重的程度，有几个"+"号。别人替他担忧，他自己却丝毫不放在心上，喝酒吃点心如故。他那豁达大度的性格，在这里也表现得非常鲜明。

回国以后，我经常有机会同他接触。他担负的行政职务更重了。有一段时间，他在北海团城里办公，我有时候去看他，那参天的白皮松给我留下了难忘的印象。这时候他对书的爱好似乎一点也没有减少。有一次他让我到他家去吃饭，他像从前一样，满屋堆满了书，大都是些珍本的小说、戏剧、明清木刻，满床盈案，累架充栋。一谈到这些书，他自然就眉飞色舞。我心里暗暗地感到庆幸和安慰，我暗暗地希望西谛先生能够这样活下去，多活上许多年，多给人民做一些好事情……

但是正当他充满了青春活力，意气风发，大踏步走上前去的时候，好像一声晴天霹雳，西谛先生不幸过早地离开我们了。他逝世时的情况是什么样子，谁也说不清楚。我时常自己描绘，让幻想驰骋。我知道，这样幻想是毫无意义的，但是自己无论如何也排除不掉。过了几年就爆发了"文化大革命"，我同许多人一样被卷了进去。在以后的将近十年中，我是如临深渊，如履薄冰，天天在战战兢兢地过日子，想到西谛先生的时候不多。间或想到他，心里也充满了矛盾：一方面希望他能活下来，另一方面又庆幸他没有活下来，否则他一定也会同我一样戴上种种的帽子，说不定会关进牛棚。他不幸早逝，反而成了塞翁失马了。

现在，恶贯满盈的"四人帮"终于被打倒了。普天同庆，朗日重辉。但是痛定思痛，我想到西谛先生的次数反而多了起来。将近五十年前的许多回忆，清晰的、模糊的、整齐的、零乱的，一齐涌入我的脑中。西谛先生的一举一动，一颦一笑，时时奔至眼底。我越是觉得前途光明灿烂，就越希望西谛先生能够活下来。像他那样的人，我们是多么需要啊！他一生为了保存祖国的文化，付出了多么巨大的劳动！如果他还能活到现在，那该有多好！然而已经发生的事情是永远无法挽回的。"念天地之悠悠"，我有时甚至感到有点凄凉了。这同我当前的环境和心情显然是有矛盾的，但我无论如何也抑制不住自己。我常常不由自主地低吟起江文通的名句来：

春草暮兮秋风惊，秋风罢兮春草生；

绮罗毕兮池馆尽，琴瑟灭兮丘垄平。

自古皆有死，莫不饮恨而吞声。

呜呼！生死事大，古今同感。西谛先生只能活在我们回忆中了。

1980年1月8日初稿

1981年2月2日修改

我的老师董秋芳先生

难道人到了晚年就只剩下回忆了吗？我不甘心承认这个事实，但又不能不承认。我现在就是回忆多于前瞻。过去六七十年不大容易想到的师友，现在却频来入梦。

其中我想得最多的是董秋芳先生。

董先生是我在济南高中时的国文教员，笔名冬芬。胡也频先生被国民党通缉后离开了高中，再上国文课时，来了一位陌生的教员，个子不高，相貌也没有什么惊人之处，一只手还似乎有点毛病，说话绍兴口音颇重，不很容易懂。但是，他的笔名我们却是熟悉的。他翻译过一本苏联小说：《争自由的波浪》，鲁迅先生作序。他写给鲁迅先生的一封长信，我们在报刊上读过，现在收在《鲁迅全集》中。因此，面孔虽然陌生，但神交却已很久。

这样一来，大家处得很好，也自是意中事了。

在课堂上，他同胡先生完全不同。他不讲什么"现代文艺"，也不宣传革命，只是老老实实地讲书，认真小心地改学生的作文。他也讲文艺理论，却不是弗里茨，而是日本厨川白村的《苦闷的象征》《出了象牙之塔》，都是鲁迅先生翻译的。他出作文题目很特别，往往只在黑板上大书"随便写来"四个字，意思自然是，我们愿意写什么，就写什么；愿意怎样写，就怎样写，丝毫不受约束，有绝对的写作自由。

我就利用这个自由写了一些自己愿意写的东西。我从小学经过初中到高中前半，写的都是文言文；现在一旦改变，并没有感到有什么不适应。原因是我看了大量的白话旧小说，对五四以来的新文学作品，鲁迅、胡适、周作人、郭沫若、郁达夫、茅盾、巴金等人的小说和散文几乎读遍了，自己动手写白话文，颇为得心应手，仿佛从来就写白话文似的。

在阅读的过程中，潜移默化，在无意识中形成了自己对写文章的一套看法。这套看法的最初根源似乎是来自旧文学，从庄子、孟子、《史记》，中间经过唐宋八大家，一直到明末的公安派和竟陵派、清代的桐城派，都给了我不同程度、不同方式的灵感。这些大家时代不同，风格迥异，但是却有不少共同之处。根据我的归纳，可以归为三点：第一，感情必须充沛真挚；第二，遣词造句必须简练、优美、生动；第三，整篇布局必须紧凑、浑成。三者缺一，就不是一篇好文章。文章的开头与结尾，更是至关重要。后来读了一些英国名家的散文，我也发现了同样的规律。我有时甚至想到，写文章应当像谱乐曲一样，有一个主旋律，辅之以一些小的旋律，前后照应，左右辅助，要在纷纭变化中有统一，在统一中有错综复杂，关键在于有节奏。总之，写文章必须惨淡经营。自古以来，确有一些文章如行云流水，仿佛是信手拈来，毫无斧凿痕迹。但是那是长期惨淡经营终入化境的结果。如果一开始就行云流水，必然走入魔道。

我这些想法形成于不知不觉之中，自己并没有清醒的意识。它也流露于不知不觉之中，自己也没有清醒的意识。有一次，在董先生的作文课堂上，我在"随便写来"的启迪下，写了一篇记述我回故乡奔母丧的悲痛心情的作文。感情真挚，自不待言。在谋篇布局方面却没有意识到有什么特殊之处。作文本发下来了，却使我大吃一惊。董先生在作文本每一页上面的空白处都写了一些批注，不少地方有这样的话："一处节奏""又一处节奏"，等等。我真是如拨云雾见青天："这真是我写的作文吗？"这真是我的作文，不容否认。"我为什么没有感到有什么节奏呢？"这也是事实，不容否认。我的苦心孤诣连自己都没有意识到的，却为董先生和盘托出。知己之感，油然而生。这决定了我一生的活动。从那以后，六十年来，我从事研究的是一些稀奇古怪的东西，与文章写作风马牛不相及。但是感情一受到剧烈的震动，所谓"心血来潮"，则立即拿起笔来，写点什么。至今已到垂暮之年，仍然是积习难除，锲而不舍。这同董先生的影响是绝对分不开的，我对董先生的知己之感，将伴我终生了。

高中毕业以后，到北平来念了四年大学，又回到母校济南高中教了一年国文，然后在欧洲待了将近十一年，1946年才回到祖国。在这长达二十多年的时间内，我一直没有同董秋芳老师通过信，也完全不知道他的情况。50年代初，在民盟的一次会上，完全出我意料之外，我竟见到了董先生，看那样子，他已垂垂老矣。我激动得说不出话来，他也非常激动。但是我平生有一个弱点：不善于表露自己的感情。董先生看来也是如此。我们每个人心里都揣着一把火，表面上却颇淡漠，大有君子之交淡如水之概了。

我生平还有一个弱点，我曾多次提到过，这就是，我不喜欢拜访人。这两个弱点加在一起，就产生了致命的后果：我同我平生感激最深、敬意最大的老师的关系，看上去有点若即若离了。

不记得是什么时候了，董先生退休了，离开北京回到了老家绍兴。这时候大概正处在十年浩劫期间，我是泥菩萨过江，自身难保。自顾不暇，没有余裕来想到董先生了。

又过一些时候，听说董先生已经作古。乍听之下，心里震动得非常剧烈。一霎时，心中几十年的回忆、内疚、苦痛，蓦地抖动起来。我深自怨艾，痛悔无已。然而已经发生过的事情是无法挽回的，看来我只能抱恨终天了。

我虽然研究佛教，但是从来不相信什么生死轮回，再世转生。可是我现在真想相信一下。我自己屈指计算了一下，我这一辈子基本上是一个善人，坏事干过一点，但并不影响我的功德。下一生，我不敢，也不愿奢望转生为天老爷，但我定能托生为人，不致走入畜生道。董先生当然能转生为人，这不在话下。等我们两个隔世相遇的时候，我相信，我的两个弱点经过地狱的磨炼已经克服得相当彻底，我一定能向他表露我的感情，一定常去拜访他，做一个程门立雪的好弟子。

然而，这一些都是可能的吗？这不是幻想又是什么呢？"他生未卜此生休。"我怅望青天，眼睛里溢满了泪水。

1990年3月24日

诗人兼学者的冯至（君培）先生

君培先生一向只承认自己是诗人，不是学者。但是众多的师友和学生，也包括我在内，却认为他既是诗人，也是学者。他把这两种多少有点矛盾的行当融汇于一身，而且达到了高度统一与和谐的境界。

他的抒情诗曾受到鲁迅先生的赞扬。可惜我对于新诗，虽然已经读了六十多年，却自愧缺少这方面的细胞，至今仍然处在幼儿园阶段，更谈不到登堂入室。因此，对冯先生的新诗，我不敢赞一词。

可是为什么我也认为他是诗人呢？我根据的是他的抒情散文。散文，过去也一度被称作小品文，英国的所谓Familiar essay，就是这种东西。这个文学品种，同诗歌、小说、戏剧一样，也是国际性的。但又与后三者不完全相同。并不是每一个文学大国散文都很发达。过去，一讲到散文，首先讲英国，其次算是法国。这个说法基本上是正确的。英国确实出了不少的散文大家，比如兰姆（Ch. Lamb）、G.吉辛（G. Gissing）、鸦片烟鬼德·昆西（De Quincey）等等，近代还出了像切斯特顿（Chesterton）等这样的散文作家，灿如列星，辉耀文坛。在法国，蒙田是大家都熟悉的散文大家。至于德国、俄国等文学大国，散文作家则非常稀见。我个人认为，这恐怕与民族气质和思维方式有关。兹事体大，这里不详细讨论了。

我只想指出一点，过去一讲到散文，开口必言英国的中外学者们，忘记了一个事实：中国实际上是世界上最大的散文大国。他们五体投地、诚惶诚恐地匍匐在英国散文脚下，望穿秋水，把目光转向英国。却忘记了，远在天边，近在眼前，居散文魁首地位者非中国莫属。中国旧日把一切典籍分为四类：经、史、子、集。经里面散文比较少见；史里面则大量存在，司马迁是最著名的例子；子几乎全属于散文范畴；集比起子来更有过之。我们平常所说的"唐宋八大家"，明朝末年的公安派和竟陵派，清朝的桐城派，等等，都是地地道道的散文。我们读过的《古文辞类纂》《古文观止》等等，不都是散文吗？不但抒情和写景的文章属于散文，连一些议论文，比如韩愈的《论佛骨表》，苏轼的《范增论》《留侯论》以及苏洵的《辨奸论》等等，都必须归入散文范畴，里面弥漫着相当浓厚的抒情气息。我们童年习之，至今尚能成诵。可是，对我来说，一直到了接近耄耋之年，才仿佛受到"天启"，豁然开朗：这不是散文又是什么呢？古诗说"踏破铁鞋无觅处，得来全不费工夫"，岂是之谓欤？

因此，我说：中国是世界的散文大国。

而冯至先生的散文，同中国近代许多优秀的散文大家的作品一样——诸如鲁迅、郁达夫、冰心、朱自清、茅盾、叶圣陶、杨朔、巴金等的散文，是继承了中国优秀散文传统的。里面当然也有西方散文的影响，在欧风美雨剧烈的震动下，不这样也是不可能的。但其基调以及神情韵味等，则是中国的。恐怕没有人能够完全否认这一点。在这一点上，中国近代的散文，同诗歌、小说、戏剧完全不一样，其中国味是颇为浓烈的。后三者受西方影响十分显著。试以茅盾、巴金等的长篇而论，它们从形式上来看，是同《红楼梦》接近呢，还是类似《战争与和平》？明眼人一望便知，几乎没有争辩的余地。至于曹禺的戏剧，更在形式上与易卜生毫无二致，这也是一个无可争辩的事实。我这一番话丝毫没有价值衡量的意味，我并不想说孰是孰非，孰高孰低，我只不过指出一个事实而已。但是，散文却与此迥乎不同。读了英国散文家的作品，再读上面谈到的那几位中国散文家的作品，立刻就会感到韵味不同。在外国，只有日本的散文颇有中国韵味。这大概同日本接受中国文学的影响，特别中国禅宗哲学的影响是分不开的。

中国散文已经有了几千年的历史传统，各种不同的风格，各种不同的流派，纷然杂陈。中国历代的散文文苑，花团锦簇，姹紫嫣红，赛过三春的锦绣花园。但是，不管风格多么不同，却有一点是共同的：所有散文家都不是率尔而作，他们写作都是异常认真的，简练揣摩，惨淡经营，造词遣句，谋篇布局，起头结尾，中间段落，无不精心推敲，慎重下笔，这情景在中国旧笔记里有不少的记载。宋朝欧阳修写《昼锦堂记》，对于开头几句，再三斟酌，写完后派人送走，忽觉不妥，又派人快马加鞭，追了回来，重新改写，是有名的例子。

我个人常常琢磨这个问题。我觉得，中国散文最突出的特点是同优秀的抒情诗一样，讲究含蓄，讲究蕴藉，讲究意境，讲究神韵，言有尽而意无穷，也可以用羚羊挂角来作比喻。借用印度古代文艺理论家的话来说就是，没有说出来的比已经说出来的更为重要，更耐人寻味。倘若仔细分析一下近代中国散文家的优秀作品，这些特点都是有的，无一不能与我的想法相印证。这些都是来自中国传统，这一点是不容置疑的。可惜，我还没有看到过这样分析中国散文的文章。有人侈谈，散文的核心精神就在一个"散"字上，换句话说就是，愿意怎样写就怎样写，不愿意写下去了，就立刻打住。这如果不是英雄欺人，也是隔靴搔痒，没搔到痒处。在我们散文文坛上，确有这样的文章，恕我老朽愚钝，我期期以为不可。古人确实有一些读之如行云流水的文章，但那绝非轻率从事，而是长期锻炼臻入化境的结果。我不懂文章三昧，只不过如此感觉；但是，我相信，我的感觉是靠得住的。

冯至先生的散文，我觉得，就是继承了中国优秀传统的。不能说其中没有一点西方的影响，但是根底却是中国传统。我每读他的散文，上面说的那些特点都能感觉到，含蓄、飘逸、简明、生动，而且诗意盎然，读之如食橄榄，余味无穷，三日口香。有一次，我同君培先生谈到《儒林外史》，他赞不绝口，同我的看法完全一样。《儒林外史》完全用白描的手法，语言简洁鲜明，讽刺不露声色，惜墨如金，而描绘入木三分，实为中国散文（就体裁来说，它是小说；就个别片段来说，它又是散文）之上品。以冯先生这样一个作家而喜爱《儒林外史》完全是顺理成章的。

总之，我认为冯先生的散文实际上就是抒情诗，是同他的抒情诗一脉相通的。中国诗坛的情况，我不清楚；从下面向上瞥了一眼，不甚了了。散文坛上的情况，多少知道一点。在这座坛上，冯先生卓然成家，同他比肩的散文作家没有几个，他也是我最喜欢的近代散文作家之一。可惜的是，像我现在这样来衡量他的散文的文章，还没有读到过，不能不说是一件憾事了。

对作为学者的君培先生，我也有我个人的看法。我认为，在他身上，作为学者和作为诗人是密不可分的。过去和现在都有专门的诗人和专门的学者，身兼二者又达到相当高的水平的人，却并不多见。冯先生就是这样一个人。作为学者，他仍然饱含诗人气质。这一点在他的研究选题上就充分显露出来。他研究中西两方面的文学，研究对象都是诗人：在中国是唐代大诗人杜甫，在欧洲是德国大诗人歌德，旁及近代优秀抒情诗人里尔克（Rilke）。诗人之外，除了偶尔涉及文艺理论外，很少写其他方面的文章。这一个非常简单明了的事实，非常值得人们去参悟。研究中外诗人当然免不了要分析时代背景，分析思想内容，这样的工作难免沾染点学究气。这些工作都诉诸人们的理智，而非人们的感情，摆脱学究气并不容易。可是冯先生却能做到这一点。他以诗人研究诗人，研究仿佛就成了创作，他深入研究对象的灵魂，他能看到或本能地领悟到其他学者们看不到更领悟不到的东西，而又能以生花妙笔著成文章，同那些枯涩僵硬的高头讲章迥异其趣，学术论著本身就仿佛成了文学创作，诗意弥漫，笔端常带感情。读这样的学术论著，同读文学作品一样，简直是一种美的享受。

因此，我说，冯至先生是诗人又兼学者，或学者又兼诗人，他把这二者融于一体。

至于冯先生的为人，我又想说：诗人、学者、为人三位一体。中国人常说"文如其人"，或者"人如其文"。这两句话应用到君培先生身上，都是恰如其分的。我确实认为，冯先生是人文难分。他为人一向淳朴、正直、坦荡、忠实，待人以诚，心口如一。我简直无法想象会有谎言从他嘴里流出来。他说话从不夸大，也不花哨；即之也温，总给人以实事求是的印象，而且几十年如一日，真可谓始终如一了。

君培先生长我六岁。我们都是搞德文起家，后来我转了向，他却一直坚持不懈。在国内，我们虽然不是一个大学，但是我们的启蒙老师却是一个人。他就是二三十年代北大德文系主任，同时又兼任清华的德文教授。因此，我们可以说是有同门之谊，我们是朋友。但是，我一向钦佩君培先生的学识，更仰慕其为人，我总把他当老师看待；因此，也可以说是师生。我在这里想借用陈寅恪师的一句诗："风义生平师友间。"我们相交将近五十年了。新中国成立后，在一起开过无数次的会，在各种五花八门的场合下，我们聚首畅谈，我们应该说是彼此互相了解的。给我印象最深的是他套用李后主的词口吟的两句词："春花秋月何时了，开会知多少？"我听了以后，捧腹大笑，我的第一个想法就是：实获我心！有不少次开会，我们同住一个房间，上天下地，无所不谈。这更增强了我们彼此的了解。总之，一句话：在将近半个世纪内，我们相处得极为融洽。

君培先生八十五岁了。在过去，这已经是了不起的高寿，古人不是说"人生七十古来稀"吗？但是，到了今天，时移世转，应该改一个提法："人生九十今不稀。"这样才符合实际情况。我们现在祝人高寿，常说："长命百岁！"我想，这个说法不恰当。从前说"长命百岁",是表示期望,今天再说,就成了限制。人们为什么不能活过百岁呢?只说百岁,不是限制又是什么呢?因此,我现在祝君培先生高寿,不再说什么"长命百岁",意思就是对他的寿限不加限制。我相信,他还能写出一些优秀的文章来的。我也相信而且期望他能活过这个限制期限。

1990年4月22日写完

念冯芝生（友兰）先生

芝生先生离开我们，走了。对我来说，这噩耗既在意内，又出意外。三四个月以前，我曾到医院去看过他，实际上含有诀别的意味。但是，过了不久，他又奇迹般地出了院。后来又听说，他又住了进去。以九十五周岁的高龄，对医院这样几出几进，最后终于永远离开了医院，也离开了我们。难道说这还不是意内之事吗？

可是芝生先生对自己的长寿是充满了信心的。他在八八自寿联中写道：

何止于米？相期以茶。

胸怀四化，寄意三松。

米寿指八十八岁，茶寿指一百零八岁。他活到九十五岁，离茶寿还有十三年，当然不会满足的。去年，中国文化书院准备为他庆祝九十五岁诞辰，并举办国际学术讨论会。他坚持要到今年九十五周岁时举办。可见他信心之坚。他这种信心也感染了我们。我们都相信，他会创造奇迹的。今年的庆典已经安排妥帖，国内外请柬都已发出，再过一个礼拜，就要举行了。可惜他偏在此时离开了我们，使庆祝改为悼念。不说这是意外又是什么呢？

在芝生先生弟子一辈的人中，我可能是接触到冯友兰这个名字的最早的人。1926年，我在济南一所高中读书，这是一所文科高中。课程中除了中外语文、历史、地理、心理、伦理、《诗经》《书经》等等以外，还有一门人生哲学，用的课本就是芝生先生的《人生哲学》。我当时只有十五岁，既不懂人生，也不懂哲学。但是对这一门课的内容，颇感兴趣。从此芝生先生的名字，就深深地印在我的心中。我认为，他是一个高不可攀的大人物。屈指算来，现在已有六十四年了。

后来，我考进了清华大学，入西洋文学系。芝生先生是文学院长。当时清华大学规定，文科学生必须选一门理科的课，逻辑学可以代替。我本来有可能选芝生先生的课，临时改变主意，选了金岳霖先生的课。因此我一生没有上过芝生先生的课。在大学期间，同他根本没有来往，只是偶尔听他的报告或者讲话而已。

时过境迁，我大学毕业后，当了一年高中国文教员，到欧洲去漂泊了将近十一年。抗日战争后，回到了祖国。由于陈寅恪先生的介绍，到北大来工作。这时芝生先生从大后方复员回到北平，仍然在清华任教。我们没有接触的机会，只是偶尔从别人口中得知芝生先生在西南联大时的情况，也有过一些议论。这在当时是难以避免的。至于真相究竟如何，谁也不去探究了。

不久就迎来了新中国成立。据我的推测，芝生先生本来有资格到台湾去的。然而他留下没走，同我们共同度过了一段既感到光明，又感到幸福的时刻。至于他是怎样想的，我完全不知道。不管怎样，他的朋友和弟子们从此对他有了新的认识，这却是事实。他曾给毛泽东同志写过一封信，毛回复了一封比较长的信。十年浩劫期间，我听他亲口读过。他当时是异常激动的。此是后话，这里暂且不表了。

不久，我国政府组成了一个文化代表团，应邀赴印度和缅甸访问。这是新中国开国后第一个比较大型的出访代表团，团员中颇有一些声誉卓著、有代表性的学者、文学家和艺术家。丁西林任团长，郑振铎、陈翰笙、钱伟长、吴作人、常书鸿、张骏祥、周小燕等等，以及芝生先生都是团员，我也滥竽其中。秘书长是刘白羽。因为这个团很重要，周总理亲自关心组团的工作，亲自审查出国展览的图片。记得是1951年整个夏天，我们都在做准备工作，最费事的是画片展览。我们到处拍摄、搜集能反映新中国新气象的图片，最后汇总在故宫里面的一个大殿里，满满的一屋子，请周总理最后批准。我们忙忙碌碌，过了一个异常紧张但又兴奋愉快的夏天。

那一年国庆节前，我们到了广州，参加了观礼活动。我们在广州又住了一段时间，将讲稿或其他文件译为英文，做好最后的准备工作。此时，广州解放时间不长，国民党的飞机有时还来骚扰，特务活动也时有所闻。我们出门，都有便衣怀藏手枪的保安人员跟随，暗中加以保护。我们一切都准备好后，便乘车赴香港，换乘轮船，驶往缅甸，开始了对天竺和缅甸的、长达几个月的长征……

从此以后，我们全团十几个人就马不停蹄，跋山涉水，几乎是一天换一个新地方，宛如走马灯一般，脑海里天天有新印象，眼前时时有新光景，乘船、乘汽车、乘火车、乘飞机，几乎看尽了春、夏、秋、冬四季风光，享尽了印缅人民无法形容的热情的款待。我不能忘记，我们曾在印度洋的海船上，看飞鱼飞跃；晚上在当空的皓月下，面对浩渺蔚蓝的波涛，追怀往事。我不能忘记，我们在印度闻名世界的奇迹泰姬陵上欣赏"琼楼玉宇高处不胜寒"的奇景。我不能忘记，我们在亚洲大陆最南端科摩林海角沐浴大海，晚上共同招待在黑暗中摸黑走八十里路、目的只是想看一看中国代表团的印度青年。我不能忘记，我们在佛祖释迦牟尼打坐成佛的金刚座旁流连瞻谒，我从印度空军飞机驾驶员手中接过几片菩提树叶，而芝生先生则用口袋装了一点金刚座上的黄土。我不能忘记，我们在金碧辉煌的土邦王公的天方夜谭般的宫殿里，共同享受豪华晚餐，自己也仿佛进入了童话世界。我不能忘记，在缅甸茵莱湖上，看缅甸船主独脚划船。我不能忘记，我们在加尔各答开着电风扇，啃着西瓜，度过新年。我不能忘记的事情太多太多了，怎么说也是说不完的。一想起印缅之行，我脑海里就成了万花筒，光怪陆离，五彩缤纷。中间总有芝生先生的影子在，他长须飘胸，道貌岸然。其他团员也都各具特点，令人忆念难忘。这情景，当时已道不寻常，何况现在事后追思呢？

根据新中国成立后一些代表团出国访问的经验，在团员与团员之间的关系方面，往往可以看出三个阶段。初次聚在一起时，大家都和和睦睦，客客气气。后来逐渐混熟了，渐渐露出真面目，放言无忌。到了后期，临解散以前，往往又对某一些人心怀不满，胸有芥蒂。这个三段论法，真有点厉害，常常真能兑现。

但是，我们的团却不是这个样子。

我们自始至终，都是能和睦相处的。我们团中还产生了一对情侣，后来有情人终成了眷属。可见气氛之融洽。在所有的团员和工作人员中，最活跃的是郑振铎先生。他身躯高大魁梧，说话声音洪亮。虽然已经渐入老境，但不失其赤子之心。他同谁都谈得来，也喜欢开个玩笑，而最爱抬杠。团中爱抬杠者，大有人在。代表团成立了一个抬杠协会，简称杠协。大家想选一个会长，领袖群伦。于是月旦群雄，最后觉得郑先生喜抬杠，而不自知其为抬杠，已经达到抬杠圣境，圆融无碍。大家一致推选他为杠协会长，在他领导之下，团中杠业发达，皆大欢喜。

郑先生同芝生先生年龄相若，而风格迥异。芝生先生看上去很威严，说话有点口吃。但有时也说点笑话，足证他是一个懂得幽默的人。郑先生开玩笑的对象往往就是芝生先生。他经常喊芝生先生为"大胡子"，不时说些开玩笑的话。有一次，理发师正给芝生先生刮脸，郑先生站在旁边起哄，连声对理发师高呼："把他的络腮胡子刮掉！"理发师不知所措，一失手，真把胡子刮掉一块。这时候，郑先生大笑，旁边的人也陪着哄笑。然而芝生先生只是微微一笑，神色不变，可见先生的大度包容的气概。《世说新语》载："王子猷、子敬曾俱坐一室，上忽发火。子猷遽走避，不惶取屐。子敬神色恬然，徐唤左右，扶凭而出，不异平常。世以此定二王神宇。"芝生先生的神宇有点近似子敬。

上面举的只是一件微末小事，但是由小可以见大。总之，我们的代表团就是在这种熟悉而不亵渎、亲切而互相尊重的气氛中，共同生活了半年。我得以认识芝生先生，也是在这一段时期内的事。屈指算来，到现在也近四十年了。

对于芝生先生的专门研究领域，中国哲学史，我几乎完全是一个门外汉，不敢胡言乱语。但是他治中国哲学史的那种坚韧不拔的精神，我却是能体会到的，而且是十分敬佩的。为了这一门学问，他不知遭受了多少批判。他提倡的道德抽象继承论，也同样受到严厉的诡辩式的批判。但是，他能同时在几条战线上应战，并没有被压垮。他坚持真理，修正错误，不惜以今日之我非昨日之我，经常在修订他的《中国哲学史》，我说不清已经修订过多少次了。我相信，倘若能活到一百零八岁，他仍然是要继续修订的。只是这一点精神，难道还不值得我们认真学习吗？

芝生先生走过了九十五年的漫长的人生道路，九十五岁几乎等于一个世纪。自从公元建立后，至今还不到二十个世纪。芝生先生活了公元的二十分之一，时间够长的了。他一生经历了清代、民国、洪宪、军阀混战、国民党统治、抗日战争，一直迎来了新中国成立。道路并不总是平坦的，有阳关大道，也有独木小桥，曲曲折折，坎坎坷坷。然而芝生先生以他那奇特的乐观精神和适应能力，不断追求真理，追求光明，忠诚于自己的学术事业，热爱祖国，热爱祖国的传统文化，终于走完了人生长途，仰不愧于天，俯不作于地。我们可以说他是晚节善终，大节不亏。他走了一条中国老知识分子应该走的道路。在他身上，我们是可以学习到很多东西的。

芝生先生！你完成了人生的义务，掷笔逝去，把无限的怀思留给了我们。

芝生先生！你度过漫长疲劳的一生，现在是应该休息的时候了。你永远休息吧！

1990年12月3日

我为什么喜欢读序跋

我为什么喜欢读序跋呢？我觉得，序跋同日记一样，在这里，作者容易说点真话。在其他体裁的文章中，作者往往峨冠博带，在不知不觉中说一些冠冕堂皇的话；装腔作势，说一些言不由衷的话；这些东西，读起来让人感到腻味，读不下去。当然，有人在日记中也不说真话，比如李慈铭的《越缦堂日记》，是众所周知不完全说真话的典型。他是拿日记当著作，准备有人来抄了出版的。他在里面大抄朝报之类的东西，梦想有朝一日得到御览，从而飞黄腾达。这一点早就有人指出来过。不过，这究竟是极个别的例外，不是日记的正宗。序跋与日记也不完全相同，其能说一点真话则一也。我同许多人之所以喜欢读序跋，其原因就在这里。

就我自己而论，我不但喜欢读序跋一类的文字，而且也喜欢写。其原因同喜欢写作几乎完全一样。这就是，序跋这一种体裁没有什么严格的模子，写起来，你可以直抒胸臆，愿意写什么就写什么，愿意怎样写就怎样写。如果把其他文章比作峨冠博带，那么序跋（当然也有日记）则如软巾野服。写起来如行云流水，不受遏制，欲行便行，欲止便止，圆融自如，一片天机。写这样的文章，简直是一种享受。

写到这里，我在篇首提出来的那一个问题：我为什么要序上加序？便自然得到解答了。

但是，据我自己观察到的，序跋也不完全是这个样子。有一些序跋，特别是名人的序，大概是受人请托，情不可却，也许还有一点什么"效益"之类的东西，于是乎，虽然那一本书实在并不怎么样，写序的人也只好不痛不痒地加以空洞的赞誉，虚伪之气溢于楮墨之表，扑人眉宇。谁读这样的序而不感到别扭，不感到腻味呢？

这样的序，我是无论如何也无法欣赏的。可是，我当时还并没有考虑到，自己决不写这样的序，压根儿没有考虑到；因为写这样的序是名人的事，自己绝非名人，离名人至少还有十万八千里，存在决定意识，没有这个存在，也就绝不会有这种意识。

可是世间的事是异常复杂而又多变的。不知怎样一来，居然有人找自己写序，而且自己也居然写了起来。自己从来没有想到要走的一条道路，在自己心灵深处十分厌恶走的一条道路，自己居然走上了。最近几年来，我颇写了一些这样的序。自己当时心灵的活动，现在已经不很清楚。最初似乎也想拒绝过。因为种种原因，出于种种考虑，拒绝没有发生效果。于是一步步沿着这一条路滑了下去。等到脑筋清醒，回头一看，不禁大吃一惊：自己滑得已经相当远了，想要打住，已经完全不可能了。我现在觉得，人真是一个奇妙的动物，人的一生也多半是奇妙的一生。你想走的路，有时无论如何也走不上。你不想走的路，不知不觉之中，不管有多少曲折，最终还是要走上。"踏破铁鞋无觅处，得来全不费工夫"，这样的经验，不是很多人——如果不是每一个人的话——都有过吗？古今之人有的在迫不得已时只好相信命运，难道就一点根据都没有吗？

这话扯得太远了。我无非是想说，我从厌恶给人作序一直发展到作起来，而且还作了不少，这个过程，对我来说，有点糊涂。我现在是不是就后悔了，严格说来，是不是就想忏悔而要悔过自新呢？绝不是的，我一点那样的想法都没有。如果现在有人求我写序，我立刻就会答应的。

"你这不是出尔反尔自己打自己的嘴巴吗？"读者或许要这样问，我在这里必须解释几句。回想我写每一篇别人要我写的序时的心情，检查一下我为别人写的所有的序，有一点是可以告慰于自己的：我没有作违心之论。序中可能有一点废话；但是绝没有假话、大话、空话。对于每一本要我写序的书，我也尽量避免使用溢美之词。总起来看，我对书的评价总算是实事求是的。因而，尽管我走上这一条路有点迷惑不解，但是我绝无内疚之感。

"你现在把你的序跋拿出来出版给别人看，难道就是仅仅因为里面没有假话、大话、空话吗？"读者或许又要这样问的。我曾再三考虑过出版不出版的问题。有几度，我曾打过退堂鼓，不想把这些东西拿出来出版。但是最后我还是下定决心拿出来出版。原因何在呢？仔细想来，原因是颇多的，而且也颇复杂。上面说到的那种情况，仅仅是原因之一。此外还有一些别的原因。最近几年来，我曾听到几个年轻人（其中也有我过去的学生）说，他们颇喜欢读我写的序跋文字。听了以后，我心里不禁漾起一点喜悦之意。我原来以为，"文章千古事，得失寸心知"，我写东西的甘苦别人未必知道。现在居然有人知道了，我的喜悦不是很自然的吗？即使内心深处有点沾沾自喜的意思，难道还有人像过去在那"史无前例"的时代要我"斗私批修"吗？既然如此，我索性把那些东西拿出来，公诸同好，又有什么不好呢？当然，这里讲的序跋，只是其中的一部分。其余的恐怕不但我自己不那么喜欢，别人也未必有嗜痴之癖专门喜欢那些东西。可是，话又说了回来，即使是在这些文字中，我也总是说了些实话。这些实话，不管多么肤浅，毕竟是我的一得之愚，对人也未必没有好处，没有启发。用现在的说法，考虑到社会效益，也许还有点积极的东西，至少不会放毒。总之，我决心把我自己喜欢的文字，连同不那么喜欢的文字，集成这样一个集子，送到读者面前。个别词句有一些改动。古人形容出刊不应该出刊的书时常用"灾祸梨枣"这样一个词儿，我这个集子是不是灾祸梨枣呢？但愿不是这个样子。

我读《五卷书》

　　印度人民是十分富于幻想力的。从很古的时代起，他们就创造了不少既有栩栩如生的幻想又有深刻的教育意义的神话、寓言和童话。

　　在最初，这些寓言和童话大概都是口头创作，长期流传在人民中间。人民喜爱这些东西，辗转讲述，难免有一些增减，因而产生了分化。每一个宗教，每一个学派，都想利用老百姓所喜爱的这些故事，来达到宣传自己教义的目的，来为自己的利益服务。因此，同一个故事可以见于佛教的经典，也可以见于耆那教的经典，还可以见于其他书籍。佛教徒把它说成是释迦牟尼前生的故事，耆那教徒把它说成是大雄前生的故事，其他的人又各自根据自己的信仰把它应用到其他人身上。

此外，还有一些专门搜集这样的寓言和童话的书籍，比如月天的《故事海》、安主的《大故事花束》等等，都是很著名的，都是一直到今天还为人民所喜爱的，也都流传很广，被译成了许多语言。

但是，其中最著名的、流传最广的却不能不说是《五卷书》。

按照印度传统说法，《五卷书》是《统治论》的一种。它的目的是通过一些故事，把统治人民的法术传授给皇太子们，好让他们能够继承衣钵，把人民统治得更好。为了达到这个目的，皇帝们就让人把人民大众创造出来的寓言和童话加以改造，加以增删，编纂起来，教给太子们读。《五卷书》就是这样产生出来的。

因为时代久，流传广，《五卷书》的本子很多。原本是什么样子，现在已经无法推断。在印度，在尼泊尔，都有不同的本子。西方梵文学者根据本子的繁简，还分了"简明本""修饰本""扩大本"等等。所谓"修饰本"是1199年一个耆那教的和尚补哩那婆多罗受大臣苏摩之命根据已有的一些本子编纂成的。补哩那婆多罗虽然自称"逐音节、逐字、逐句，根据每一个故事、根据每一首诗"把《五卷书》校阅了一遍，但是，事实上，他增添了不少的新东西。这个本子流传很广，影响很大。我们现在的这一部汉译本就是根据这个本子译成的。

在《五卷书》的新改编的本子中，最著名的应该说是《益世嘉言集》，作者自称是那罗衍那。在开场诗里面，作者说，他这一部书是根据《五卷书》和其他的书籍写成的。实际上，这里面增加了不少的新故事，几乎等于一部新作。这一部书很早就为欧洲人所知，被译成了不少的欧洲语言。德国诗人海岱和吕克特都曾利用过其中的材料。

在印度本国，《五卷书》和《益世嘉言集》都曾一而再再而三地被译了许多方言。11世纪到过印度的阿拉伯旅行家阿尔·贝鲁尼就已经看到一部古代印地文的《五卷书》。古扎拉提语、德鲁古语、加那勒斯语、泰米尔语、马拉雅兰语、莫底语和其他通行较广的现代印度语言，都有《五卷书》的译本。

在国外，通过了6世纪译成的一个帕荷里维语的本子，《五卷书》传到了欧洲和阿拉伯国家。在一千多年的时间内，它辗转被译成了阿拉伯文、古代叙利亚文、德文、希腊文、意大利文、拉丁文和多种斯拉夫语言，其中包括捷克文、俄文等等，还有古代希伯来文、法文、丹麦文、冰岛文、荷兰文、西班牙文、英文、波斯文、土耳其文、察合台文、乔治亚文、格鲁斯文、瑞典文、匈牙利文、古代西班牙文、暹罗文、老挝文、蒙文等等。四十多年前，在1914年，曾有人算过一笔账：《五卷书》共译成了十五种印度语言、十五种其他亚洲语言、两种非洲语言、二十二种欧洲语言。而且很多语言还并不是只有一个译本，英文、德文、法文都有十种以上的本子。从1914年到现在，又过了将近五十年了，世界上又不知道出现了多少新的译本。

只是从译本的数目上，也就可以看出《五卷书》在世界上影响之大。它的影响还表现在深入人心上。《五卷书》里面的许多故事，已经进入欧洲中世纪许多为人所喜爱的故事集里去，像《罗马事迹》和法国寓言等等；许多著名的擅长讲故事的作家，也袭取了《五卷书》里的一些故事，像薄伽丘的《十日谈》、斯特拉帕罗拉的《滑稽之夜》、乔叟的《坎特伯雷故事》、拉·封丹的《寓言》等等都是。甚至在格林兄弟的童话里，也可以找到印度故事。在亚洲、非洲和欧洲许多国家的口头流传的民间故事里，也有从《五卷书》借来的故事。

这一部书为什么在印度国内外这样流行这样受到欢迎呢？

要想回答这个问题，必须进行一些深入细致的分析。

大体上分析起来，这一部书包括两部分：散文与诗歌。说故事的任务由散文担负，而诗歌（除了一个是例外）是分插在散文里面的。因此，这一部书既是一部寓言童话集，又是一部格言谚语集。从两者的内容上来看，从《五卷书》各种异本衍变的历史上来看，用诗歌形式写成的格言谚语这一部分大概是后加进来的。一方面，因为阿拉伯文译本根本没有诗歌；另一方面，也因为从内容上来看，诗歌这一部分所表现的思想感情很多都不是劳动人民的思想感情，与那些寓言童话有相当大的距离。

我们分析这一部书的时候，应该把散文部分与诗歌部分分别对待，而以散文部分的寓言和童话为主要的分析对象。

我们并不否认，在诗歌部分里，也有很好的东西，很健康的东西，是印度思想中的精华。但是，一般说起来，这里面的诗歌不是出自老百姓之手，而是文人学士的作品。在所有的故事中，只有一个是用诗歌体来叙述的（第三卷第八个故事），而恰恰这个故事表现了极不健康的宣传牺牲、宣传逆来顺受、宣传自焚殉夫的野蛮风俗的情况，这是耐人寻味的。

在这一部书里，每一个故事都有一个道德教训，有一个伦理的意义。但是这一个道德教训与故事本身是不是有必然的联系呢？根据我自己的看法，是没有的。当初老百姓创造这些故事的时候，他们可能是想通过一定的故事，说明一定的问题。但是，到了后来，出现在不同的书里的同一个故事，有时候竟然有迥乎不同的伦理的意义。这就说明，道德教训与故事本身是没有必然的联系的，它只是根据编纂者目的的不同而有所不同。

因此，我们现在对这些寓言和童话进行分析，应该根据故事本身，而不应该根据编纂者强加到这些故事上的那些伦理意义。

在这些故事里，印度古代社会上各阶层的人物几乎都出现了：国王、帝师、婆罗门、刹帝利、吠舍、首陀罗、商人、农民、法官、苦行者、猎人、渔夫、小偷等等，真是五花八门，应有尽有。

但是这还不是本书的特点，本书的特点是，在这些故事里，出现了各种的鸟兽虫鱼：狮子、老虎、大象、猴子、兔子、豹子、豺狼、驴、牛、羊、猫、狗、麻雀、白鸽、乌鸦、猫头鹰、埃及獴、乌龟、蛤蟆、鱼、苍蝇等等都上了场，也是五花八门，应有尽有。

这些鸟兽虫鱼，虽然基本上还保留了原有的性格，比如狐狸和豺狼狡猾，驴子愚笨；虽然还没有脱掉鸟兽虫鱼的样子，没有像《西游记》和《聊斋志异》上那样，摇身一变变成了人；可是它们说的话都是人的话，它们的举动是人的举动，而思想感情也都是人的思想感情。因此，我们必须弄清楚，这些鸟兽虫鱼实际上就是人的化身，它们的所作所为也就是人类社会里的一些事情。

既然这些鸟兽虫鱼是人的化身，它们的思想感情是人的思想感情，那么这究竟是什么样的社会里什么样的人的思想感情呢？

这些故事，除了经过文人学士的删改、或者出自他们之手的那一小部分以外，都是长期流行民间的，最初都是口头创作。创作者除了人民以外，不会是什么别的人。因此我们可以说，这些故事里的鸟兽虫鱼所表现的思想感情，基本上都是人民大众的思想感情。

谈到什么样的社会，那就牵涉到这些故事产生的时代。从什么时代起，就有了这些寓言和童话，现在很难确说。在公元前6

世纪写成的古希腊的《伊索寓言》里，已经有了印度产的故事。这就说明，最老的故事至迟在公元前6世纪已经存在了。《五卷书》的帕荷里维文译本是6世纪译成的，阿拉伯文译本是8世纪译成的，我们现在这个译本所根据的梵文本是1198年编写成的。如果真正有晚出的故事的话，至晚也晚不过12世纪。所以，概括地说，这些寓言和童话都是奴隶社会和封建社会里的老百姓创造出来的。

因此，我们可以说，这些故事里的鸟兽虫鱼所表现的思想感情，基本上是印度奴隶社会和封建社会里老百姓的思想感情。

同印度其他一些比较流行的文学作品比较起来，读这些寓言和童话，会让人深刻地感觉到，创造这些故事的人民，对待人生的态度是肯定的、积极的、实事求是的。他们既没有把人生幻想成天堂乐园，也没有把人生看作地狱苦海。人生总难免有一些喜怒哀乐，他们也就实事求是地严肃地对待这一些喜怒哀乐，没有沉湎于毫无止境的无补于实际的幻想，而是努力找出一些办法，使自己过得更好一点，更愉快一点。

这种情况同印度正统哲学所代表的倾向形成了鲜明的对比。印度正统哲学把人生看成是幻影，像水泡，像电光火花，像影子一样地虚幻。它对待人生的态度是否定的，消极的，想入非非的。

这是完全可以理解的。老百姓是实际生产者，他们天天从事生产活动，他们关心生产，关心劳动，关心一切现实的东西；不会有像那些吃饱了饭没事干的人有的那种思想感情。

读这些寓言和童话，还令人深刻地感觉到，这里面有不少的素朴的辩证法。第一卷第二十八个故事里的那杜伽说过："生命本来就是这样子，没有任何东西是一成不变的。"第二卷故事要结束的时候，尸赖拿引用了一首诗：

> 会合同别离联系在一起，一切存在的东西都不能永存不朽。

这样的一切存在的东西都必须变、矛盾的东西也有联系的想法，在很多地方都可以找到。

这也是完全可以理解的。在大自然里，在现实生活中，本来到处都可以找到一些素朴的辩证法，从事实际生产劳动的人能够有这种思想，也是很自然的。

但是，最重要的给我们印象最深的还是这部书里面表现出的顽强的战斗性。

我们都知道，在奴隶社会和封建社会里，作为被压迫被剥削者的奴隶和农民等劳动人民的日子是十分不好过的。他们是社会上的主要生产者，然而自己却是衣不蔽体、食不果腹，有时候连性命也难保全。这就不免要引起斗争和反抗。他们同奴隶主和封建主之间的斗争，由于历史条件的限制，几乎全以失败结束。但是他们并没有给失败吓住，他们前仆后继，一次斗争接着一次斗争，决不罢休。他们的勇气没有挫折，信心没有动摇。正像在中国历史上一样，在印度古代史上，也是充满了这样的斗争的。这些斗争就是推动社会前进的主要力量。

据我看，他们这种信心和勇气，就突出地表现在他们创造的寓言和童话里面。《五卷书》里有很大一部分故事是讲弱者战胜强者的。第一卷第五个故事讲的是一只乌鸦，叼了一串金链子，丢在黑蛇洞口，人们找了来，把黑蛇杀死。第一卷第六个故事讲的是一只螃蟹，用爪子钳住了骗了许多鱼吃的白鹭的脖子，把它杀死，救了自己。第一卷第七个故事讲的是一只小兔子，把每天都要吃野兽的狮子骗到一口井旁，让它跟自己在水中的影子打架，因而淹死在水里。小兔子救了自己，也救了其他的野兽。第一卷第十五个故事讲的是白鸽战胜了大海，把给大海抢走了的卵追了回来。第一卷第十八个故事讲的是麻雀、啄木鸟、苍蝇和蛤蟆四个身体都极小的东西，联合起来，同心协力，利用计策，竟杀死了一只大象。第一卷第十九个故事讲的是一群天鹅给猎人网住，它们在老鹅的领导之下，大家一齐装死，因而逃出猎人之手。第二卷的基干故事讲的是乌鸦、老鼠、乌龟、鹿、鸽子这一些力量不大的鸟兽互助友爱，救了自己的命，特别是那一只鹿和那一只龟给猎人逮住的时候，它们更是积极想办法，同心协力，救了它们两个。第二卷第一个故事利用一个胃两个头的非常生动的比喻，说明团结的必要。第二卷第八个故事讲的是一群老鼠咬断了捆大象的绳子。第三卷的基干故事讲的是乌鸦设计灭了猫头鹰的一族。第三卷第二个故事讲一个小兔骗了大象，让它不再来喝水，救了自己一族。第三卷第五个故事讲一群蚂蚁竟吃掉了一条毒蛇。这个故事的楔子诗是：

> 同数目多的东西不要发生冲突，因为一大堆东西无法战胜；
>
> 一条蛇王，不管它怎样左蜷右曲，终于还是给蚂蚁吃到肚中。

上面列举得还并不全，只能算是一些例子。但是，从这些例子里也就可以看出，弱者战胜强者可以说是本书的中心思想，是它竭力宣传的东西。我们必须注意到这一点。

在很多地方，我们都可以找到说明团结就是力量的故事和思想。比如第三卷第四十四首诗：

> 即使是弱者，强大的敌人也无可奈何，只要他们团结起来；
>
> 正如挤在一块儿的蔓藤，连狂风也没有法子把它们

吹坏。

第三卷第四十六首诗：

> 但是站在一块儿的树木，向四面八方根都扎得很牢，
> 因为它们站在一块儿，狂风就没有法子把它们吹倒。

这可以说是关键所在。弱者之所以能够战胜强者，被压迫者之所以能够战胜压迫者，就在于他们能够团结。无怪本书对于这一点大事宣扬了。

跟这个有联系的是鼓励勇敢、谴责懦夫。第二卷第一二二首诗：

> 谁要是活像一堆毅力和勇气，再加上果敢与灵巧，
> 谁要是把汪洋大海看得跟牛蹄水洼那样低浅渺小，
> 谁要是把众山之王看得跟蚂蚁的土垤顶一样的高，
> 幸运女神自己就会到他那里去，她决不会把懦夫去找。

第一卷第二一六首诗说得更具体：

> 伟大的人物应该永远是威风凛凛勇往直前，

即使在困难中，在忧患中，即使遇到大危险。

那些勇敢坚定傲视一切又想得出办法的人们，

就一定能够通过困难而又逃出了困难。

这也是关键所在。弱者而能战胜强者，被压迫者而能战胜压迫者，没有勇气，是不行的。

在奴隶社会和封建社会里，被压迫者要想起来反抗压迫者，首先必须打破对命运的迷信。不然的话，如果相信万事皆由天定，那就连反抗的念头也不敢有了。在这一部书里有不少地方响起了打倒命运的呼声。第一卷第一九五首诗：

对那个永远精勤不懈的人，命运也一定会加以垂青。

只有那些可怜的家伙才老喊："这是命呀，这是命！"

把命运打倒吧，要尽上自己的力量做人应该做的事情！

那么你还会有什么过错呢，如果努力而没有能成功？

第二卷第一一五首诗说，正像一个年轻的老婆不愿意搂年老的丈夫，幸运女神也不愿意搂相信命运的懦夫。这样的人定胜天的思想，在很多地方都可以找到。比如第二卷第一四五首诗：

不要放弃自己的努力，而想到："一切都由命运去安排"：

　　如果不努力的话，连芝麻粒也压榨不出香油来。

　　第二卷第一三七首诗：

　　好比是一只手，无论如何也拍不出响声，

　　人如果不努力，命运也帮助他不成。

　　第五卷第三十首诗给命运下了一个很有趣的定义：命运实际
上就是不能预见的东西。第五卷第二十九首诗说明，命运变幻不
定，力大无穷，而人们的行动也有很大的威力。

　　在古代，这样的思想是极其难能可贵的。

　　此外，这些寓言和童话还教给人一些处世做人的道理。比如
第三卷第一〇一首诗告诉人不要制造怨仇。第一卷第十七个故事
讲的是三条鱼，告诉人做事情要未雨绸缪。第一卷第二七六首诗
讲到一只天鹅在夜里把星星的影子当作莲花梗；到了白天，又把
真正的莲花梗当作星星。用现在的话说，就是经验主义。很多地
方都告诉人不要骄傲。第四卷第五十七首诗很形象地用鹧鸪睡觉
两脚朝天想把天托住这情景来讽刺自高自大的人。第一卷第八个
故事告诉人做事要有决心。第五卷的基本故事和第五卷第一个故
事，都是告诉人做事一定要调查研究，一定要谨慎仔细。第四卷

第二个故事讲的是一匹呆驴，它告诉人要仔细观察。第五卷第三个故事讲的是四个婆罗门使一只狮子复活；第五卷第四个故事讲的是两条鱼和一只蛤蟆；这两个故事告诉人不要专靠知识和聪明，要有理智。第四卷第四十二首诗告诉人不要多嘴多舌。第五卷第二个故事告诉人不要贪得无厌。第五卷第七个故事告诉人不要空想未来。第一卷第二十五个故事告诉人不要多管闲事。猴子捉了萤火虫来烤火，一只鸟偏要警告它们，结果被它们杀死。第一卷第二十九个故事讲的是两只同母的鹦鹉，后来因为环境不同，性格也就大不相同。这说明近朱者赤，近墨者黑。很多故事和很多诗，都赞美了友谊。

以上这一些东西，对于生活在那样的社会里的人来说，确实都是金玉良言。如果认真遵行这些教条，他就会趋吉避凶，化凶为吉，就能够安全地活下去。其中有一些，一直到今天，对于我们社会主义社会里的人来说，也还是有教育意义的，比如未雨绸缪，避免经验主义，不能骄傲，一定要调查研究，要谨慎仔细等等。

但是，用今天的眼光来看，其中也有一些是成问题的，必须加以细致的分析。谈到不能制造怨仇，就要先分析是什么样的怨仇；谈到不能多管闲事，就要先分清楚是什么样的闲事；谈到不能多嘴多舌，最好是不说话，就要先问是为了什么。对于这些东西，应该分别对待，不能片面地肯定或否定。

在这些寓言和童话里，还有几点值得我们重视的东西。创造这些故事的劳动人民对当时社会上最有势力的人物表现出一种轻视和讽刺的态度。在很多地方，婆罗门就是嘲笑的对象。第一卷第四个故事讲到一个爱财的游方僧。在第三卷第三个故事里，一只猫装成了苦行者的样子，来诱骗兔子和鹧鸪，把它们吃掉。第二卷第五十一首诗说：

谁要是一心想入地狱，那么就让他当家庭祭师当上一年；

或者，不用再干别的事了，就让他管理修道院管理三天。

还能有比这更辛辣的讽刺吗？

他们也没有把国王放过。在很多地方，他们用毒辣的词句讽刺了国王。第一卷第五十首诗说国王只知道寻欢取乐，就跟毒蛇一样。第一卷第二十八首诗把国王比作葛藤，谁在身边，就往谁身上爬。第一卷第一〇一首诗指出了人民和国王的矛盾。第一卷第一一〇首诗说没有人会跟国王做朋友。第一卷第二六九首诗把国王比作火焰。第一卷第四三二首诗说国王又真诚，又虚伪，又粗暴，又和蔼，又残酷，又慈悲，又喜欢钱，又浪费，就跟个妓女一样。好多地方都强调国王一定要保护人民，比如第三卷第六十三首诗、第三卷第二二八首诗都是。

这些故事也讽刺了印度传统的悲观哲学。在第一卷第四个故事里，一个骗子想骗一个和尚的钱，就装模作样地对师父说道："生命就像干草点起来的火。享受就像是云彩的影子。"表示他已经悟到了生死轮回的大道理。结果是把老家伙的钱骗走。

上面谈到的都可以说是本书的精华。但是，这部书是不是只有精华而没有一点糟粕呢？这也是不能想象的。

糟粕中最突出的一点就是好多故事里和诗里都有宿命论的色彩。第一卷第二十四个故事讲到因陀罗的一只鹦鹉，命里该死，连阎王爷都没有法子救它。在第二卷第五个故事里，主人公嘴里总是说："应该得到的东西，总会得到。"至于诗句里面讲到命运的力量的，就更多了。第二卷第八首诗、第二卷第十二首诗讲到一切都由命运安排。第二卷第十五首诗说："命运的力量大无穷！"第二卷第六十一首诗说："善有善报，恶又有恶报，命运早已经安排得妥妥当当。"第二卷第六十四首诗说人的一生从生到死，未出母胎以前，命运已经安排好了。第二卷第一四〇首诗说人们努力而不能成功，那是因为命运不让他施展本领。第二卷第一五二首诗说应该得到的东西一定会得到，即使躺在床上不动也会得到。第二卷第一七六首诗说谁也挡不住命运的力量。第四卷第六十六首诗说，只要命运照顾，连一只小鹿都可以得到草吃。第三卷第二三三首诗更把命运的力量无限夸大，说神仙也是命运创造的了。

类似的例子举不胜举，现在就不再举了。上面我曾谈到，本书精华之一就是打倒命运。现在又谈到这样多的宿命论，这不是有点矛盾吗？实际上，这矛盾是很容易解释的。这一部书里的故事不是一时一地一人的作品，而且还不知道经过了多少编纂者的加工。因此，在同一部书里，有的地方想打倒命运，有的地方又向命运顶礼膜拜，这是完全可以理解的。

其他的糟粕也还不少。比如第一卷第一七三首诗相信转生。第一卷第一七五首诗把身体看成脏东西的大汇合。这与厌世的佛教思想是有联系的。第三卷第八个故事宣传牺牲，宣传自焚殉夫。第三卷第九十四首诗宣传无原则的慈悲，连虱子、臭虫、螫人的虫子都要保护。好多地方，比如第三卷第九十六、九十七首诗宣传天堂地狱。第二卷第一三五、一三六首诗宣传业的学说。这些东西也是受时代的限制而产生的。

对金钱的赞扬也应该在这里谈一下。第二卷第二个故事讲到一只老鼠，因为窝盖在钱财上面，钱财有热力，老鼠就跳得高。后来钱财被人挖走，它也就跳不高了。这个故事里面有很多赞颂金钱的诗。第四卷第十九首诗说：

只要手中有钱，

没有什么事情办不成；

聪明人必须加倍努力，

为金钱而拼命。

这首诗十分具体、坦白。再引别的诗也没有必要了。在那样的社会里，正如中国从前的说法："有钱买得鬼上树"，钱受到这样的赞颂，也就是很自然的了。

我们特别应该提一下对女子的诬蔑。在本书里，这样的诬蔑是可以找到不少的。本文具在，我们没有必要再在这里加以引证，加以论述。我们必须指出，这些诬蔑都是十分恶毒的，令人看了觉得又可笑又可气。但是其中也有原因。从母系社会消灭以后，女子就倒了霉，成为男子的附属品。对女子来说，凌辱诬蔑就是家常便饭。在中国是这样，在印度也是这样。作这些诬蔑女子的诗的人，一定都是男人。可能是老百姓，也可能是编纂这本书的文人学士。我现在把这些诗保留在这里，给新中国的青年们留下一面古镜，在这里可以照见旧社会的黑暗。

上面简短地叙述了《五卷书》在世界上传布的情况、对世界文学的影响，也概括地分析了它的精华和糟粕。但是有一个问题，我还没有交代清楚，而这个问题正是大家所最关心的：《五卷书》同中国文学有些什么关系呢？

现在就来谈一谈这个问题。

在过去将近两千年的时间内，我们虽然翻译了大量的印度书籍,但几乎都是佛典。中印两国的佛教僧徒,在翻译书籍方面,有极大的局限性。所谓外道的著作,他们是不大译的。在中国浩如烟海的翻译书籍中,只有极少的几本有关医学、天文学、数学的著作。连最有名的印度两大史诗《摩诃婆罗多》和《罗摩衍那》都没有译过来,更不用说《五卷书》了。国内的几个少数民族,在这一方面,比汉族多做了一些工作。蒙古族就翻译了《五卷书》。

汉族过去没有翻译《五卷书》,并不等于说,《五卷书》里面的故事对于中国没有影响。我们上面已经谈到过,《五卷书》里面的寓言和童话基本上是民间创作。《五卷书》的编纂者利用这些故事,来达到自己的目的;印度的各宗教也都利用这些故事来宣传自己的教义。佛教也不能例外。因此,在汉译佛典中就有大量的印度人民创造的寓言和童话。这些故事译过来以后,一方面影响了文人学士;另一方面,也影响了中国民间故事。因此,《五卷书》的故事在中国是可以找得到的。

在汉译佛典里,可以找到不少的《五卷书》里也有的故事。我这里只能举几个例子。《五卷书》第四卷的基干故事是讲的一只猴子和一个海怪。母海怪想吃猴子的心,公海怪就把猴子骗至水中,猴子还是仗了自己的机智救了命。在汉译佛经里,在很多地方都可以找到这个故事,比如《六度集经》三十六,《生经》十,《佛说鳖猕猴经》,《佛本行集经》卷三十一等等。为了参证起见，我把《六度集经》里的那一段抄在这里：

昔者菩萨，无数劫时，兄弟资货，求利养亲。之于异国，令弟以珠现其国王。王睹弟颜华，欣然可之，以女许焉，求珠千万。弟还告兄，兄迨之王所。王又睹兄容貌堂堂，言辄圣典，雅相难齐，王重嘉焉，转女许之。女情泆豫。兄心存曰："婿伯即父，叔妻即子，斯有父子之亲，岂有嫁娶之道乎？斯王处人君之尊，而为禽兽之行。"即引弟退。女登台望曰："吾为魅蛊，食兄肝可乎？"辗转生死，兄为猕猴，女与弟俱为鳖。鳖妻有病，思食猕猴肝。雄行求焉。睹猕猴下饮。鳖曰："尔尝睹乐乎？"答曰："未也。"曰："吾舍有妙乐，尔欲观乎？"曰："然！"鳖曰："尔升吾背，将尔观矣。"升背随焉，半谿，鳖曰："吾妻思食尔肝，水中何乐之有乎？"猕猴心恧然曰："夫戒守善之常也。权济难之大矣。"曰："尔不早云。吾以肝悬彼树上。"鳖信而还。猕猴上岸曰："死鳖虫！岂有腹中肝而当悬树者乎？"佛告诸比丘："兄者即吾身是也。常执贞净，终不犯淫乱。毕宿余殃，堕猕猴中。弟及王女俱受鳖身。雄者调达是，雌者调达妻是。"菩萨执志度无极行持戒如是。

从这里面也可以看出佛教徒怎样利用民间故事达到自己宣传的目的。《六度集经》是中国三国吴康僧会翻译的，可见这个故事在3世纪已经传到中国来了。

第一卷第九个故事讲的是，一个婆罗门从枯井中救出了一只老虎、一只猴子、一条蛇和一个人。结果两个野兽、一条蛇都报了恩，而人却恩将仇报，《六度集经》四十九也就是这个故事。

在佛典以外的书籍里，也可以找到印度来的故事，特别是《五卷书》里面有的故事。我也只能在这里举几个例子。

《五卷书》第一卷第八个故事讲的是一个织工装成了毗搜纽的样子，骑着木头制成的金翅鸟飞到王宫里去，跟公主幽会。同样一个故事，用另外一种形式，也出现在中国的《太平广记》二八七里。我也把这个故事抄在下面：

> 唐并华者，襄阳鼓刀之徒也。尝因游春，醉卧汉水滨。有一老叟叱起，谓曰："观君之貌，不是徒博耳。我有一斧与君。君但持此造作，必巧妙通神。他日慎勿以女子为累！"华因拜受之。华得此斧后，造飞物即飞，造行物即行。至于上栋下宇，危楼高阁，固不烦余刃。后因游安陆间，止一富人王枚家。枚知华机巧，乃请华临水造一独柱亭。工毕，枚尽出家人以观之。枚有一女，已丧夫而还家，容色殊丽，罕有比伦。既见，深慕之。其夜乃逾垣窃入女之

室。其女甚惊。华谓女曰："不从,我必杀汝。"女荏苒同心焉。其后每至夜,窃入女室中。他日,枚潜知之,即厚以赂遗遣华。华察其意,谓枚曰："我寄君之家,受君之惠已多矣,而复厚赂我。我异日无以为答。我有一巧妙之事,当作一物以奉君。"枚曰:"何物也?我无用,必不敢留。"华曰:"我能作木鹤令飞之。或有急,但乘其鹤,即千里之外也。"枚既尝闻,因许之。华即出斧斤以木造成飞鹤一双。唯未成其目,枚怪问之。华曰:"必须君斋戒始成之,能飞;若不斋戒,必不飞尔。"枚遂斋戒。其夜华盗其女,俱乘鹤而归襄阳。至曙,枚失女,求之不获。因潜行入襄阳,以事告州牧。州牧密令搜求,果擒华。州牧怒,杖杀之,所乘鹤亦不能自飞。(《出潇湘记》)

故事虽然改变了一些,但是《五卷书》故事里所有的基本东西,这里都有。很可能是出自同源。

宋吴兴韦居安《梅磵诗话》里有一段话:

东坡诗注云:有一贫士,家惟一瓮,夜则守之以寝。一夕,心自惟念:苟得富贵,当以钱若干营田宅,蓄声妓;而高车大盖,无不备置。往来于怀,不觉欢适起舞,遂踏破瓮。故今俗间指妄想者为瓮算。

江盈科《雪涛小说》也有一段话：

　　见卵求夜，庄周以为早计。及观恒人之情，更有早计于庄周者。一市人贫甚，朝不谋夕。偶一日拾得一鸡卵，喜而告其妻曰："我有家当矣！"妻问："安在？"持卵示之曰："此是。然须十年，家当乃就。"因与妻计曰："我持此卵，借邻人伏鸡孵之。待彼雏成，就中取一雌者，归而生卵，一月可得十五鸡。两年之内，鸡又生鸡，可得鸡三百，堪易十金。以十金易五牸。牸复生牸，三年可得二十五牛。牸所生者又复生牸，三年可得百五十牛。堪易三百金矣。吾持此金举债，三年间半千金可得矣。就中以三之二市田宅，以三之一市僮仆，买小妻。我与尔优游以终余年，不亦快乎！"妻闻欲买小妻，怫然大怒，以手击卵碎之，曰："毋留祸种！"夫怒，挞其妻，仍质于官曰："立败我家者，此恶妇也。请诛之！"官司问："家何在？败何状？"其人历数自鸡卵起至小妻止。官司曰："如许大家当，坏于恶妇一拳，真可诛！"命烹之。妻号曰："夫所言皆未然事，奈何见烹？"官司曰："你夫言买妾，亦未然事，奈何见妒？"妇曰："固然，第除祸欲早耳。"官笑而释之。噫！兹人之计利，贪心也。其妻之毁卵，妒心也。总之，皆妄心也。知其为妄，泊然无嗜，颓然无起，则见在者且属诸幻，况未来乎？嘻！世之妄意早计希图非望者，独一算鸡卵之人乎？

（见郑振铎：《中国文学研究》：《寓言的复兴》）

谁读了上面这两段记载，都会想到《五卷书》第五卷第七个故事。

最后，我还想举一个例子。《五卷书》第三卷第十三个故事讲的是一个苦行者收一只小老鼠当义女，用神通力把它变成一个人。嫁她的时候，却出了问题。太阳、云彩、风和山，她都不中意，最后还是嫁给了一只老鼠。中国也有类似的一个故事。明刘元卿《应谐录》里有一个短的寓言：

齐奄家畜一猫，自奇之，号于人曰"虎猫"。客说之曰："虎诚猛，不如龙之神也。请更名曰'龙猫'。"又客说之曰："龙固神于虎也。龙升天，须浮云，云其尚于龙乎？不如名曰云。"又客说之曰："云霭蔽天，风倏散之，云固不敌风也。请更名曰风。"又客说之曰："大风飙起，维屏以墙，斯足蔽矣。风其如墙何？名之曰'墙猫'可。"又客说之曰："维墙虽固，维鼠穴之，墙斯圮矣。墙又如鼠何？即名之曰'鼠猫'可也。"

东里丈人嗤之曰："噫吁！捕鼠者固猫也。猫即猫耳，胡为自失其本真哉！"

中国同印度的这两个故事，从表面上看起来，是有一些差别的。但是基本结构却是相同的；很难想象，它们之间没有联系。

我绝不是在这里宣传故事同源论，因为这是不科学的。但是，我们也不能否认故事确能传播，否认这个也是不科学的。统观中印两国文化交流的整个情况，随着佛教的传入，印度的一些故事传入中国，是完全可以理解的。

对《五卷书》的分析就到此为止。

我上面已经说到，中国翻译印度典籍有很长的历史，我们却并没有汉文译的《五卷书》。只在新中国成立前出过一个译文既不高明而所根据的英文本子又是莫名其妙的、极为简略的汉译本，这就是卢前译的《五叶书》。

新中国成立后，1959年3月出版了从阿拉伯原文译过来的《卡里来和笛木乃》，这实际上是《五卷书》的阿拉伯文译本。现在又出版了这一部从梵文直接译过来的《五卷书》。这总算是一件可喜的事情。但是，限于译者的水平，在本书序言和译文里难免有一些错误。改正这些错误，就要靠读者的指教了。

译者

1963年7月12日改写

读《罗摩衍那》

　　《罗摩衍那》是印度两大史诗之一，也是世界上优秀的史诗之一。在两千多年的漫长的时间内，它对印度，对世界上一些国家，产生了重大的影响。它在印度国内外都被译成了许多种语言，而且还不知有多少抄袭、模拟、意译、改编的作品。此外，它的影响还波及音乐、舞蹈、雕塑、绘画等领域。一直到今天，它的影响，仍然继续存在。当然，书中也还存在着一些糟粕。这是一个批判继承的问题，是需要分析研究，认真对待的。

　　同世界各国的一些古代名著一样，《罗摩衍那》的作者是谁，是难以搞清楚的。一般传说，作者是蚁垤。有没有这样一个人呢？按照我们目前的研究水平，还无法断定。但是从全书的结构和文体上来看，除第一篇和第七篇外，基本上是一致的。有那么一个人做过最后的加工，是完全可能的。但是，我们千万不能忘记，《罗摩衍那》最初绝不会出于一人之手。它最初一定是老百姓的创作，只是口头流传。有一些伶工专门以歌唱《罗摩衍那》为生。因人因地之不同而有所增删，于是就产生了不同的传本。到了某一个发展阶段上，有一个人把全书整理编纂了一番，使文体和内容都达到了某种程度的统一。这个人可能就叫作蚁垤。即使到了这个时候，全书仍然是口头流传，师徒口耳相传，一代一代地传了下来。到了史诗成为善书的时候，为了获得宗教功果，有人便用当地的字母写了下来，因此就形成了不同的抄本。到了印刷术传入印度以后，才有了印本，那恐怕是比较晚的事情了。

《罗摩衍那》旧本约二万四千颂，精校本约一万九千颂，篇幅不可谓不长。但是主要故事情节是很简单的。现在简略地把全书结构和故事情节介绍如下：

第一篇，《童年篇》。这一篇是后来窜入的，内容庞杂，类似一个楔子。其中虽然也讲了一些罗摩童年时的情况，但是插入的故事很多，简直有点线索不清。篇中讲到十车王的都城和朝廷，讲到大神毗湿奴化为罗摩等四兄弟下凡诞生，讲到罗摩随众友仙人出去降魔。最后众友带领罗摩到了国王遮那竭的朝廷上。这里插述了悉多的诞生和神弓的故事。罗摩拉断了神弓，同悉多结了婚。所有的这一切都为以后故事情节的开展打下了基础。

第二篇，《阿逾陀篇》。《罗摩衍那》的主要情节从此篇开始。十车王感到老之将至，决定给罗摩举行灌顶礼，让他成为太子和王位的继承人。小皇后利用国王从前曾许给她的恩典，要挟老王，将罗摩流放十四年，而让自己的亲生儿子婆罗多成为太子。罗摩是忠臣、孝子，坚决执行老王的命令，自愿流放。悉多是贤妻，坚决要陪同丈夫流放。罗什曼那是好弟弟，也要跟哥哥同行。于是三人就进入大森林中。婆罗多也坚持悌道，亲率大军到林中去请求罗摩回城。罗摩不为所动。婆罗多不得已奉罗摩双履回国，代罗摩摄政。

第三篇，《森林篇》。故事情节一下子从宫廷阴谋转入林中生活，从现实世界转入童话世界。

罗摩等一进入森林，那里的隐士们就来请他保护他们不受罗刹的侵扰。罗摩答应了，并且杀死了许多罗刹。楞伽城十头魔王罗波那的妹妹来引诱罗摩，被罗什曼那割掉鼻子和耳朵。她求救了弟弟伽罗。弟弟也被杀死。她最后去找罗波那。罗波那来到林中，使用调虎离山计，劫走了悉多。罗摩兄弟看不到悉多，到处寻觅。遇到金翅鸟王，得知真情。他们俩又救了一个无头怪迦槃陀。迦槃陀劝他们同猴王须羯哩婆结盟，解救悉多。此时悉多已被魔王劫往楞伽城，魔王多方加以诱劝，悉多坚贞不屈，被囚于无忧树园中。

第四篇，《猴国篇》。罗摩终于找到了须羯哩婆。须羯哩婆被自己的兄弟波林抢走了王位和老婆。罗摩用暗箭射死波林，猴王复国，二人结成了联盟。猴王大臣中最聪明、最勇敢的是哈奴曼。哈奴曼向西方搜寻悉多踪迹，遇到金翅鸟王之弟僧婆底，得知悉多被囚于楞伽城。哈奴曼一跃过海。

第五篇，《美妙篇》。哈奴曼到了楞伽岛上，从山头上下望楞伽城。他变成了一只狸猫，进入城内和宫内。他最后在无忧树园中找到了悉多，亲眼看到悉多坚贞不屈的情景。他向悉多交出信物，然后火烧楞伽城，飞越大海，回到罗摩身边。

第六篇，《战斗篇》。罗摩决定远征楞伽城，下令猴军前进。此时罗波那之弟维毗沙那同哥哥闹翻，来投罗摩。罗摩命那罗造桥渡海。两军对阵，展开了一场激烈的搏斗。罗摩受重伤。哈奴曼用手把吉罗婆山托来，在山上找到药草，为罗摩治伤，然后又把大山托回原地。最后，魔王被罗摩杀死。维毗沙那被立为罗刹王。罗摩同悉多团圆，皆大欢喜。《罗摩衍那》的故事到此实际上已经结束了。

第七篇，《后篇》。这一篇是后来窜入的。同第一篇一样，又是内容庞杂，头绪混乱。这一篇主要包括两个内容：一讲罗刹的起源，讲罗波那的故事，也讲到哈奴曼的故事；二讲罗摩与悉多的第二次离合。在这一篇里，罗摩的性格几乎完全改变了。他听到了一些风言风语，就决定让罗什曼那把正在怀孕的悉多遗弃在荒山野林中。蚁垤仙人救了她。她在仙人净修林中生下了两个儿子。孩子长大后，罗摩正举行马祠，蚁垤率二子来到罗摩朝廷上，让他们俩朗诵《罗摩衍那》。罗摩终于认出了他们俩就是自己的儿子。他又把悉多叫来。此时群神毕至。大地忽然开裂，悉多纵身跳入。罗摩追悔不及。传位于自己的儿子，升入天堂，又化为毗湿奴。

全书的梗概就是这样。

这样一部书是什么时候写成的呢？十分肯定的时间现在还说不出。无论如何，绝不会一蹴而就，一定有一个漫长的过程，可能是几百年的时间。我们现在只能、而且必须确定产生这样一部作品的社会的性质。印度和某些国家的一些历史学者认为《罗摩衍那》写成的时代是奴隶社会。这种看法几乎已经成为定论。但是，我经过多年的思考和探讨，觉得这种说法是有问题的，是难以自圆其说的。无论是在经济基础方面，还是在上层建筑方面，都有些说不通的地方。我认为，这个时期的主要矛盾是农民与地主之间的矛盾，而不是奴隶与奴隶主之间的矛盾。国王收的地租一般是产量的六分之一，难道这是奴隶主的剥削方式吗？最重要的一点是，此时已经有了土地私有制，而土地私有制在中国历史上是封建社会兴起的重要标志之一。当然，印度早期历史上有没有土地私有制是一个激烈争论的问题。但是，无数事例证明，印度除了"王田"和农村公社土地公有制以外，确实存在着土地私有制。

与经济基础相适应的上层建筑，也表现出封建社会的特点。比如道德范畴，在这个时期已经不像奴隶社会那样简单、原始、支离、松散，而是像中国封建社会那样已经形成了比较周密的体系。

　　总之，我认为，《罗摩衍那》产生于印度的封建社会。时间是从公元前4世纪或公元前3世纪到公元2世纪。

　　怎样来评价这一部史诗呢？

　　从思想内容上来看，《罗摩衍那》总的倾向是歌颂新兴地主阶级的代表刹帝利国王的，歌颂他对奴隶主头子化身的罗刹王、婆罗门罗波那的胜利的斗争。这个倾向一般说来是进步的。本书男主人公罗摩是蚁垤用尽一切艺术手段来描绘的一个理想的英雄。他想把他写成忠臣、孝子、贤夫、良兄、益友。在这一方面，他是成功的，又是失败的。成功的是，罗摩在二千多年的漫长的历史上逐渐变成了一个英雄，一个神，一直到今天还受到亿万人民的崇拜。失败的是，也许是由于作者的世界观的限制，他实际上把罗摩写成了一个伪君子，一个两面派。到了公认是后人窜入的第七篇，罗摩那些美丽的外衣几乎统统都被剥掉，成为一个赤裸裸的封建暴君，一个维护封建道德的丈夫。据我看，书中真正的正面人物是罗什曼那。他反对命运，批判封建道德。他那些大胆而又有说服力的话，在印度古典文学中真如凤毛麟角。这无疑就是本书的民主性的精华，值得大书特书的。只有一个新兴阶级的代表人物才能有这样鲜明而且比较正确的思想。此外，一个本人是婆罗门但实际上在婆罗门看来却是一个异端的、唯物主义者阇波厘说的一些话，在梵文古典文学中也是异常难能可贵的。这当然也是本书的民主性的精华。可惜这两个人的言论和举动，在全书中只如昙花一现，后来再也见不到了。

同一切优秀的古典文学作品一样，《罗摩衍那》既有精华，也有糟粕。在糟粕中，主要的有宿命论、封建道德、封建家长制、封建等级制、歧视妇女、歧视低级种姓等等。奇怪的是，这些糟粕几乎都集中表现在主人公罗摩身上。在作者的心目中，罗摩是完美无缺的，否则他就不会为罗摩卖这样大的力气。然而为什么这个被作者竭力歌颂的英雄却偏偏有这些我们认为是缺点的东西呢？结论只有一个，这就是我们同作者的价值标准是不一致的。我们认为，这些东西是必须批判的。不批判，则二千多年来《罗摩衍那》在这方面造成的消极影响就不能肃清，而书中真正的精华也就不能放出光辉。

谈到艺术特色，《罗摩衍那》也有许多独到之处。在人类社会、猴国和罗刹国这三个本书涉及的领域内，作者都成功地塑造了一些艺术形象，比如罗摩、悉多、罗什曼那、哈奴曼、罗波那等等，都塑造得栩栩如生，有血有肉，有时候简直是呼之欲出。在描写矛盾方面，《罗摩衍那》也达到了很高的水平。整个故事情节就是在矛盾斗争中展开的。此外，作者对大自然美丽的风光具有特殊的敏感性。描绘自然风光的诗篇随时可见。印度全年的各个季节都描绘到了，而且感情充沛，笔酣墨饱，具有极大的感染力。

在这里，我们还必须解答一个问题：为什么《摩诃婆罗多》被称作"历史传说"，而《罗摩衍那》却叫作"最初的诗"呢？两部史诗的内容几乎完全一样，用的也是同一种诗体。我认为，区别只表现在文体方面，表现在艺术风格方面。《摩诃婆罗多》的艺术风格比较简明、朴素，很少雕饰。从文体发展的历史来看，它代表一个比较原始的阶段。而在《罗摩衍那》中，除了简明、朴素的诗章以外，还有不少的精致细腻、彩绘雕饰的诗章，极少数诗章甚至雕琢刻镂，玩弄文字游戏，同以后的古典梵文文学作品简直没有什么两样。从艺术风格上来看，《罗摩衍那》好像是处在一个从史诗向古典梵文文学发展的过渡阶段。难道这就是它被称作"最初的诗"的原因吗？

以上简略地说明了与《罗摩衍那》有关的一些比较重要的问题。

至于为什么翻译《罗摩衍那》，那道理是非常明显的。列宁说："只有用人类创造的全部知识财富来丰富自己的头脑，才能成为共产主义者。"（《青年团的任务》）毛主席说："我们必须继承一切优秀的文学艺术遗产，批判地吸收其中一切有益的东西，作为我们从此时此地的人民生活中的文学艺术原料创造作品时候的借鉴。有这个借鉴和没有这个借鉴是不同的，这里有文野之分，粗细之分，高低之分，快慢之分。"（《在延安文艺座谈会上的讲话》）鲁迅主张拿来主义，他说："没有拿来的，文艺不能自成为新文艺。"（《拿来主义》）为了创造社会主义新文艺，为了极大地提高我们的科学文化水平，不去拿来，不去借鉴，就会事倍功半；反之，就会事半功倍。道理就是如此地明显。而我们之所以翻译《罗摩衍那》，其原因也就在这里。

中印文化交流已经有了两千多年的历史。中印两个伟大的民族互相学习了很多有益的东西。在这漫长的时间内，我们中国人民本来早就应该有机会去欣赏《罗摩衍那》这一部伟大的作品了，但是为什么直到现在才翻译呢？那就是因为以前没有翻译的可能。在中国历史上，在一千多年的时间内，中国和尚和外国和尚翻译了大量的佛经，其动力就是宣传宗教，宣传迷信，获得功果，成佛做祖。而在他们眼中《罗摩衍那》是不能帮助他们达到这个目的的。所以，虽然在佛典中有不少地方提到这一部史诗，却没有任何一个和尚想去翻译它。只有到了现在，时代变了，追求宗教功果的想法早已成了历史陈迹，我们现在追求的是中印两大民族的友谊，追求的是互相学习和互相了解。因此才有可能逐步翻译介绍印度各种优秀的文学作品，中印两国人民的共同愿望今天得以实现，难道还有比这更令人欢欣鼓舞的事情吗？是为前言。

1978年5月19日

译《家庭中的泰戈尔》

先要对书名做一点解释。《家庭中的泰戈尔》，根据英文原名，直译应作《炉火旁的泰戈尔》。二者实际上是一个意思。我们平常认识泰戈尔，一般都是通过他的著作。这些著作真可以说是汗牛充栋。但是，不管他写每一部作品时所抱的态度怎样，他总是难免有意为文。书中的泰戈尔不完全是真实的，甚至有点做作。即使有人有短暂的机会能亲眼看到泰戈尔，看到的也只能是峨冠博带、威仪俨然、不食人间烟火的"圣人"或者"仙人"（rsi）。这是不是泰戈尔呢？当然是的，但这只是他的一面。他还有另外一面，这就是家庭中的泰戈尔。他处在家人中间，随随便便，不摆架子，一颦一笑，一喜一怒，自然率真，本色天成。这才是真实的泰戈尔。我们感谢黛维夫人在她这一本书里给我们描绘了一个真实的泰戈尔。黛维夫人是一个有心人。

在所有的古今外国作家中，印度伟大诗人泰戈尔恐怕是最为中国人民所熟悉的一个作家。从五四运动后期起，我们就开始翻译他的作品。诗歌、戏剧、长篇小说、短篇小说、演讲、回忆录等等，都大量地翻译了过来。一直到新中国成立后，这股劲头并没有减弱，出版了《泰戈尔作品集》十卷，就是具体的证明。泰戈尔一生热爱中国，关心中国人民的命运。他的作品对中国新文学的发展起了比较明显的作用，这是尽人皆知的事实。一直到最近，他的作品还在影响着我们的青年，推动他们投身于印度古代文化的研究。对于这样一个泰戈尔，我们中国人民应该有一个深刻的实事求是的了解。黛维夫人的这一本书能帮助我们达到这个目的。我们应该诚挚地感谢她，她是一个有心人。据我所知道的，占今中外所有的比较重要的作家，能像泰戈尔这样有这一种福气的人，真如凤毛麟角。除了泰戈尔以外，我知道的，只有一个德国的大诗人歌德。爱克曼留下了一部《歌德谈话录》。爱好歌德作品的人无不喜欢这一部书，非常感激这一部书。它把歌德的另一方面，通过作品看不到的一个方面，介绍给我们。歌德的许多充满了机智的想法都通过这一部书透露给我们。我们也都说，爱克曼是一个有心人。

但是，我认为，爱克曼却无法同黛维夫人相比。他不能算是一个文学家。他的记录，不管是多么详尽、亲切、细致、生动，却不能说是文学作品。而黛维夫人正相反。她家学渊源，父亲是举世闻名的印度哲学史家达斯古普塔教授。她从小受到父亲的熏陶，精通古典梵文文学和孟加拉文学。她从很小就开始写诗，出过几本诗集。在印度，特别是在孟加拉，广有名声。她虽然不是泰戈尔的亲属，但是他们两家过从极密，亲如一家。她从孩提一直到婚后长期亲接泰翁謦欬，泰翁把她当自己的孩子看待。在诗人逝世前的三年中，从1938年起，他到喜马拉雅山脚下蒙铺她的家中度假共有四次。1940年是第四次，也就是最后的一次。再过一年，诗人离开了人世。他的声音笑容人们再也听不到看不见了。可是这些东西却被黛维夫人完完整整地、栩栩如生地记录在这一本书中。在黛维夫人笔下，满头白发、银须飘拂的诗人，原来是一个十分富于幽默感，经常说说笑话、开个玩笑，十分有人情味的老人。他关心周围所有的人，关心自己祖国的前途，关心中国的抗战；他热爱自己的妻子和女儿，为她们甘心做最微不足道的事情。所有这一切都表明，他绝不是一个逝世的仙人，而是一个富于感情的有血有肉的人。萦绕他头上的那一圈圣光消逝了，并无损于他的伟大。他同我们中国人民之间的距离反而更近了，我们的关系更密切了。这一切我们都要感谢黛维夫人。

1958年，我第三次访问印度，在加尔各答第一次见到了黛维夫人。我们自然而然地谈到了泰戈尔。第二天，我离开了加尔各答，到圣谛尼克坦去访问泰戈尔创办的国际大学。这是我的第二次访问，二十多年前我曾经到这里来过。我清晰地回忆起当年我住在泰戈尔生前居住过的北楼的情景。在古旧高大的屋子里睡过一夜觉以后，我黎明即起，迎着初升的太阳走到楼外。在一个小小的池塘中，一朵红色的睡莲赫然冲出了水面，衬托着东天的霞光，幻出了神异的光辉。我的心一震，我眼前好像出现了什么奇迹，我潜心凝虑，在那里站了半天。可是现在一切都变了。我在招待所里睡了一夜觉以后，又是黎明即起，去寻找那一个小池塘，结果是杳无踪影。我在惘然之余，深深地感觉到，世界到处都在变化，这里当然也不会例外，我又有什么办法呢？

但是，也有不变的东西，这就是印度人民对中国人民真挚的友情。这友情在黛维夫人身上也具体地体现了出来。在印度是这样，到了中国仍然是这样。我同她在印度会过面以后，前年她到中国来访问。她邀我到她下榻的北京饭店长谈了半天。临别时她送给我了一本书，这本书原来用孟加拉文写成，后来又由她自己译成了英文，这就是《家庭中的泰戈尔》。她问我，愿意不愿意译成汉文。我从小就读泰戈尔的作品，应该说也受了他的影响。新中国成立后又写过几篇论泰戈尔与中国的关系和他的短篇小说的文章，对泰戈尔的兴趣和尊敬始终未衰。可是黛维夫人这一本书却是从来没有听说过。我相信，出自黛维夫人笔下的这一本书一定会是好的。我立刻满口答应把它译成汉文。回来后立刻在众多会议的夹缝里着手翻译起来。原书文字很美，仿佛信手拈来，不费吹灰之力；但是本色天成，宛如行云流水，一点也不露惨淡经营的痕迹。古人说：状难写之景如在眼前，黛维夫人算是做到了。翻译这样的书，不是辛苦，而是享受。我很快就译完了第一章。

有一次，偶然遇到了顾子欣同志，他也收到了黛维夫人送给他的同一本书，而且他也有意翻译。子欣是诗人，他在各方面的修养都很深厚，是我所深知的，如果他翻译的话，译文一定会是第一流的。我立刻就告诉他，我已经译了一章；如果他愿意的话，我可以停下不译，其余三章由他翻译，出版时就算是我们两人合译。我认为，这是一个很美妙的想法，他也立即同意。

这是三年前的事情了。大概子欣实在太忙了，他没有能把其余的三章翻译出来。今年夏天，黛维夫人又来华访问。我在印度朋友沈纳兰先生家里见到了她。一见面，她就问，她那一本书我们翻译得怎样了。我把情况如实地告诉了他。老太太的面色立刻严肃起来，气呼呼地说道："难道非等到我死了以后你们翻译的书才出版吗？"老太太之所以渴望看到自己这一本书的汉译本，我猜想，倒不一定是完全为了自己；首先是为了泰戈尔，其次是为了中印友谊。她大概觉得，自己的作品，特别是关于泰戈尔的作品，被译成中文，对她自己，对中印友谊，是一件十分有意义的事，是一件十分值得骄傲的事。我们当时虽然没能谈得很深，但是，她的心情，我认为，我是能够了解的。

可惜的是，子欣同志依然很忙，似乎比以前更忙了；指望他能在短期内将全书译完，似乎是不可能的了。我于是毅然下定决心，并且征得了子欣的同意，在八个月以内独自把剩下的三章译完，以满足黛维夫人的愿望。是不是我自己就不忙，有这个闲情逸致来翻译呢？也不是的。我自己也很忙，而且在译完《罗摩衍那》，看到厚厚的八大卷全部出齐以后，我在松了一口气之余，暗暗立下决心：以后不再搞翻译了。自己已年逾古稀，历年来积存下来的稿子和资料比盈尺还要多，脑子里的研究题目也有一大堆。当务之急是抓紧时间，把这些稿子加以整理，把资料加以排比，把想研究的题目尽可能地弄个水落石出。翻译之事实在难以再考虑了。

　　然而现在却出现了这样一个新的情况。马行在夹道内难以回马，我只有放弃原来立下的决心，再从事一下翻译工作了。我于是立即动手，把旧的译稿翻了出来，挤出一切可以挤的时间，先把第一章的译稿重新审查了一遍，然后着于翻译其余的几章。此时，适值我有杭州、烟台之行。在杭州时，招待所的楼道里每天放彩色电视都放到很晚，声量之大，全楼震动。我当然无法安眠；但是第二天我照样黎明即起，潜思凝虑，翻译《家庭中的泰戈尔》。到了烟台，住在一所豪华的宾馆里，条件比杭州有天渊之别。推窗就能够看到大海。我每天起床后，外面仍然是一片黑暗，海上停泊的万吨巨轮上却是灯火辉煌，灿如列星。此外则海天茫茫，引我遐思。此时此刻，我简直是如鱼得水，心情怡悦，翻译工作进行得异常顺利。等我回到北京来时，初译稿已经完成了。同翻译《罗摩衍那》一样，这一次翻译也带给我了极大的愉快。但是这两种愉快又多少有所不同。对于《罗摩衍那》，我只是喜爱它的文辞和内容。对于《家庭中的泰戈尔》，则还有一点个人的成分在内。我十三岁时曾在济南看到过泰戈尔。到了高中阶段，又开始读他的作品，也曾模仿他的体裁写过一些小诗。到了中年，对他进行过一些研究，写过论他的诗歌和短篇小说的文章，写过《泰戈尔与中国》的长文。我同泰戈尔的关系，可以说是六十年来没有间断，而今到了垂暮之年，又有幸翻译有关他的书。我此时的心情是，怀旧与念新并举，回顾与瞻望齐行，难道是一句套话"感慨万端"所能完全表达得出来的吗？我想，如果黛维夫人知道了这一件事，她也会会心一笑吧！

黛维夫人虽然已经有点老态龙钟，自己认为已经很老了，但是，实际上她还小我三岁。两国的具体情况不同，对年龄的看法也不一样。我远远还没有感到自己在学术上已经到了"退休"的年龄。不过，话又说回来了，我已经算是老人，这一点是无可怀疑的。我现在就以一个中国老人的身份，向云天万里之外的一个印度老人致敬，为她祝福，希望她长命百岁，再多为中印友好做些工作。中印友谊的道路，悠久而漫长。我们还有很多工作要做。

　　路漫漫其修远兮，吾将上下而求索。

1984年12月25日写毕

读《文学读解与美的再创造》

我对于文艺理论一向有浓厚的兴趣。东西文论颇读了一些，东西各国的文学作品读得也不算少。中国的文艺理论名著，如《文心雕龙》《诗品》之类，基本上都读过。诗话一类的书读得更多了。但是业非专务，浅尝辄止，读得多而想得少。所以至今不但没有登堂入室，连堂屋的门也相距颇远，只能仍然算是一个门外汉。

我这样说，并不等于说，自己对文艺理论问题没有看法，没有意见。我的看法和意见还是不老少的。我从门外向门内瞥上几眼，看到了一些情况，也许是门内汉看不到的。原因正在我不在门内，没有为什么东西所蔽，没有什么功利目的，能够完全自由自在地观察，推敲。我想改一下苏东坡那一首著名的诗："识得庐山真面目，只缘不在此山中。"

几十年前，我在清华大学读西洋文学的时候，也曾选过几门与文艺理论有关的课，读过一些西方文学批评的名著，比如Saintsbury（森茨伯里）的《文学批评史》之类。选的课主要是两门：一门是吴宓（雨僧）先生的"东西诗之比较"，一门是朱光潜（孟实）先生的"文艺心理学"。后者留给我的印象尤其深刻。所谓"文艺心理学"，实际上讲的就是西方的文学批评，重点是近现代。讲的都是当时最流行的理论，都是像我这样的青年学子所渴望了解的。孟实先生讲这种西洋理论，引用的例子却多半是中国的古典诗词，讲来头头是道，听来娓娓动听，听他讲课实在是极大的享受，至今难忘。我以前对中国文学理论多少熟悉一点，中国固有的专名词一看便能了解。对西方文艺理论，开始时难免会感到有点陌生，但是一经孟实先生讲解，便立即产生了浓厚的兴趣，觉得其中确有非常精彩的东西，它给我增添了观察问题的新角度，我的眼界为之大开。我觉得，这一门课是我在清华读书四年中最引人入胜的课程。

从那以后，我对西方文艺理论的兴趣一直保持不衰。可惜的是，清华毕业以后，我在德国待了十年，学的完全是另一套东西。在那样长的时间内，除了有时为了消遣读一些德国古今文艺作品外，文艺理论的书几乎一点接触都没有了。

最近二三十年以来，我主要从事的仍然是在德国学的那一套东西。但是，对中国文学史，对中国古代文艺理论的兴趣又恢复了。在专搞我那一门十分枯燥的专业之余，又利用余闲阅读这方面的典籍，旁及外国当前流行的文艺理论。只要有机会，就读上一些。当年孟实先生讲西洋文艺理论，只讲到20年代。从那以后的几十年内新发展起来的理论，我几乎完全不知道。现在想补上这一课，但是困难极多。一方面积习难除，浅尝辄止，不想深入，无暇深入。另一方面又有极大的苦恼。介绍外国文艺理论的书，绝大部分都是满篇稀奇古怪的新名词，像是一只只的拦路虎，令人欲进不能。这样的论文或专著，对我这样的凡人来说，简直成了"天书"。我没有吴用的本领，这样的"天书"我参不透。五六十年前朱孟实先生讲的课和写的书，于今直像是《广陵散》了。

前不久龙协涛同志把他的近著《文学读解与美的再创造》拿给我看。说老实话，最初我是战战兢兢，颇怀戒心的："又是一部'天书'吧。"我心里想，我实在怕透了这样的书。然而，当我接过厚厚的一摞稿子，准备硬着头皮读下去的时候，我却逐渐发现了同我的期望完全相反的情况。协涛同志介绍的是滥觞于德国而风靡全世界的接受美学的理论。对陌生者来说，这种理论难免有点古古怪怪，不大易懂。然而他引征的例子却是中国古典诗词。全书文字生动，说理清楚。即使不可避免地要使用不少本来很难懂的新名词，但是它们一旦同中国实际相结合，则一看就能明白，毫无阻路虎的气味，全书一点"天书"的味道也没有。许多在中国文学史上有名的诗句，在中国诗话一类的书中和文艺理论著作中多次出现，现在又被协涛同志引用到本书中。但他不是用中国传统的理论来解释，而是用接受美学的理论。这种理论用在这里，让我感到真是恰到好处，是我以前绝对想不到的。有一些中国古典诗词是我童而习之认为了解绝无问题的，现在看了本书中利用接受理论进行的阐释，大有豁然开朗之感，才知道自己原来没有了解到点子上，或者了解得不深不透。

总之，这不是一部"天书"，而是一部"人书"，是像我这样的凡人能够看得懂的书。读这样的书简直是一种享受。这让我立刻就想到几十年前在清华大学听朱孟实先生课的情景。我万万没有想到，在垂暮之年竟又碰到了这样的情景，心中怡悦之情真难以形诸楮墨了。

大家都知道，外国最新的文艺理论简直是五花八门，无奇不有。有的流行的时间比较长，有的比较短，有的直如螳蜣不知春秋，转瞬即逝。这些理论，大都能说出一点道理来，至少是部分有道理。但是，也有不少地方是强词夺理，偏颇之处，昭然可见。在这一些新理论中，接受美学流行的时间比较长，流行的地区比较广，足征它标举的新说是有着比较坚实的基础的。它之所以至今仍然流传不衰，是有道理的。

但是，接受美学是不是就是完美无缺了呢？也不是的。这个理论创始于原来的西德，后经原东德的曼加以修正，增加了新的内容，理论体系比原来的精密了一点，说服人的力量增强了一点；但是，仍然不是完美无缺，理论不周到的地方有之，牵强偏颇的地方有之，应该涉及的问题而没有涉及者也有之。根据我自己读龙协涛同志的这一部大著的初步印象，他不但介绍了这个理论——对此我想中国读者是感激的——而且对上述不足之处，他还做了一些补充或者纠正，这当然更有利于中国读者全面地正确地了解这种理论。所有这一切非读书间观察细致是做不到的。因此，我的看法是，这是一部好书，很值得推广，我乐于为本书写这样一篇序。

1991年7月2日写完

读《清代海外竹枝词》

　　竹枝词，作为乐府曲名，虽然起源于唐代，但是，我总怀疑，它是源远流长的。它同许多中国文学形式一样，最初流行于民间，后来逐渐为文人学士所采用。而对竹枝词来说，这个民间可能就是四川东部巴渝一带地区。唐刘禹锡任夔州刺史，有一次他来到建平（今四川巫山县），听到了民间的儿歌，受到启发，写了《竹枝》九篇。每首七言四句，绝类七言绝句，但不甚讲平仄，押韵也较灵活。当时白居易也有《竹枝》之作。

　　刘禹锡在《引》中说："昔屈原居沅、湘间，其民迎神，词多鄙陋，乃为作《九歌》，到于今荆楚鼓舞之。"刘禹锡并无意把《竹枝》的产生地带同《九歌》联系起来。但是，我认为，这是可以联系的。中国古代荆楚一带文化昌盛，几年前发掘出来的编钟震动了世界，就是一个很有说服力的例子。巴、渝地邻荆楚，可能属于同一个文化圈，民间宗教信仰以及祭神仪式和乐章，容或有相通之处。

从歌词内容上来看，也可以看出一些线索来。中国古代南方荆楚一带的诗歌，比如《楚辞》，意象生动，幻想联翩。勉强打一个比方，可以说是颇有一点浪漫主义的气息，同北方以《诗经》为代表的朝廷或民间的诗歌迥异其趣，这种诗词威仪俨然，接近古典主义。竹枝词在情趣方面比较接近《楚辞·九歌》等荆楚文学作品。

根据上面这些考虑，我就怀疑竹枝词是源远流长的。

在中国文学史上，以《竹枝》或《竹枝词》命名的文学作品不是太多。这方面的专著或论文数量也极少。我个人觉得，这似乎是一个小小的憾事。

王慎之先生是一个有心人，多少年来就从事竹枝词的搜集、整理与研究工作，成绩斐然，已有专著出版，享誉士林。现在她又搜集了外国竹枝词，包括了东西方很多国家。作者不一定都曾身履其境，但竹枝词中所描绘的当地的老百姓生活情趣，却几乎都是生动活泼，栩栩如身历。这会受到士林，特别是研究中国文学史的同行们的热烈欢迎，是完全可以预卜的。我向她祝贺。

外国竹枝词，同中国竹枝词一样，作为一个文学品种，非常值得重视。但是，根据我个人的经验，较之中国竹枝词，外国竹枝词还有更值得珍惜的一面。几年前，我写《中印文化交流史》时，曾利用过清尤侗的《外国竹枝词》中有关印度的那几首。把古里、柯枝、大葛兰、榜葛剌那几首都引用到书里，给平庸单调的叙述凭空增添了不少的韵味。我相信，留心中印友好关系的读者，读了这几首竹枝词以后，也会感到情致嫣然，从而增加了对印度人民的理解与感情。其他国家可以依此类推。由此看来，这些外国竹枝词的意义就不限于文学方面，其政治意义也颇值得重视了。

我向王慎之先生祝贺，祝贺这一部书的出版。我怀着愉快的心情写了这一篇序。

1993年7月4日

《印度寓言》自序

　　自己是喜欢做梦的人，尤其喜欢做童年的梦；但自己童年的梦却并不绚烂。自从有记忆的那一天起，最少有五六年的工夫，每天所见到的只有黄土的屋顶，黄土的墙，黄土的街道，总之是一片黄。只有想到春天的时候，自己的记忆里才浮起一两片淡红的云霞：这是自己院子里杏树开的花。但也只是这么一片两片，连自己都有点觉得近于寒碜了。

　　六岁的那一年，自己到城里去。确切的时间已经忘记了；但似乎不久就入了小学。校址靠近外城的城墙；很宽阔，有很多的树木，有假山和亭子，而且还有一个大水池。春天的时候，校园里开遍了木槿花；木槿花谢了，又来了牡丹和芍药。靠近山洞有一棵很高大的树，一直到现在我还不知道叫什么名字，在别的地方也似乎没看到过。一到夏天，这树就结满了金黄色的豆子，累累垂垂地很是好看。有几次在黄昏的时候，自己一个人走到那里去捉蜻蜓，苍茫的暮色浮漫在池子上面，空中飞动蝙蝠的翅膀。只觉得似乎才一刹那的工夫，再看水面，已经有星星的影子在闪耀着暗淡的光了。这一切当然不像以前那一片黄色，它曾把当时的生活点缀得很有色彩。

然而现在一想到那美的校园，第一个浮起在记忆里的却不是这些东西，而是一间很低而且幽暗的小屋。当时恐怕也有一片木牌钉在门外面，写着这屋的名字，但我却没注意到过。我现在姑且叫它作图书室吧。每天过午下了课，我就往那里跑。说也奇怪，现在在我的记忆里同这小屋连在一起的，总是一片风和日丽的天气，多一半在春天，外面木槿花或什么的恐怕正纷烂着吧，然而这小屋的引诱力量却大过外面这春的世界。

我现在已经忘记了，当时在那间小屋里究竟读了些什么东西。只记得封面都很美丽，里面插画的彩色也都很鲜艳，总之不过是当时流行的儿童世界一流的东西。后来知道当时很有些人，当然是所谓学者与专家，对这些东西不满意过。即使现在再让自己看了，也许不能认为十分圆满。但在当时，这些东西却很给了我一些安慰。它们鼓动了我当时幼稚的幻想，把我带到动物的世界里，植物的世界里，月的国、虹的国里去翱翔。不止一次地，我在幻想里看到生着金色的翅膀的天使在一团金色的光里飞舞。

终于自己也仿佛加入到里面去，一直到忘记了哪是天使，哪是自己。这些天使就这样一直陪我到梦里去。

有谁没从童年经过的呢？只要不生下来就死去，总要经过童年的。无论以后成龙成蛇，变成党国要人，名流学者，或者引车卖浆之流；但当他在童年的时候，他总是一个小孩子，同一切别的小孩子一样。他有一个小孩子的要求。但这要求，却十有八九不能达到，因为他的父母对他有一个对大人的要求。至于他在当时因失望而悲哀的心理，恐怕只有他一个人了解。但是，可怜的人们！人类终是善忘的。对这悲哀的心理，连他自己都渐渐模糊起来，终于忘得连一点痕迹都没有了。当他由小孩而升为大人的时候，他忘记了自己是小孩子过，又对自己的小孩子有以前他父母对他的要求。自从有人类以来，这悲剧就一代一代地演下来，一直演到我身上，我也不是例外。

我真的也不是例外：我也对孩子们有过大人的要求。自从离开那小学校，自己渐渐长大起来。有一个期间，我只觉得孩子们都有点神秘，是极奇怪的动物。他们有时候简直一点理都不讲。（不要忘记，这只是我们成年人的所谓理！）尤其孩子们看童话寓言，我觉得无聊。从那群鸡鸭狗猫那里能学些什么呢？那间小小的图书室我忘得连影都没有了。后来在一本西洋古书里读到"小孩子都是魔鬼"，当时觉得真是"先得我心"，异常地高兴。仿佛自己从来没有这样过，不，简直觉得自己从来没是孩子过。一下生就"非礼勿视，非礼勿听"，渐渐成了"老成"的少年。一直到现在，十几年以后了，变成了这样一个在心灵里面总觉得有什么不满足的我。在这期间，我经过了中学，经过了大学，又来到外国，在这小城里寂寞地住了六年。似乎才一刹那的工夫，然而自己已经是三十岁的人了。

在最后两年里，自己几乎每个礼拜都到一个教授家里去谈一次天，消磨一个晚上。他有两个男孩子，两个活泼的天使。小的刚会说话，但已经能耍出许多花样来淘气。大的五岁，还没有入小学，已经能看书。我教过他许多中国字，他在这方面表现出惊人的记忆力。我很高兴，他自己也很骄傲。于是我就成了他的好朋友。每天晚上在上床以前，他母亲都念童话给他听。我看了他瞪大了眼睛看着他母亲嘴动的时候，眼睛里是一片童稚清晖的闪光，我自己也不禁神往。他每次都是不肯去睡，坐在沙发上不动，母亲答应他明天晚上多念点，才勉强委委屈屈地跳下沙发，走向寝室去。在他幼稚的幻想里，我知道，他一定也看到了月的国，虹的国；看到了生着金色翅膀的天使，这幸福的孩子！

也许就为了这原因，我最近接连着几夜梦到那向来不曾来入梦的、仿佛从我的记忆消逝掉的小学校。我梦到木槿花，梦到芍药和牡丹，梦到累累垂垂的金黄色的豆子。虽然我没有一次在梦里看到那小图书室；但醒来伏在枕上追寻梦里的情景的时候，第一个想到的就是它。我知道自己也是个孩子过，知道孩子有孩子的需要。虽然自己的童年并不绚烂，但自己终究有过童年了；而且这间幽暗的小屋，和那些花花绿绿的小书册子也曾在自己灰色的童年上抹上一道彩虹。对我这也就够了。生在那时候的中国，我还能要求更多的什么呢？

但事情有时候也会极凑巧的，正巧在这时候，西园、虎文带了文文来这小城里看我。虎文以前信上常讲到他俩决意从事儿童教育。现在见了面，他便带给我具体的计划。那两天正下雨，我们就坐在旅馆的饭厅里畅谈。屋子里暗暗的，到处浮动着一片烟雾。窗子外面也只看到一条条的雨丝从灰暗的天空里牵下来。我自己仿佛到了一个童话的国里去。虽然虎文就坐在我靠近，但他的声音却像从遥远渺冥的什么地方飘过来，一声声都滴到我灵府的深处，里面有的是神秘的力量。我最初还意识到自己，但终于把一切把自己都忘掉了，心头只氤氲这么一点无名的欢悦。偶尔一抬头，才仿佛失神似的看到吹落在玻璃窗子上的珍珠似的雨滴，亮晶晶地闪着光。我当时真高兴，我简直觉得这事业是再神圣不过的了。他们走后，我曾写给他们一封信说："我已经把这两天归入我一生有数的几个最痛快的日子里去。"他们一定能了解我的意思，但他们或许想到另外一方面去。友情当然带给我快乐，但他们的理想带给我的快乐却还更大些。

我当时曾答应虎文，也要帮一点忙。但这只是一时冲动说出来的。自己究竟能做什么，连自己也是颇有点渺茫的。自己在这里念了六年语言学，念过纪元前一千多年的《梨俱吠陀》，念过世界上最长的史诗之一《摩诃婆罗多》，念过佛教南宗的巴利文经典，中间经过阿拉伯文的《可兰经》，一直到俄国的普希金、高尔基。但儿童文学却是一篇也没念过。不过，自己主要研究对象的印度，是世界上无与伦比的寓言和童话国。有一些学者简直认为印度是世界上一切寓言和童话的来源。所以想来想去，决意在巴利文的《本生经》（*Jātaka*）里和梵文的《五卷书》里选择最有趣的故事，再加上一点自己的幻想，用中文写出来，给中国的孩子们看。我所以不直接翻译者，因为原文文体很古怪。而且自己一想到自己读中文翻译的经验就头痛，不愿意再让孩子们受这不必要的苦。

但我并没有什么不得了的野心，我的愿望只是极简单极简单的。自己在将近二十年的莫名其妙的生活中，曾一度忘记自己是孩子过；也曾在短时间内演过几千年演下来的悲剧！后来终于又发现了自己：这对我简直是莫大的欣慰。同时老朋友又想在这方面努力，自己也应当帮忙呐喊两声。现在就拿这本小书献给西园和虎文，同时也想把我学校里那间很低而且幽暗的图书室——我受过它的恩惠，然而有一个期间竟被我忘掉的——深深地刻在记忆里。倘若有同我一样只有并不绚烂的童年的孩子们读了，因而在童年的生活上竟能抹上一道哪怕是极小的彩虹，我也总算对得起孩子们，也就对得起自己了。

1941年12月15日德国哥廷根

《三宝太监西洋记通俗演义》新版序^①

我们中华民族大概自古以来就有一种对异域或异物渴望探求的习惯。我们民族在历史上之所以能兼容并蓄从而创造出这样光辉灿烂的文明，原因很多，这种习惯也起了相当大的作用。

这种习惯表现在许多方面，首先表现在文字记载上。最初的一些书，比如《山海经》《穆天子传》等等，尽管真伪杂陈，时代也难以确定，还有一些记述近于荒诞不经，但是其中必然有一些很古老又真实的东西。对我们后代来说，这些记载都是非常宝贵的。

---

① 《三宝太监西洋记通俗演义》，陆树崙、竺少华校点，上海古籍出版社，1985年出版。

到了汉代，中国人民的地理知识扩大了。张骞、甘英等人，不远万里，亲履异域。于是就有了一些可靠的记载。但同时记述神怪故事的书籍也多了起来。这时西王母的故事似乎特别流行，许多书中都讲到这个故事。在鬼神志怪的书中有大量关于异域和异物的记载，这些记载对我们来说也是非常宝贵的。传为后汉郭宪撰的《汉武洞冥记》就属于这一类。晋以后伪托汉东方朔的《神异经》《十洲记》等等也属于这一类。

唐、宋两代出了不少记载异域和异物的书籍，记述精确，远迈前修。但也不缺少含有神话传说色彩的记载。段成式《酉阳杂俎》的一部分和苏鹗《杜阳杂编》的一部分，都有一些关于远方珍异的记述。宋代的《太平广记》和《夷坚志》都有关于异域的记载，有的更多神话传奇色彩。

以上简略的叙述说明什么问题呢？我觉得，它可以说明：我国人民对异域和异物探求的愿望，有其现实的基础；但同时也有浪漫的成分。在漫长的历史上，每一个朝代几乎都是这样。借用一个不太确切的说法，可以说是现实成分与浪漫成分相结合吧。

到了明初，我国人民世界地理的知识已经大大地扩大了，而且更加确切了。不但与撰写《山海经》《穆天子传》等等的时代不同，而且同唐僧取经的时代也不相同。在这时候发生的郑和下西洋的壮举，在中外交通史上写下了光辉灿烂的一页，被誉为千古盛事。在这样的情况下，中国人民本来就有的对异域和异物渴望探求的习惯，大大地受到了鼓舞与刺激，在现实的与浪漫的两个方面，都充分地显示了出来。

现实方面的代表是一批随郑和出使的人们的著作：马欢的《瀛涯胜览》、费信的《星槎胜览》和巩珍的《西洋番国志》等。这些书记载的都是亲身的经历，言简意赅，明确真实。其后根据这些书还写了大批记载南洋一带情况的书。这些书都为学者所熟知，这里不再赘述。

至于浪漫的方面，则表现在许多情况上。首先是民间传说。台湾的三宝姜、南洋的榴梿，都同郑和挂上了钩，可见三宝太监下西洋的故事对当时中外人民影响之深广。最令人吃惊的是，当郑和还在活着或者死后不久的时候，他本人已经被别人神化。与郑和同时的人袁忠彻所著《古今识鉴》中就有神化郑和的记载：

> 内侍郑和即三保也，云南人。身长九尺，腰大十围，四岳峻而鼻小；法反（？）此者极贵。眉目分明，耳白过面，齿如编贝，行如虎步，声音洪亮。

这种对人生理上的特异现象神秘化的倾向，中国古代相术中原已有之。以后，又吸收了一些印度成分，遂日趋复杂与荒诞。我在《三国两晋南北朝正史与印度传说》（见《印度古代语言论集》，1982年，中国社会科学出版社）中已经谈到过。最近又在《吐火罗文A中的三十二相》谈到。袁忠彻神化郑和，把他的生理现象也加以神秘化，其中隐约也有印度影响。他是神相袁柳庄的侄儿，他从相术上来谈郑和，毫不足怪。值得我们注意的不是郑和的生理现象，而是在郑和当时，他已被神化，浪漫的味道很浓。更可怪的是明代黄省曾的《西洋朝贡典录·爪哇国》居然也受了《古今识鉴》的影响，对郑和说了些类似神话的话。我认为，所有这一些都表明，郑和下西洋这一件事在明代就已经唤起了浪漫的幻想。至于南洋一带大建其三宝庙，只不过是这种幻想的另一种表现形式罢了。

罗懋登的《三宝太监下西洋记》（简称《西洋记》）就是在这样的情况下产生的。书中既有现实的成分，也有浪漫的成分。在现实的方面，他以《瀛涯胜览》等为依据，写了很多历史事实，记录的碑文甚至能够订正史实，这一点用不着多说了。至于浪漫的方面，那更是清清楚楚，毫不含糊。人物的创造、情节的编制，无一不流露出作者的匠心。真人与神人杂陈，史实与幻想并列。有的有所师承，有的凭空臆造。看来罗懋登是有意写小说的。他之所以用长篇小说的形式来表达自己的浪漫情绪，是当时环境所决定的。明代长篇小说开始流传，这是元明以前所没有的一种文学形式。现在流传全国以及世界上许多国家、受到人们普遍喜爱的《西游记》，就产生于明代。罗懋登受到它的影响，自是意中事。当然，罗懋登之所以写这部小说，还有个人主观的原因。正如鲁迅在《中国小说史略》中所指出的那样："而嘉靖以后，倭患甚殷，民间伤今之弱，又为故事所囿，遂不思将帅而思黄门，集俚俗传闻以成此作。"罗懋登愤世嫉俗，有感于文官爱钱，武官怕死，为了舒自己的愤懑而写成此书。

鲁迅对此书曾做过全面的评价。他说："所述战事，杂窃《西游记》《封神传》，而文词不工，更增支蔓，特颇有里巷传说，如《五鬼闹判》《五鼠闹东京》的故事，皆于此可考见，则亦其所长矣。"大概正因为这部书"文词不工，更增支蔓"，所以流行不广，比不上《西游记》和《封神传》。但是，我们今天的读者，除了如鲁迅所说的可以从中考见里巷传说以外，我觉得，还能够从里面了解到，到了对外国已经有了比较精确的知识的明朝，一个作者怎样把现实成分与幻想成分结合起来创作长篇小说的情况，这也是不无裨益的。书中那些"专尚荒唐"的神魔故事也许还能够带给我们一点艺术享受，全书也能帮助某一些人学点尽管不够确切终究还有点用处的地理和历史知识。《三国志演义》，正如大家都知道的那样，就曾起过这样的作用，连大文豪如王渔洋者都不免受到《三国志演义》的影响，致为通人所讥，其余的人就不必说了。

负责现在这个版本的出版工作的吴德铎同志，是最适宜做这个工作的人。他既通社会科学，又通自然科学；既明古，又通今；既长于考据，又擅长义理和辞章。罗懋登这一部《西洋记》，通过他的手重新出现在读者面前，会受到国内外的欢迎的。这一部书也一定会重新焕发出光彩，为我们社会主义文艺的百花园增添一株古老的新花。

1982年5月5日

《纪念陈寅恪先生诞辰百年学术论文集》序

　　近几年来，寅恪先生的弟子们和弟子的弟子们，以及其他一些朋友，经常谈论一件事，想在先生诞辰百周年时，出一本论文集，以资纪念。北京大学中国中古史研究中心主任邓广铭教授对此事异常关注。中心成员王永兴教授和荣新江副教授实主其事。惨淡经营，几经周折，终于把稿子集成。北京大学出版社，在当前出版界碰到极大的困难时，不顾经济损失，毅然承担出版责任。我们中国史学界的同人们对上述诸位学者和出版社，决不会吝惜自己由衷的赞美和敬佩。

　　用论文集的形式纪念某一位有造诣有影响的学者，是在东西方一些国家中一种流行的办法，在日本尤为普遍。我们经常可以看到有"还历纪念""古稀纪念"一类字样的纪念论文集。纪念对象大都仍然健在。这种办法在中国比较稀见。但是新中国成立前"中央研究院"纪念蔡元培先生的论文集，是众所周知的。

我们现在为什么用这种形式来纪念寅恪先生呢？理由是显而易见的。寅恪先生为一代史学大师。这一点恐怕是天下之公言，绝非他的朋友们和弟子们的私言。怎样才能算是一代大师呢？据我个人的看法，一代大师必须能上承前代之余绪，下开一世之新风，踵事增华，独辟蹊径。如果只是拾人牙慧，墨守成规，绝不能成为大师的。综观寅恪先生一生治学道路，正符合上述条件。他一生涉猎范围极广，但又有中心，有重点。从西北史地、蒙藏绝学、佛学义理、天竺影响，进而专心治六朝隋唐历史，晚年又从事明清之际思想界之研究。从表面上看起来，变幻莫测，但是中心精神则始终如一。他号召学者们要"预流"，也就是王静安先生和他自己所说的"一个时代有一个时代的新学问"，学者能跟上时代，就算是"预流"。寅恪先生在上述各个方面都能"预流"，这一点必须着重指出。他喜欢用的一句话是发前人未发之覆。在他的文章中，不管多长多短，他都能发前人未发之覆。没有新义的文章，他是从来不写的。他有时立一新义，骤视之有如石破天惊，但细按之则又入情入理，令人不禁叫绝。寅恪先生从来不以僻书来吓人。他引的书都是最习见的，他却能在最习见中，在一般人习而不察中，提出新解，令人有化腐朽为神奇之感。

寅恪先生继承了清代朴学考证的传统，但并没有为考证所囿。考证学者往往不谈义理，换一句现代的话来说，就是不大喜欢探索规律。但是，寅恪先生却最注意探索规律，并不就事论事。他关于隋唐史的研究成果可以为证。他间或也发一些推崇宋学的议论，原因大概就在这里。今世论者往往鄙薄考证之学。实际上，研究历史首先要弄清史实，考证不过是弄清史实的手段，既不必夸大其词，加以推崇；也不必大张挞伐，意在贬低。我们历史学界在过去相当长的时间内，高唱"以论带史"，却往往是"以论代史"，其甚者甚至置史实于不顾，而空谈教条，这样的教训还少吗？提倡一点考证，可以济我们历史研究之穷，不是一件坏事。寅恪先生利用考证达到弄清史实的目的，一直到今天还是值得我们学习的。

我自己学殖瘠薄，实不足以窥寅恪先生之堂奥。妄发议论，贻笑方家。但是，愚者千虑，必有一得，我的这些浅薄的看法也许还有点参考价值吧。

现在纪念论文集即将出版。作为寅恪先生的弟子，我衷心感激海内外学者们惠赐大作为本集增添光辉。我只希望，我们大家能在寅恪先生指出的"预流"的基础上，昂扬前进，把我们的史学研究的水平再提高一步。愿与海内外诸志同道合者共勉之。

1988年12月5日

《瑜伽师地论·声闻地》
梵文原文影印本小引

　　值此中日两国邦交恢复二十周年纪念之际，中日联合拍摄的梵文原文《瑜伽师地论·声闻地》正式出版了。这是中日两国的佛学研究者密切协作的结果。它必将推动两国的佛学研究，促进两国学者和人民的友谊。这是一件非常有意义的事情。

　　此书原件现藏中国民族图书馆，原来自我国西藏。根据现在各国学者的意见，现存于西藏的大量的贝叶梵经，并非土生土长的，而是一部分来自印度，一部分来自尼泊尔，是中、印、尼三国的佛教信徒和学者共同努力的成果。它象征着长期以来我们三国人民的友谊。

　　这一些贝叶经，有一部分早已流传国外。在半个多世纪以前，印度梵文学者Rāhula Sānhrtyāyana曾几次到西藏去拍摄抄录。他拍摄的照片现藏印度Patna（巴特那）Jayaswal Research Institute。印度和其他国家的一些学者已经从中选取了一些，校订出版，有的编入*Tibetan Sanskrit Work Series*（《西藏梵文著作丛书》），有的在别的国家出版。没有校订出版的占绝大部分，其照片拷贝早已传出印度，欧洲许多大学的梵文研究所都有。

印度所藏照片，曾发表过一个目录，但不一定完整全面。我仅知道，中国民族图书馆有的，印度没有。印度巴特那有的，中国民族图书馆没有。而现在西藏还藏有大量的贝叶梵经原件，是稀世之宝，还有待于调查统计。

我们都承认，学术研究乃天下之公器，不是哪一个人或哪一个国家民族所得而私之的。研究当然要有竞争，人与人之间的竞争，国与国之间的竞争，后者还牵涉到发扬爱国主义的问题，这都是事实，不容否认。但是，我说的竞争完全是积极的，它能促进世界学术的进步，增强国与国之间、人民与人民之间的友谊，其中绝没有消极的因素。这样的竞争靠的是学者们个人的努力，个人的本领，个人的学术造诣。在世界上，在中国，过去和现在，都有靠垄断研究资料和珍本秘籍，来进行竞争的。我期期以为不可。这样的竞争从来没有产生出伟大的学术著作。一部人类的学术史充分证明了这一个事实。

现在出版的这一册《声闻地》梵文原文影印本，其原文照片早已传出国去，而且已经有了几个刊本：

A. Wayman, *Analysis of the Srāvakabhūmi Manuscript*, Berkeley and Los Angeles，1961

A. Wayman, *A Report on the Srāvakabhūmi and it's Author*, JBORS Vol. XLII，1956，316–329

S. Shukla, *Srāvakabhūtmi of Ācārya Asanga*, TSWS XIV, Patna 1973

据A. K. Warder, *Indian Buddhism*, Motilal Banarsidass, Delhi，Varanasi，Patna，p. 552，Dutt TSWS 1966也有一个《声闻地》的刊本，恐系错误，因未见原书，不敢肯定。《瑜伽师地论》梵文原本其他一些《地》（Bhumi）也有刊本，这里从略。

关于《瑜伽师地论》的作者，唐玄奘《大唐西域记》，卷第五，阿逾陁国：

> 无著菩萨夜升天宫，于慈氏菩萨（Maitreya Boddisuttva，弥勒菩萨）所受《瑜伽师地论》《庄严大乘经论》《中边分别论》等，昼为大众讲宣妙理。

由此可见，作者就是无著，是非常清楚的。A. K. Warder，上引书p. 437说：in China the last work（按指Yogācārabhūmiśāstra）is supposed to be Maitreya's。这是一个误解。

既然《声闻地》梵文原本已经传出国外而且有了几个刊本，我们现在这个影印本的价值何在呢？我认为，仍有极大价值，因为这是直接从梵文原件拍摄的，而且五六十年前的拍摄手段，无论如何也无法同今天相比。我们这个影印本，无论是作为学术著作，还是作为艺术品，都有其独立的价值。

　　而且，其价值还要超过以上所述者，因为它蕴含着中日两国佛学研究者的合作和友谊，它蕴含着中日两国人民的友谊。

　　怀着这样愉快的心情，我写了这篇小引。

1992年6月6日

《汤用彤先生诞生一百周年纪念论文集》序

　　在中国几千年的学术史上，每一个时代都诞生少数几位大师。是这几位大师标志出学术发展的新水平；是这几位大师代表着学术前进的新方向；是这几位大师照亮学术前进的道路；是这几位大师博古通今，又镕铸今古。他们是学术天空中光辉璀璨的明星。

　　中国近现代，当然也不能例外。但是，根据我个人的看法，近现代同以前的许多时代，都有所不同。举一个具体的例子，就是俞曲园先生（樾）和他的弟子章太炎（炳麟）。在他们师弟二人身上体现了中国19世纪末至20世纪初叶学术发展的一个大转变。俞曲园能镕铸今古；但是章太炎在镕铸今古之外，又能会通中西。这只要看一看曲园先生的文集，再读一读太炎先生《章氏丛书》，特别是其中的《文录》和《别录》中的许多文章，其区别立即呈现在眼前。太炎先生的文章如：《记印度西婆耆王纪念会事》《送印度钵罗罕保什二君序》《记印度事》《无政府主义序》《俱分进化论》《无神论》《大乘佛教缘起考》《大乘起信论辩》《梵文典序》《法显发现西半球说》等等，就是他会通中西的确凿证据，他的老师是写不出来的。

太炎先生以后，几位国学大师，比如梁启超、王国维、陈寅恪、陈垣、胡适等，都是既能镕铸今古，又能会通中西的。他们有别于前一代大师的地方就在这里。他们一方面继承了中国悠久的优秀的学术传统，特别是考据之学；另一方面又融会了西方的优秀传统，在形式和内容两个方面都是如此。他们发扬光大了中国的学术传统，使中国的学术研究面目为之一新，达到了空前的水平。

我认为，汤用彤（锡予）先生就属于这一些国学大师之列。这实际上是国内外学者之公言，绝非我一个人之私言。在锡予先生身上，镕铸今古、会通中西的特点是非常明显的。他对中国古代典籍的研读造诣很高，对汉译佛典以及僧传又都进行过深刻彻底的探讨，使用起来，得心应手，如数家珍。又远涉重洋，赴美国哈佛大学研习梵文，攻读西方和印度哲学。再济之以个人天资与勤奋，他之所以成为国学大师，岂偶然哉！

拿汤先生的代表作《汉魏两晋南北朝佛教史》来做一个例

子，加以分析。此书于1938年问世，至今已超过半个世纪。然而，一直到现在，研究中国佛教史的中外学者，哪一个也不能不向这一部书学习，向这一部书讨教。此书规模之恢宏，结构之谨严，材料之丰富，考证之精确，问题提出之深刻，剖析解释之周密，在在可为中外学者们的楷模。凡此皆是有口皆碑，同声称扬的。在中国佛教史的研究上，这是地地道道的一部经典著作，它将永放光芒。

锡予先生的治学范围，当然不限于汉魏两晋南北朝佛教史。他在魏晋玄学的研究方面也有精深的造诣；对隋唐佛教也做过深刻的探讨：旁及印度哲学和欧美哲学。他完全当得起"会通中西"这一句话。

汤先生的人品也是他的弟子们学习的榜样。他淳真、朴素，不为物累；待人宽厚，处事公正。蔼然仁者，即之也温。他是一个真正的人，他是一个真正的学者，他是一个真正的大师。

我自己没有得到机会立雪程门。我在德国住了十年以后，先师陈寅恪先生把我介绍给汤先生和胡适之先生，我得以来到了北大，当上了教授。此后我以学生教授或教授学生的身份听过汤先生"魏晋玄学"的课。我觉得每一堂课都是一次特殊的享受，至今记忆犹新，终生难忘。我不自量力，高攀为锡予先生的弟子，以此为荣。

今年是汤先生诞生一百周年。先生虽谢世已久，然而他的影响却与日俱新。这一册纪念论文集就是最有力的证明。本册所收的论文，有的来自国内学者，有的来自国外学者，不少作者就是锡予先生的门生，有的则是他的崇拜者。仅此一端，即可以看出先生影响之广被。我相信，这一本纪念论文集对弘扬中华优秀文化，对加强中外学者的协作，将做出贡献。我满怀喜悦崇敬的心情写了这一篇序文。

1992年11月19日

《中国翻译词典》序

现在颇有一些人喜欢谈论"中国之最"。实事求是地说，有五千年文明史的中国"最"是极多极多的。几大发明和几大奇迹，不必说了。即在九百多万平方公里的锦绣山河中，在人民日常生活的饮食中，"最"也到处可见。

然而，有一个"最"却被人们完全忽略了，这就是翻译。

无论是从历史的长短来看，还是从翻译作品的数量来看，以及从翻译所产生的影响来看，中国都是世界之"最"。这话是符合实际情况的，因而是完全正确的。

根据学者们的研究，中国先秦时代已有翻译活动。这是很自然的。只要语言文字不同，不管是在一个国家或民族（中华民族包括很多民族）内，还是在众多的国家或民族间，翻译都是必要的。否则思想就无法沟通，文化就难以交流，人类社会也就难以前进。

至迟到了东汉初年，印度佛教就传入中国。在此后的一千多年中，中国僧人和印度僧人，以及中亚某些古代民族的僧人，翻译了大量的佛典，有时个人单独进行，有时采用合作的方式。专就一个宗教来说，称之为"最"，它是当之无愧的。从明清之际开始，中间经过了19世纪末的洋务运动和1919年开始的五四运动，一直到今天的改革开放时期，中国人（其中间有外国人）又翻译了其量极大的西方书籍，其中也有少量东方书籍。各种学科几乎都有。佛典翻译以及其他典籍的翻译，所产生的影响是无法估量的。

如果没有这些翻译，你能够想象今天中国文化和中国社会会是什么样子吗？

这些话几乎都已属于老生常谈的范畴，用不着再细说了。我现在想从一个崭新的、从来没有人提到过的角度上，来谈一谈翻译对中国文化的重要意义。

最近半个多世纪以来，在世界上一些大国中，颇有一些有识之士，在认真地思考讨论人类文化的演变和走向问题。英国学者汤因比可以作为一个代表。他的大著《历史研究》已被译为汉文。他把世界上过去所有的文明分为二十三个或二十六个，说明没有任何文明是能永存的。我的想法同这个说法相似。我把文化

（文明）的发展分为五个阶段：诞生、成长、繁荣、衰竭、消逝。具体的例子请参看汤因比的著作。我在这里声明一句：他的例子我并不完全赞同。

汤因比把整个中华文化（他称之为"文明"）分为几个。这意见我认为有点牵强、机械。我觉得，不能把中华文化分成几个，中华文化是一个整体。

但是，这里就出现了一个尖锐的问题：你既然主张任何文化都不能永存，都是一个发展过程，为什么中华文化竟能成为例外呢？为什么中华文化竟能延续不断地一直存在到今天呢？这个问题提得好，提到了点子上。我必须认真地予以答复。

倘若对中华五千年的文化发展史仔细加以分析，中间确能分出若干阶段，中华文化并不是前后一致地、毫无变化地发展下来的。试以汉唐文化同其他朝代的文化相比，就能看出巨大的差别。汉唐时代，中华文化在世界上占领导地位，当时的长安是世界上文化的中心。其他朝代则不行。到了近代，世界文化重心西移，我们则努力"西化"，非复汉唐之光辉灿烂了。

但是，不管经过了多少波折，走过多少坎坷的道路，既有阳关大道，也有独木小桥，中华文化反正没有消逝。原因何在呢？我的答复是：倘若拿河流来作比，中华文化这一条长河，有水满的时候，也有水少的时候；但却从未枯竭。原因就是有新水注入。注入的次数大大小小是颇多的。最大的有两次，一次是从印度来的水，一次是从西方来的水。而这两次的大注入依靠的都是翻译。中华文化之所以能常葆青春，万应灵药就是翻译。翻译之为用大矣哉！

最近若干年以来，中国学术界研究中国翻译问题之风大兴。论文和专著都出了不少，又成立了全国的和一些省市的翻译组织，是一片欣欣向荣的景象。最近林煌天同志等又编撰了这一部《中国翻译词典》，可谓锦上添花了。对林煌天等同志编撰这样的词书我是完全信任的。他们在翻译方面，既有实践经验，又有组织经验。他们编撰的书很有特色，汇集了涉及翻译学术方面的各种词条和有关资料，翻译工作者和文化教育界人士都可用作参考。煌天同志要我为本书写一篇序，我乐于接受，同时又乘机把自己对翻译工作的重要性的看法一并写了出来，以便求教于高明。

1993年10月11日凌晨

《世界十大史诗画库》序

　　史诗在文学史上的重要地位，几乎是尽人皆知的。但是，大家想必都还记得，有很长一段时间，西方学者说中国没有史诗。一些中国学者也从而附和之。其中有西方人的偏见；但也有我们中国方面对自己的民族文学遗产了解得还不够这个原因。感谢我国的民族文学研究专家们，他们陆续发现了几部中国史诗，无论是从长度来看，还是从内容的丰富深刻来看，都不比西方的史诗逊色，有些地方甚至超过之。

　　史诗同神话有密切联系。马克思有一句名言：希腊神话具有永恒的魅力。换句话说，史诗具有永恒的魅力。这里就有了问题。一些学者不是热衷于宣传"江山代有才人出，各领风骚数百年"吗？如果这两句诗能成立，哪里能有什么"永恒的魅力"

呢？但是，实践是检验真理的唯一标准。中西史诗都在人民群众中扎下了根，至今仍以不同的形式流行于各自国家的民间，而且还传到国外去。这就是实践，它检验出来的真理是：史诗具有永恒的魅力。

文艺是有国界而又无国界的。在最初，文艺必须产生在一个国家或地区内，这就是有国界。但是，一旦产生，就必然流行与传播。越是好的文艺，流行就越广。坏的文艺则是蟪蛄不知春秋。好文艺流行的速度之快和地域之广是十分惊人的。长江、大河、高山、峻岭，浩瀚的大海、辽阔的沙漠，都阻挡不住。这就是无国界。

文艺为什么会能没有国界呢？从文化交流的规律来看，给予者所给予的东西必须对接受者有用，然后才能被接受。没有用的东西，即使是暂时被接受，也迟早会被扬弃的。好的文艺对给予者和接受者来说，都是有用的。因为，正如大家所熟知的那样，好的文艺能增强人的智慧，能陶冶人的性灵，能提高人的精神境界，能满足人的审美需要。这样好的东西，不管它原来产生在什么地方，一旦产生，必然传出国界和民族的界限，被那里的人民所接受。

史诗显然是属于这个范畴的，它在世界上，在人民间，在民族间的广泛流传可以为证。但是，史诗的原文，结构都非常繁复，辞藻都非常堆砌，一般人欣赏起来，会有极大的困难。许多国家往往把史诗从结构和内容两个方面加以简化，然后才得以流传。

现在，吉林省摄影出版社独具慧眼，把中外的十大史诗，用文字说明和图画并举的形式，编成了这一套《世界十大史诗画库》，主要是想对少年儿童进行教育。十大史诗中中国占了三部，这样就纠正了过去的偏颇，同时又弘扬中华文化的优秀传统。我相信，它必然会受到广泛的欢迎的。在欣慰之余，写了这一篇短序。

1994年2月6日

《东方文化集成》总序

我们正处在一个新的"世纪末"中。所谓"世纪"和"世纪末",本来是人为地创造出来的。非若大自然中的春、夏、秋、冬,秩序井然,不可更易,而且每岁皆然,决不失信。"世纪"则不同,没有耶稣,何来"世纪"?没有"世纪",何来"世纪末"?道理极明白易懂。然而一旦创造了出来,它就产生了影响,就有了威力。上一个"世纪末",19世纪的"世纪末",在西方文学艺术等意识形态领域中就出现过许多怪异现象,甚至有了"世纪末病"这样的名词,这是众所周知的事实,无待辩论与争论。

当前这一个"世纪末"怎样呢?

我看也不例外。世界上许多国家和地区都出现了政治方面天翻地覆的变化，不能不令人感到吃惊。就是在意识形态领域内，也不平静。文化或文明的辩论或争论就很突出。平常时候，人们非不关心文化问题，只是时机似乎没到，争论不算激烈。而今一到世纪之末，人们非常敏感起来，似乎是憬然醒悟，于是东西各国的文人学士讨论文化的兴趣突然浓烈起来，写的文章和开的会议突然多了起来。许多不同的意见，如悬河泻水，滔滔不绝，五光十色，纷然杂陈。这样就形成了所谓"文化热"。

在这一股难以抗御的"文化热"中，我以孤陋寡闻的"野狐"之身，虽无意随喜，却实已被卷入其中。我是一个有话不说辄如骨鲠在喉的人，在许多会议上，在许多文章中，大放厥词，多次谈到我对文化，特别是东方文化与西方文化的联系，以及东方文化在未来的新世纪中所起的作用和所占的地位等等的看法。颇引起了一些不同的反响。

为说明问题计，现无妨把我个人对文化和与文化有关的一些问题的看法简要加以阐述。我认为，在过去若干千年的人类历史上，民族和国家，不论大小久暂，几乎都在广义的文化方面做出了自己的贡献。这些贡献大小不同，性质不同，内容不同，影响不同，深浅不同，长短不同：但其为贡献则一也。人类的文化宝库是众多的民族或国家共同建造成的。使用一个文绉绉的术语，就是"文化多元主义"。主张世界上只有一个民族创造了文化，是法西斯分子的话，为我们所不能取。

文化有一个很突出的特点，就是，文化一旦产生，立即向外扩散，也就是我们常说的"文化交流"。文化决不独占山头，进行割据，从而称王称霸，自以为"老子天下第一"，世袭珍藏，把自己孤立起来。文化是"天下为公"的。不管肤色，不择远近，传播扩散。人类到了今天，之所以能随时进步，对大自然，对社会，对自己内心认识得越来越深入细致，为自己谋的福利越来越大，重要原因之一就是文化交流。

文化虽然千差万殊，各有各的特点；但却又能形成体系。特点相同、相似或相近的文化，组成了一个体系。据我个人的分法，纷纭复杂的文化，根据其共同之点，共可分为四个体系：中国文化体系，印度文化体系，阿拉伯伊斯兰文化体系，自古希腊、罗马一直到今天欧美的文化体系。再扩而大之，全人类文化又可以分为两大文化体系：前三者共同组成东方文化体系，后一者为西方文化体系。人类并没有创造出第三个大文化体系。

东西两大文化体系有其共同点，也有不同之处。既然同为文化，当然有其共同点，兹不具论。其不同之处则亦颇显著。其最基本的差异的根源，我认为就在于思维方式之不同。东方主综合，西方主分析，倘若仔细推究，这种差异在在有所表现，不论是在人文社会科学中，还是在理工学科中，我这个观点曾招致不少的争论。赞成者有之，否定者有之，想同我商榷者有之，持保留意见者亦有之。我总觉得，许多人（包括我自己在内）对东西方文化了解研究得都还不够深透，有的人连我的想法了解得也还不够全面，不够实事求是，却唯争论是尚，所以我一概置之不答。

有人也许认为，我和我们这种对文化和东西文化差异的看法，是当代或近代的产物。我自己过去就有过这种看法。实则不然。法国伊朗学者阿里·玛扎海里所著《丝绸之路》这一部巨著中有许多关于中国古代发明创造的论述，大多数为我们所不知。我在这里不详细介绍。我只引几段古代波斯人和阿拉伯人论述中国文化和希腊文化的话：

由扎希兹转载的一种萨珊王朝（226—Ca.640年）的说法是："希腊人除了理论之外从未创造过任何东西。他们未传授过任何艺术。中国人则相反。他们确实传授了所有的工艺，但他们确实没有任何科学理论。"（329页）

羡林按：最后一句话不符合事实，中国也是有理论的。这就等于黑格尔说：中国没有哲学。完全是隔膜的外行话。

书中还说：在萨珊王朝之后，费尔多西、赛利比和比鲁尼等人都把丝绸织物、钢、砂浆、泥浆的发现一股脑儿地归于耶摩和耶摩赛德。但我们对于丝织物和钢刀的中国起源论坚信不疑。对于诸如泥浆、水泥等其余问题，它们有99%的可能性也是起源于中国。我们这样一来就可以理解安息-萨珊-阿拉伯-土库曼语中一句话的重大意义："希腊人只有一只眼睛，唯有中国人才有两只眼睛。"约萨法·巴尔巴罗于1471年和1474年在波斯就曾听到过这样的说法。他同时还听说过这样一句学问深奥的表达形式："希腊人仅懂得理论，唯有中国人才拥有技术。"（376页）

关于一只眼睛和两只眼睛的说法，我还要补充一点：其他人同样也介绍了另外一种说法，它无疑是起源于摩尼教：

"除了以他们的两只眼睛观察一切的中国人和仅以一只眼睛观察的希腊人之外，其他的所有民族都是瞎子。"（329页）

我之所以这样不厌其烦地引这许多话，绝不是因为外国人夸中国人有两只眼睛而沾沾自喜，睥睨一切。令我感兴趣的是，在这样漫长的时间以前，在波斯和阿拉伯地区就有了这样的说法。我们今天不能不佩服他们观察的细致与深刻，一下子就说到点子上。除了说中国没有理论我不能同意之外，别的意见我是完全同意的。在当时的世界上，确实只是中国和希腊有显著、突出、辉煌的文化。现在中国那一小撮言必称希腊的学者们或什么"者们"，可以憬然醒悟了。

但是这也还不是令我最感兴趣的问题，我最浓烈的兴奋点在于，正如我在上面所说的那样，畅谈东西文化之分，极富于近现代的摩登色彩。波斯和阿拉伯传说都证明：东西文化之分的说法，古已有之，于今为烈而已。其次，令我感到欣慰的是，文化的东西二分法，我并非始作俑者，古代的"老外"已先我言之矣。令我更感到欣慰的是我讲的东西方思维方式是东西文化的基础。波斯和阿拉伯古代的说法，我认为完全证实了我的看法。分析出理论，综合出技术，难道不是这样子吗？

时至今日，古希腊连那一只眼睛也早已闭上，欧洲国家继承并发扬了古希腊辉煌的文化，使欧洲文化光照寰宇。工业革命以后，技术也跟了上来，普天之下，莫非欧风。欧美人昏昏然陶醉于自己的胜利之中，以"天之骄子"自命，好像有了两三只眼睛。但他们完全忘记了历史，忽视了当前的危机。而中国呢，则在长时期内，由于内因和外因的缘故，似乎把两只眼睛都已闭上。初则骄横自大，如清初诸帝那样，继则震于西方的船坚炮利，同样昏昏然拜倒在西方的什么裙下，一直到了今天，微有苏醒之意，正在奋发图强中。

从上面谈到的历史事实中，我得出了一个结论：上下五千年，纵横十万里，东西文化的变迁是"三十年河东，三十年河西"。这本来是两句老生常谈，是老百姓的话，并不是我的发明创造。我提出来说明东西文化的关系，国内外都有赞成者，国内也有反对者，甚至激烈反对者。我窃以为这两句话只说明了一个事实。中国古代哲学讲变易，佛家讲无常，连辩证法也讲事物时时都在变化中。大自然、人类社会和人类内心，无不证明这两句话的正确。我不过捡来利用而已。《三国演义》开宗明义就说："话说天下大势，分久必合，合久必分。"说的不也就是这个浅显的道理吗？

可是东西方都有人昧于这个浅显的道理。特别是在西方，颇有人在有意识或无意识中，觉得自己的辉煌文化会万岁千秋地辉煌下去的。中国追随者也大有人在。他们根本没有意识到，文化也像世间的万事万物一样，不会永驻的，也是有一个诞生、发展、成长、衰竭、消逝的过程的。

但是，中国有一句俗话：是非自在人心。人是能够辨是非，明事理的。以自己的文化自傲的西方人也不例外。在第一次世界大战以前，西方这种人简直如凤毛麟角。一战爆发，惊醒了某一些有识之士。事实上在一战爆发前，就有人有了预感。德国学者奥斯瓦尔德·斯宾格尔（Oswald Spengler）在1911年就预感到世界大战迫在眉睫。后来大战果然爆发。从1917年起，斯宾格尔就开始写《西方的没落》。书一出版，立即洛阳纸贵。他的基本想法是：文化都可以分为四个阶段：一、青春；二、生长；三、成熟；四、衰败。尽管他的推论方法，收集资料，还难免有主观唯心的色彩，但是，他毕竟有这一份勇气，有这一份睿智，敢预言当时如日中天的，他认为在世界历史上八个文化中唯一还有活力的文化也会"没落"。我们不能不对他表示敬意。美中不足的是，他还没有认识到东方文化和西方文化的存在和交流关系。（参阅齐世荣等译《西方的没落》上下册，商务印书馆，1995年）

在西方，继斯宾格尔而起的是英国历史学家汤因比（Arnold J. Toynbee，1889—1975年）。他自称是受到了前者的影响。二人同样反对"欧洲中心主义"，是他们有先见卓识之处。汤因比继承了斯宾格尔的意见，认为文化——他称之为"文明"——都有生长一直到灭亡的过程。他把人类历史上的文明分为二十一种，有时又分为二十六种。这些意见都表述在他的巨著《历史研究》中（1934—1961年），共十二卷。他比斯宾格尔高明之处，是引入东方文化的讨论。到了20世纪70年代，他同日本社会活动家池田大作对话时，更进一步加以发挥，寄希望于东方文化。（参阅《展望二十一世纪》，国际文化出版公司，1985年）

我并不认为，斯宾格尔和汤因比（继他们之后欧美一些国家还有一批哲学家和历史学家、社会学家，赞成他们的意见，我在这里不具引）等的看法都百分之百正确。但在举世昏昏，特别是欧美人昏昏的情况下，唯独他们闪耀出一点灵光，是十分难能可贵的。他们的看法从大体上来看，我认为是正确的。如果借用上面提到的古代波斯和阿拉伯人的说法，我就想说：希腊人及其后代的那一只眼睛，后来逐渐变成了两只眼睛；可物极必反，现在快要闭上了。中国人的两只眼睛，闭上了一阵，现在又要睁开了。

闭上眼睛的欧美人士，绝大多数一点也不了解东方，而且压根儿也没有了解的愿望。我最近多次听人说到，西方至今还有人认为中国人缠小脚，拖辫子，抽大烟，养小老婆。甚至连文人学士还有不知道鲁迅为何许人者。在这样地球越变越小、信息爆炸的时代，西方之"文明人"竟还如此昏聩，真不能不令人大为惊异。反观我们中国，情况恰恰相反。欧美的一切，我们几乎都加以崇拜。汉堡包、肯德基、比萨饼，甚至莫须有的加州牛肉面，只要加一个洋字，立即产生大魅力，群众趋之若鹜。连起名字，有的都带有点洋味。个人名字与店铺名字，莫不皆然。至于化妆品，外国进口的本来就多。中国自造的也多冠以洋名，以广招徕。爱国之士，无不痛心疾首，谴责这种崇洋媚外的风气和行为。然而，从一分为二的观点上来看，也有其有利的一面。孙子说："知己知彼，百战不殆。"专就东西而论，现在的情况是，我们对西方几乎是了若指掌，而西方对东方则如上面所说的那样，是一团漆黑。将来一旦有事，哪一方面占有利条件和地位，昭如日月矣。

对西方的文化，鲁迅先生曾主张"拿来主义"。这个主义至今也没有过时。过去我们拿来，今天我们仍然拿来，只要拿得不过头，不把西方文化的糟粕和垃圾一并拿来，就是好事，就会对我们国家的建设有利。但是，根据我上面讲的情况，我觉得，今天，在拿来主义的同时，我们应该提倡"送去主义"，而且应该定为重点。为了全体人类的福利，为了全体人类的未来，我们有义务要送去的，但我们决不会把糟粕和垃圾送给西方。不管他们接受，还是不接受，我们总是要送的。《诗经·大雅》说："投我以桃，报之以李。"西方文化给人类带来了一些好处。我们中国人，我们东方人，是懂得感恩图报的民族。我们决不会白吃白拿。

那么，报些什么东西呢？送去些什么东西呢？送去的一定是我们东方文化中的精华。送去要有针对性，针对的就是我在上面提到的那一个西方文化产生的"危机"。光说"危机"，过于抽象。具体地说，应该说是"弊端"。近几百年以来，西方文化产生的弊端颇多，举其大者，如环境污染、大气污染、臭氧层破坏、生态平衡破坏、物种灭绝、人口爆炸、新疾病丛生、淡水资源匮乏，等等。此等弊端，如不纠正，则人类前途岌岌可危。弊端产生的根源，与西方文化的分析的思维方式有紧密联系。西方对为人类提供生存所需的大自然分析不息，穷追不息，提出了"征服自然"的口号。"天何言哉！"然而"天"——大自然却是能惩罚的，惩罚的结果就产生了上述诸种弊端。

拯救之方，我认为是有的，这就是"改弦更张""改恶向善"，而这一点只有东方文化能做到。东方文化的基本思维方式是综合，表现在哲学上就是"天人合一"，张载的《西铭》是一篇表现"天人合一"思想最精辟的文章："乾称父，坤称母，予兹貌焉，乃浑然中处。故天地之塞吾其体，天地之帅吾其性。民吾同胞，物吾与也。（下略）"印度哲学中的"梵我一如"，也表达了同样的思想。总之，东方文化主张人与大自然是朋友，不是敌人，不能讲什么"征服"。只有在了解大自然，热爱大自然的条件下，才能伸手向大自然索取人类衣、食、住、行所需要的一切。也只有这样，人类的前途才有保障。

我们要送给西方的就是这种我们文化中的精华。这就是我们"送去主义"的重要内容。

我们的"李"送了出去，接受不接受呢？实际上，我们还没有正式地送，大规模地送。连我们东方人自己，其中当然包括中国人，还不知道，还不承认自己有这种宝贝，我们盲目追随西方，也同样向自然界开过战，我们也同样有那一些弊端，立即要求西方接受，不也太过分了吗？不过，倘若稍稍留意，人们就会发现，现在世界各国，不管出于什么动机，也不管是根据什么哲学，注意到上述弊端而又力求改变的人越来越多了。今年《日本经济新闻》刊载了高木韧生的文章，说21世纪科研重点将是"人类生存战略"。这的确是见道之言。我体会，这里所说的"科研"包括文理两个方面。作者把科研提高到"人类生存"这个高度来看，不能不谓之有先见之明，应该受到我们大家的最高的赞扬。至于惊呼人口爆炸的文章，慨叹新疾病产生的议论，让人警惕环境污染、臭氧层破坏、生态平衡的破坏、淡水资源的匮乏等等的号召，几乎天天可见。人类变得聪明起来了，人类前途不是漆黑一片了。我想，世界各国每一个有心人，无不为之欢欣鼓舞。我这一个望九之年的耄耋老人，也为之手舞足蹈了。

我在上面刺刺不休说了那么多话，画龙点睛，不出一点：我曾在一次国际学术讨论会上说过一篇短话，题目叫作"只有东方文化能够拯救人类"。我在上面说的千言万语，其核心就是这一句短短的话。至于已经来到我们门前的21世纪究竟会是什么样子？西方文化究竟如何演变？东方文化究竟能起什么具体的而不是空洞的作用？人类的前途究竟何去何从？所有这一切问题，都有待于历史发展的进程来加以证明。从前我读过一个近视眼猜匾的笑话。现在新的一个世纪还没有来临，匾还没有挂出来，上面有什么字，我们还不能知道。不管自诩眼睛多么好，看得多么远，在这一块尚未挂出来的匾前，我们都是近视眼。

在这样的情况下，我认为，我们最重要的任务就是学习，就是了解。我们责怪西方不了解东方文化，不了解东方，不了解中国，难道我们自己就了解吗？如果是一个诚实的人，他就应该坦率地承认，我们中国人自己也并不全了解中国，并不全了解东方，并不全了解东方文化。实在说，这是一出无声的悲剧。

了解的唯一途径就是学习，而学习首先必须有资料。对我们知识分子来说，学习资料首先是文字，也就是书籍。环顾当今世界，在"欧洲中心论"还有市场的情况下，在西方某一些人还昏昏然没有睁开眼睛的时候，有关东方的书籍，极少极少。有之，亦多有偏见，不能客观。西方如此，东方也不例外。即使我们有学习的愿望，也是欲学无书。当然，东方各国的情况不尽相同，各国刊出书籍的多寡也不尽相同。但总之是很少的。有的小一点的国家，简直形同空白。有个别东方国家几乎毫无人知，它们存在于一团迷雾中，若明若暗，似有似无。这也是一出无声的悲剧。

就是为了这个缘故，我们这一批人不自量力——或者更明确地说是认真"量"过了自己的"力"，倡议编纂这一套巨大空前的《东方文化集成》。虽然，我们目前的队伍，由于历史造成的原因，还不是太大；我们的基础还不是太雄厚；但是，我们相信主观能动性。我们想"挽狂澜于既倒"，我们绝非徒托空言。世界人民、东方人民、中国人民的需要，是我们的动力。东方人民和西方人民的相互了解，是我们的愿望。东方人民和西方人民越来越变得聪明，是我们的追求。我们老、中、青三结合，而对著作的要求则是高水平的。我们希望，能通过这个活动，既提高了中国对东方文化的研究水平，又能培养出一批学有专长的人才，收得一举两得之效。

我们既反对"欧洲中心主义"，反对民族歧视，但我们也并不张扬"东方中心主义"。如果说到或者想到，在21世纪东方文化将首领风骚的话，那也是出于我们对历史发展的观察与预见，并不出于什么"主义"。本着这种精神，我们对东方几十个国家一视同仁。国家不论大小，人口不论多寡，历史不论久暂，地位不论轻重，我们都平等对待，决不抬高与贬低，拜倒与歧视。每一个东方国家都在我们丛书中占有地位。但国家毕竟不同，资料毕竟多寡悬殊。我们也无法强求统一。有的国家占的篇幅多一点，有的少一点。这是实事求是，与歧视毫无关联。我们虔诚希望，在即将来临的21世纪中，中国的两只眼睛都能睁开，而且睁得大大的，明亮而睿智。西方的一只眼睛能变成两只，也同样睁开，而且睁得大大的，明亮而且睿智。世界上各个民族也都有了两只眼睛，都要睁得大大的，明亮而且睿智。我们共同学习，努力互相了解。我们坚决相信，只要能做到这一步，人类会越来越能互相了解，世界和平越来越成为可能，人类的日子会越来越好过，不管还需要多么长的时间，人类有朝一日总会共同进入太平盛世，共同进入大同之域。

1996年3月20日

《德语动词、名词、形容词与介词 固定搭配用法词典》序

我学过几种外语，对外语有一定的理性认识，也有一定的感性认识。所谓外语，中华五十六个民族以外的语言，皆可以称之为外语。以世界之大，民族之多，外语的数量也就十分可观了。

外语都有各自的特点，学习的难易程度也极不一样。但是，外语的难度并不是铁板一块，固定不变的。我在德国期间，同时学习俄文和阿拉伯文，两种语言都不是容易学习的。但是我感到阿拉伯文比俄文容易，而在同一个班上，一位很有学习外语天赋的德国同学则正相反，他认为俄文较阿拉伯文为易。

成年人学习外语，同不懂任何语言的儿童不一样。后者是一张白纸，可以任意画上任何的画，而前者则有了一种或多种语言

做基础，学习新语言，旧有的语言会起帮助或阻碍的作用。连发音都是如此。一个人的发音机构基本上是一样的。但是，如果先学了一种语言，则这种语言的发音先入为主，会影响新学习的语言的发音。日本人说外语发音一般说都不够理想，原因就是受到了日语发音的影响。在中国境内，有一些省份的人说外语就摆脱不掉自己乡音的影响。

　　一个人能不能学好一种或多种外语呢？答复是肯定的。但是，并不容易，必须付出艰苦的劳动，费上极大的力量，才有可能。学习外语，同在世界上做任何事情一样，必须具有"衣带渐宽终不悔"的精神，浅尝辄止，是不会有什么成就的。根据我个人几十年的经验和观察，我觉得，学习外语学到百分之五六十，一般中人之资是完全可以做到的。学到百分之七八十，就很不容易了。想要达到百分之九十以上，那就不是每一个人都能做到的。至于百分之百，一个外国人万难达到。我常常打一个比方，每一种外语都有一个门槛，类似鲤鱼跳龙门的龙门。一群学到了百分之五六十、七八十的人，拥拥挤挤，聚集在龙门下面，都想跳过龙门，由鲤鱼变成了龙。有的人有天赋，又肯努力，经过了一段努力，甚至艰苦的努力，一下子跳过了龙门，变成了龙。有的人，不努力，或努力不够，再加上天赋的限制，一跳再跳，最终还是跳不过去，他只能终身停留在鲤鱼的阶段上，永远也成不了龙。

这个龙门的特点，每一种语言却不相同。大半不出现在实词上，而出现在虚词上。实词使用起来比较不太困难，而虚词则颇难。没有一个比较长期地使用这种语言的过程，特别是在口语方面，虚词是难以使用的，勉强使用也会让人感到别扭，甚至可笑。

德文当然不会例外。

我自己从高中起就开始学习德文。到了大学虽然总起来说是以英语为主，教授讲课都用英语；但是我主修的却是德语。后来到德国去住了整整十年，因此对德文可以说是有一些水平。有几年的时间，我唯一使用的语言就是德语。因为我住的那一个城市中没有中国人，我的母语汉语只好退居幕后。一般人认为，德文是比较难学的一种语言。名词分阴、阳、中三个性，记起来颇感困难，常常发生张冠李戴的情况。动词虽然不像梵文那样复杂，但也不像英文那样干净利落（英文动词变化也有自己的难点，这里不谈）。但是，最困难的还在虚词，介词就是其中之一。

北大校友沈渊先生，在校时专攻德语，毕业后几十年之久，从事与德语有关的翻译与研究工作，对德语有很深的造诣，理性认识与感性认识具备。积几十年之经验，完成了这一部《德语动词、名词、形容词与介词固定搭配用法词典》。沈先生抓住了德语虚词介词与实词的固定搭配问题，旁征博引，写成了这一部大著，可谓探骊得珠矣。唐诗"射人先射马，擒贼先擒王"，正是指的这种情况。从此以后，想跳龙门的德语学人有了一条捷径。我感到很欣慰，于是在眼睛几乎看不见的情况下，写了这一篇短序。

2000年1月29日

《赵元任全集》序

　　赵元任先生是国际上公认的语言学大师。他是当年清华国学研究院的四大导师之一，另有一位讲师李济先生，后来也被认为是考古学大师。在中国现代教育史上，清华国学研究院是一个十分独特的现象。在全国都按照西方模式办学的情况下，国学研究院却带有浓厚的中国旧式的书院色彩。学生与导师直接打交道，真正做到了因材施教。其结果是，培养出来的学生后来几乎都成了大学教授，而且还都是学有成就的学者，而不是一般的教授。这一个研究院只办了几年，倏然而至，戛然而止，有如一颗火焰万丈的彗星，使人永远怀念。教授阵容之强，前无古人，后无来者。赵元任先生也给研究院增添了光彩。

　　我虽然也出身清华，但是，予生也晚，没能赶得上国学研究院时期；又因为行当不同，终于缘悭一面，毕生没能见到过元任先生，没有受过他的教诲，只留下了高山仰止之情，至老未泯。

我虽然同元任先生没有见过面，但是对他的情况从我读大学时起就比较感兴趣，比较熟悉。我最早读他的著作是他同于道泉先生合译的《仓央嘉措情歌》。后来，在新中国成立前后，我和于先生在北大共事，我常从他的口中和其他一些朋友的口中听到了许多关于赵先生的情况。他们一致认为，元任先生是一个天生的语言天才。他那审音辨音的能力远远超过常人。他学说各地方言的本领也使闻者惊叹不止。他学什么像什么，连相声大师也望尘莫及。我个人认为，赵先生在从事科学研究方面，还有一个很突出的特点或者优势，是其他语言学家所难以望其项背的，这就是，他是研究数学和物理学出身，这对他以后转向语言学的研究有极明显的有利条件。

赵元任先生一生的学术活动，范围很广，方面很多，一一介绍，为我能力所不逮，这也不是我的任务。这一点将由语言学功底远远超过我们的陈原先生去完成，我现在在这里只想谈一下我对元任先生一生学术活动的一点印象。

大家都会知道，一个学者，特别是已经达到大师级的学者，非常重视自己的科学研究工作，理论越钻越细，越钻越深，而对于一般人能否理解，能否有利，则往往注意不够，换句话说就是，只讲阳春白雪，不顾下里巴人；只讲雕龙，不讲雕虫。能龙虫并雕者大家都知道有一个王力先生——顺便说一句，了一先生是元任先生的弟子——他把自己的一本文集命名为《龙虫并雕集》，可见他的用心之所在。元任先生也是龙虫并雕的。讲理论，他有极高深坚实的理论。讲普及，他对国内，对世界都做出了卓有成效的贡献。在国内，他努力推进国语统一运动。在国外，他教外国人，主要是美国人汉语。两方面都取得了极大的成功。当今之世，中国国际地位日益提高，世界上许多国家学习汉语的势头日益增强，元任先生留给我们的关于学习汉语的著作，以及他的教学方法，将会重放光芒，将会在新形势下取得新的成果，这是可以预卜的。

限于能力，介绍只能到此为止了。

而今，大师往矣，留下我们这一辈后学，我们应当怎样办呢？我想每一个人都会说：学习大师的风范，发扬大师的学术传统。这些话一点也没有错。但是，一谈到如何发扬，恐怕就言人人殊了。我窃不自量力，斗胆提出几点看法，供大家参照。大类井蛙窥天，颇似野狐谈禅。聊备一说而已。

话得说得远一点。语言是思想的外化，谈语言不谈思想是搔不着痒处的。言意之辨一向是中国哲学史上的一个重要命题，其原因就在这里。我现在先离正文声明几句。我从来不是什么哲学家，对哲学我是一无能力，二无兴趣。我的脑袋机械木讷，不像哲学家那样圆融无碍。我还算是有点自知之明的，从来不作哲学思辨。但是，近几年来，我忽然不安分守己起来，竟考虑了一些类似哲学的问题。岂非咄咄怪事。

现在再转入正文，谈我的"哲学"。首先经过多年的思考和观察，我觉得东西文化是不同的，这个不同表现在各个方面，只要稍稍用点脑筋，就不难看出。我认为，东西文化的不同扎根于东西思维模式的不同。西方的思维模式的主要特点是分析，而东方则是综合。我并不是说，西方一点综合也没有，东方一点分析也没有，都是有的，天底下绝没有泾渭绝对分明的事物，起码是常识这样告诉我们的。我只是就其主体而言，西方分析而东方综合而已。这不是"哲学"分析推论的结果，而是有点近乎直观。此论一出，颇引起了一点骚动，赞同和反对者都有，前者寥若晨星，而后者则阵容颇大。我一向不相信真理愈辨（辩）愈明的。这些反对或赞成的意见，对我只等秋风过耳边。我编辑了两大册《东西文化议论集》，把我的文章和反对者以及赞同者的文章都收在里面，不加一点个人意见，让读者自己去明辨吧。

什么叫分析？什么又叫综合呢？我在《东西文化议论集》中有详尽的阐述，我无法在这里重述。简捷了当地说一说，我认为，西方自古希腊起走的就是一条分析的道路，可以三段论法为代表，其结果是，只见树木，不见森林；头痛医头，脚痛医脚。东方的综合，我概括为八个字：整体概念，普遍联系。有点模糊，而我却认为，妙就妙在模糊。上个世纪末，西方兴起的模糊学，极能发人深思。

真是十分出我意料，前不久我竟在西方找到了"同志"。《参考消息》2000年8月19日刊登了一篇文章，题目是：《东西方人的思维差异》，是从美国《国际先驱论坛报》8月10日刊登的一篇文章翻译过来的，是记者埃丽卡·古德撰写的。文章说：一个多世纪以来，西方哲学家和心理学家将他们对精神生活的探讨建立在一种重要的推断上，人类思想的基本过程是一样的。西方学者曾认为，思考问题的习惯，即人们在认识周围世界时所采取的策略都是一样的。但是，最近密歇根大学的一名社会心理学家进行的研究已在彻底改变人们长期以来对精神所持的这种观点。这位学者名叫理查德·尼斯比特。本文的提要把他的观点归纳如下：

> 东方人似乎更"全面"地思考问题，更关注背景和关系，更多借助经验，而不是抽象的逻辑，更能容忍反驳意见。西方人更具"分析性"，倾向于使事物本身脱离背景，避开矛盾，更多地依赖逻辑。两种思想习惯各有利弊。

这些话简直好像是从我嘴里说出来似的。这里绝不会有什么抄袭的嫌疑，我的意见好多年前就发表了，美国学者也绝不会读到我的文章。而且结论虽同，得到的方法却大异其趣，我是凭观察，凭思考，凭直观，而美国学者则是凭"分析"，再加上美国式的社会调查方法。

以上就是我的"哲学"的最概括的具体内容。听说一位受过西方哲学训练的真正的哲学家说，季羡林只有结论，却没有分析论证。此言说到了点子上；但是，这位哲学家却根本不可能知道，我最头痛的正是西方哲学家们的那一套自命不凡的分析、分析、再分析的论证方法。

这些都是闲话，且不去管它。总之一句话，我认为，文化和语言的基础或者源头就是思维模式，至于这一套思维模式是怎样产生出来的，我在这里先不讨论，我只说一句话：天生的可能必须首先要排除。专就语言而论，只有西方那一种分析的思维模式才能产生以梵文、古希腊文、拉丁文等为首的具有词类、变格、变位等一系列明显的特征的印欧语系的语言。这种语言容易分析、组合，因而产生了现在的比较语言学，实际上应该称之为印欧语系比较语言学的这一门学问。反之，汉语等和藏缅语系的语言则不容易分析、组合，词类、变格、变位等语法现象，都有点模糊不定。这种语言是以综合的思维模式为源头或基础的，自有它的特异之处和优越之处。过去，某一些西方自命为天之骄子的语言学者努力贬低汉语，说汉语是初级的、低级的、粗糙的语言，现在看来，真不能不使人嗤之以鼻了。

现在，我想转一个方向谈一个离题似远而实近的问题：科学方法问题。我主要根据的是一本书和一篇文章。书是《李政道文录》，浙江文艺出版社，1999年出版。文章是金吾伦《李政道、季羡林和物质是否无限可分》，《书与人》杂志，1999年第五期，41～46页。

先谈书。李政道先生在本书中一篇文章《水、鱼、鱼市场》写了一节叫作"对21世纪科技发展前景的展望"。为了方便说明问题，引文可能要长一点：

> 一百年前，英国物理学家汤姆孙（J. Thomson，1856—1940）发现了电子。这极大地影响了20世纪的物理思想，即大的物质是由小的物质组成的，小的是由更小的组成的，找到最基本的粒子就能知道最大的构造。（下略）
>
> 以为知道了基本粒子，就知道了真空，这种观念是不对的。（中略）我觉得，基因组也是这样，一个个地认识了基因，并不意味着解开了生命之谜。生命是宏观的。20世纪的文明是微观的。我认为，到了21世纪，微观和宏观会结合成一体。（89页）

我在这里只想补充几句：微观的分析不仅仅是20世纪的特征，而且是自古希腊以来西方的特征，20世纪也许最明显，最突出而已。

我还想从李政道先生书中另一篇文章《科学的发展：从古代

的中国到现在》中引几段话：

> 整个科学的发展与全人类的文化是分不开的。在西方是
> 这样，在中国也是如此。可是科学的发展在西方与中国并不
> 完全一样。在西方，尤其是如果把希腊文化也算作西方文化
> 的话，可以说，近代西方科学的发展和古希腊有更密切的联
> 系。在古希腊时也和现代的想法基本相似，即觉得要了解宇
> 宙的构造，就要追问最后的元素是什么。大的物质是由小的
> 元素构造，小的元素是由更小的粒子构造，所以是从大到
> 小，小到更小。这个观念是从希腊时就有的（atom就是希腊
> 字），一直到近代。可是中华民族的文化略有不同。我们是
> 从开始时就感觉到，微观的元素与宏观的天体是分不开的，
> 所以中国人从开始就把五行与天体联系起来。（171页）

李政道先生的书就引用这样多。不难看出，他的一些想法与我
的想法颇有能相通之处。他讲的微观与宏观相结合，用我的话来说
就是，分析与综合相结合。这一点我过去想得不多，强调得不够。

现在来谈金吾伦先生的文章。金先生立论也与上引李政道先
生的那一部书有关。我最感兴趣的是他在文章开头时引的大哲学
家怀德海的一段话，我现在引在这里：

19世纪最大的发明是发明了发明的方法。一种新方法进入人类生活中来了。如果我们要理解我们这个时代，有许多的细节，如铁路、电报、无线电、纺织机、综合染料等等，都可以不必谈，我们的注意力必须集中在方法的本身。这才是震撼古老文明基础的真正的新鲜事物。（41页）

金先生说，李政道先生十分重视科学方法，金先生自己也一样。他这篇文章的重点是说明，物质不是永远可分的。他同意李政道的意见，就是说，当前科学的发展不能再用以前那种"无限可分"的方法论，从事"越来越小"的研究路子，而应改变方略，从整体去研究，把宏观和微观联系起来进行研究。

李政道先生和金吾伦先生的文章就引征到这里为止。他们的文章中还有很多极为精彩的意见，读之如入七宝楼台，美不胜收，我无法再征引了。我倒是希望，不管是研究人文社会科学的学者，还是研究自然科学的学者，都来读一下，思考一下，定能使目光远大，胸襟开阔，研究成果必能焕然一新。这一点我是敢肯定的。

我在上面离开了为《赵元任全集》写序的本题，跑开了野马，野马已经跑得够远的了。我从我的"哲学"讲起，讲到东西文化的不同；讲到东西思维模式的差异：东方的特点是综合，也就是"整体概念，普遍联系"，西方的特点是分析；讲到语言和文化的源头或者基础；讲到西方的分析的思维模式产生出分析色彩极浓的印欧语系的语言，东方的综合的思维模式产生出汉语这种难以用西方方法分析的语言；讲到20世纪是微观分析的世纪，21世纪应当是微观与宏观相结合的世纪；讲到科学方法的重要性，等等。所有这一切看上去都似乎与《赵元任全集》风马牛不相及。其实，我一点也没有离题，一点也没有跑野马，所有这些看法都是我全面立论的根据。如果不讲这些看法，则我在下面的立论就成了无根之草，成了无本之木。

我们不是要继承和发扬赵元任先生的治学传统吗？想要做到这一点，不出两途：一是忠实地、完整地、亦步亦趋地跟着先生的足迹走，不敢越雷池一步。从表面上看上去，这似乎是真正忠诚于自己的老师了。其实，结果将会适得其反。古今真正有远见卓识的大师们都不愿意自己的学生这样做。依稀记得一位国画大师（齐白石？）说过一句话："学我者死。""死"，不是生死的"死"，而是僵死，没有前途。这一句话对我们发扬元任先生的学术传统也很有意义。我们不能完全走元任先生走过的道路，不能完全应用元任先生应用过的方法，那样就会"死"。

第二条道路就是根据元任先生的基本精神，另辟蹊径，这样才能"活"。这里我必须多说上几句。首先我要说，既然20世纪的科学方法是分析的，是微观的，而且这种科学方法绝不是只限于西方。20世纪是西方文化，其中也包括科学方法等等，垄断了全世界的时代。不管哪个国家的学者都必然要受到这种科学方法的影响，在任何科学领域内使用的都是分析的方法，微观的方法。不管科学家们自己是否已经意识到这一点，反正结果是一样的。我没有能读元任先生的全部著作，但是，根据我个人的推断，即使元任先生是东方语言大师，毕生研究的主要是汉语，他也很难逃脱掉这一个全世界都流行的分析的思潮。他使用的方法也只能是微观的分析的方法。他那谁也不能否认的辉煌的成绩，是他使用这种方法达到尽善尽美的结果。就是有人想要跟踪他的足迹，使用他的方法，成绩也绝不会超越他。在这个意义上来说，赵元任先生是不可超越的。

我闲时常思考汉语历史问题。我觉得，在过去两三千年中，汉语不断发展演变，这首先是由内因所决定的。外因的影响也绝不容忽视。在历史上，汉语受到了两次外来语言的冲击。第一次是始于汉末的佛经翻译。佛经原文是西域一些民族的语言，梵文、巴利文，以及梵文俗语，都是印欧语系的语言。这次冲击对中国思想以及文学的影响既深且远，而对汉语本身则影响不甚显著。第二次冲击是从清末民初起直至五四运动的西方文化，其中也包括语言的影响。这次冲击来势凶猛，力量极大，几乎改变了中国社会整个面貌。五四以来流行的白话文中西方影响也颇显著。人们只要细心把《儒林外史》和《红楼梦》等书的白话文拿来和五四以后流行的白话文一对照，就能够看出其间的差异。按照西方标准，后者确实显得更严密了，更合乎逻辑了，也就是更接近西方语言了。然而，在五四运动中和稍后，还有人——这些人是当时最有头脑的人——认为，中国语言还不够"科学"，还有点模糊，而语言模糊又是脑筋糊涂的表现。他们想进行改革，不是改革文字而是改造语言。当年曾流行过"的""底""地"三个字，现在只能当作笑话来看了。至于极少数人要废除汉字，汉字似乎成了万恶之本，就更为可笑可叹了。

赵元任先生和我们所面对的汉语，就是这样一种汉语。研究这种汉语，赵先生用的是微观分析的方法。我在上面已经说到，再用这种方法已经过时了，必须另辟蹊径，把微观与宏观结合起来。这话说起来似乎极为容易，然而做起来却真万分困难。目前不但还没有人认真尝试过，连同意我这种看法的人恐怕都不会有很多。也许有人认为我的想法是异想天开，是痴人说梦，是无事生非。"不识庐山真面目，只缘身在此山中。"大家还都处在庐山之中，何能窥见真面目呢？

依我的拙见，大家先不妨做一件工作。将近七十年前，陈寅恪先生提出了一个意见，我先把他的文章抄几段：

　　若就此义言之，在今日学术界，藏缅语系比较研究之学未发展，真正中国语文文法未成立之前，似无过于对对子之一方法。（中略）今日印欧语系化之文法，即《马氏文通》"格义"式之文法，既不宜施之于不同语系之中国语文，而与汉语同系之语言比较研究，又在草昧时期，中国语文真正文法，尚未能成立，此其所以甚难也。夫所谓某种语言之文法者，其中一小部分，符于世界语言之公律，除此之外，其大部分皆由研究此种语言之特殊现象，归纳为若干通则，成立一有独立个性之统系学说，定为此特种语言之规律，并非根据某一特种语言之规律，即能推之概括万族，放诸四海而准者也。假使能之，亦已变为普通语言学音韵学，名学，或文法哲学等等，而不复成为某特种语言之文法矣。（中略）迄乎近世，比较语言之学兴，旧日谬误之观念得以革除。因其能取同系语言，如梵语波斯语等，互相比较研究，于是系内各种语言之特性逐渐发见。印欧系语言学，遂有今日之发达。故欲详知确证一种语言之特殊现象及其性质如何，非综合分析，互相比较，以研究之，不能为功。而所与互相比较者，又必须属于同系中大同而小异之语言。盖不如此，则不独不能确定，且常错认其特性之所在，而成一非驴非马，穿凿附会之混沌怪物。因同系之语言，必先假定其同出一源，以演绎递变隔离分化之关系，乃各自成为大同而小异之言语。故分析之，综合之，于纵贯之方面，剖别其源流，于横通之方面，比较其差异。由是言之，从事比较语言之学，必具一历史观念，而具有历史观念者，必不能认贼作父，自乱其宗统也。

（《与刘叔雅论国文试题书》，见《金明馆丛稿二编》）

引文确实太长了一点，但是有谁认为是不必要的呢？寅恪先生之远见卓识真能令人折服。但是，我个人认为，七十年前的寅恪先生的狮子吼，并没能起到振聋发聩的作用，好像是对着虚空放了一阵空炮，没有人能理解，当然更没有人认真去尝试。整个20世纪，在分析的微观的科学方法垄断世界学坛的情况下，你纵有孙悟空的神通，也难以跳出如来佛的手心。中外研究汉语语法的学者又焉能例外！他们或多或少地走上了分析微观的道路，这是毫不足奇的。更可怕的是，他们面对的研究对象是与以分析的思维模式为基础的印欧语系的语言迥异其趣的以综合的思维模式为源头的汉语，其结果必然是用寅恪先生的话来说"非驴非马""认贼作父"。陈先生的言语重了一点，但却是说到了点子上。到了21世纪，我们必须改弦更张，把微观与宏观结合起来。除此之外，还必须认真分辨出汉语的特点，认真进行藏缅语系语言的比较研究。只有这样，才庶几能发多年未发之覆，揭发出汉语结构的特点，建立真正的汉语语言学。

归根结底一句话，我认为这是继承发扬赵元任先生汉语研究传统的唯一正确的办法。是为序。

2000年8月30日写毕于雷雨大风声中

《薄伽梵歌》汉译本序

对于印度哲学，我没有深入的研究，因此了解得不多。但是对于《薄伽梵歌》的重要意义，却是了解的。印度反英斗争的伟大领袖甘地的哲学基础就是《薄伽梵歌》，它在甘地思想中起过多么大的作用，是众所周知的。去年，我曾遇到两位印度国会议员和一位印度著名的物理学家，他们对我说："听说你们正在翻译《薄伽梵歌》，这真是一件有巨大意义的工作！它必能加深中国人民对印度人民的了解，我向你们表示热烈的祝贺！"可见一直到今天，《薄伽梵歌》对印度人民仍然有极大的权威。因此，我们今天出版这样一个译本，是有着极大的现实意义和学术意义的。

《薄伽梵歌》在印度历史上，对广大印度人民为什么有这样大的影响呢?

这个问题,三言两语,难以回答。事实是,千百年来印度几乎所有的教派、所有的哲人,都对这一部圣书发表过意见,做过注释。但是结果都是:仁者见仁,智者见智,异说纷纭,莫衷一是。我对本书没有研究,不敢乱发议论,张保胜同志的介绍,可以参阅。我只有一个感觉:本书的思想内容是比较一致的,没有什么突出的矛盾。它批判什么,宣扬什么,都讲得一清二楚,不会引起人们的猜疑。但是解释、崇敬、发扬、利用本书的那一些印度哲人却是矛盾重重的。比如圣雄甘地就是一个非常显著的例子。甘地毕生反对使用暴力和种姓制度,提倡非暴力和人人平等。但是《薄伽梵歌》的中心思想却正是提倡使用暴力,主张种姓制度。甘地同印度其他哲人一样,是在《薄伽梵歌》中取其所需,我们不必深究。

为了帮助中国读者阅读、了解这一部印度人民的圣书,我在下面介绍印度近现代几家研究这部书的学者的意见。他们之中有的试图用历史唯物主义的观点来解释《薄伽梵歌》。据我所了解到的,他们的意见在我们国内还没有引起足够的注意与重视。而我认为,我们所重视的正应该是这些学者的意见。我们也不能说,他们的阐释已经尽善尽美了。但是比起过去和现在那一大批死抱住旧观点、旧方法不放的学者的意见,完全不可同日而语。旧的解释,看似玄妙,实际上却是没有搔着痒处。结合介绍,我也提出我自己的一些看法，供同道者参考。

首先，我想介绍号称印度马克思主义史学家一世祖的高善必（D. D. Kosambi）。他在许多历史著作中都讲到《薄伽梵歌》，归纳起来，可以有以下几点：第一，这部书是3世纪末以前写成的；第二，它赞扬非暴力（这一点同Basham有矛盾）；第三，黑天是唯一的尊神，他充满了整个宇宙，天、地、地狱，无所不在。他能调和根本不能调和的东西，他是人们皈依的绝对的神。

其次，我介绍印度历史学家Basham对《薄伽梵歌》的看法。第一，他认为这书所表现的是成熟的有神论，它代表的与其说是婆罗门教，毋宁说是印度教，它把印度教从一个祭祀的宗教转变为一个虔诚皈依的宗教。这种皈依（bhakti）的思想可能是受到了佛教菩萨的影响。佛教虔诚的皈依早于印度教。第二，它宣传行动的哲学，人间的正道不是圣人们的无所作为，这毫无用处。上帝是经常不息地行动的，人也应该如此。人的行动不应该带着执着，带着个人的欲望和野心。人是社会中的一员，他必须完成任务，他必须为了神（上帝）的光荣而行动。这本书的教义可以归结为一句话：你的任务是行动，而不管结果如何。第三，这本书与其说是神学，不如说是伦理学，它的目的是维护旧社会的秩序，抵制新的改革和非信徒的攻击。

最后，我介绍印度马克思主义哲学家恰托巴底亚耶（Chattopadhyaya）对《薄伽梵歌》的看法。他的看法约略可以归纳为以下几点。第一，俱卢之战以后，般度兄弟得胜归来，成千的婆罗门集合在城门外，为坚战祝福。斫婆迦派哲人（顺世外道，唯物主义者）也在其中。他对坚战说："婆罗门聚集在这里，诅咒你，因为你屠杀了亲属，你一定要死。"婆罗门杀死了斫婆迦。他的伦理价值是部落性的，谴责坚战屠杀亲属，他代表的不是非暴力，而是代表部落社会的伦理标准。俱卢之战是兄弟残杀，部落伦理标准被践踏。斫婆迦反对之，被焚死。部落伦理标准要重新调整，以适应新的环境。《薄伽梵歌》就完成了这个任务。阿周那在战场上，面对屠杀亲属和长辈的局面，心里犹疑、愁苦。黑天要把他的灵魂提高到崇高的形而上学的高度，只有从这样的高度来看，这样的屠杀才能被认为是合理的。但在达到这样的高度之前，黑天先从面对现实的、世俗的考虑开始。这是一种享乐观点，或在今世，或在天上，都要去追求享乐。这可能是在印度哲学思想史上真正的享乐哲学第一次表露。斫婆迦的伦理是反对这个的。第二，恰托巴底亚耶把印度古代哲学分为两大派：一派他叫作提婆（deva，天、神）观点，这是唯心的；一派他称之为阿修罗（asura，魔）观点，这是唯物的。《薄伽梵歌》属于第一派，而顺世外道则属于第二派。顺世论主张：阿提茫（The Self）除了肉体之外，什么都不是，因此被称作肉体论（dehavada）。《薄伽梵歌》书中描绘的阿修罗观点很可能与密教（Tantrism）有关，而密教在印度河流域文征遗物中已有所表现。

做

人

第 二 部 分

做人与处世

一个人活在世界上，必须处理好三个关系：第一，人与大自然的关系；第二，人与人的关系，包括家庭关系在内；第三，个人心中思想与感情矛盾与平衡的关系。这三个关系，如果能处理得好，生活就能愉快；否则，生活就有苦恼。

人本来也是属于大自然范畴的。但是，人自从变成了"万物之灵"以后，就同大自然闹起独立来，有时竟成了大自然的对立面。人类的衣食住行所有的资料都取自大自然，我们向大自然索取是不可避免的，关键是怎样去索取。索取手段不出两途：一用和平手段，一用强制手段。我个人认为，东西文化之分野，就在这里。西方对待大自然的基本态度或指导思想是"征服自然"，用一句现成的套话来说，就是用处理敌我矛盾的方法来处理人与大自然的关系。结果呢，从表面上看上去，西方人是胜利了，大自然真的被他们征服了。自从西方产业革命以后，西方人屡创奇迹。楼上楼下，电灯电话。大至宇宙飞船，小至原子，无一不出自西方"征服者"之手。

然而，大自然的容忍是有限度的，它是能报复的，它是能惩罚的。报复或惩罚的结果，人皆见之，比如环境污染、生态失衡、臭氧层出洞、物种灭绝、人口爆炸、淡水资源匮乏、新疾病产生，如此等等，不一而足。这些弊端中哪一项不解决都能影响人类生存的前途。我并非危言耸听，现在全世界人民和政府都高呼环保，并采取措施。古人说："失之东隅，收之桑榆。"犹未为晚。

中国或者东方对待大自然的态度或哲学基础是"天人合一"。宋人张载说得最简明扼要："民吾同胞，物吾与也。""与"的意思是伙伴。我们把大自然看作伙伴。可惜我们的行为没能跟上。在某种程度上，也采取了"征服自然"的办法，结果也受到了大自然的报复，前不久南北的大洪水不是很能发人深省吗？

至于人与人的关系，我的想法是：对待一切善良的人，不管是家属，还是朋友，都应该有一个两字箴言：一曰真，二曰忍。真者，以真情实意相待，不允许弄虚作假。对待坏人，则另当别论。忍者，相互容忍也。日子久了，难免有点磕磕碰碰。在这时候，头脑清醒的一方应该能够容忍。如果双方都不冷静，必致因小失大，后果不堪设想。唐朝张公艺的"百忍"是历史上有名的例子。

至于个人心中思想感情的矛盾，则多半起于私心杂念。解之之方，唯有消灭私心，学习诸葛亮的"淡泊以明志，宁静以致远"，庶几近之。

1998年11月17日

人生的意义与价值

当我还是一个青年大学生的时候，报刊上曾刮起一阵讨论人生的意义与价值的微风，文章写了一些，议论也发表了一通。我看过一些文章，但自己并没有参加进去。原因是，有的文章不知所云，我看不懂；更重要的是，我认为这种讨论本身就无意义、无价值，不如实实在在地干几件事好。

时光流逝，一转眼，自己已经到了望九之年，活得远远超过了我的预算。有人认为长寿是福，我看也不尽然。人活得太久了，对人生的种种相、众生的种种相，看得透透彻彻，反而鼓舞时少，叹息时多。远不如早一点离开人世这个是非之地，落一个耳根清净。

那么，长寿就一点好处都没有吗？也不是的。这对了解人生的意义与价值，会有一些好处的。

根据我个人的观察，对世界上绝大多数人来说，人生一无意义，二无价值。他们也从来不考虑这样的哲学问题。走运时，手里攥满了钞票，白天两顿美食城，晚上一趟卡拉OK，玩一点小权术，耍一点小聪明，甚至恣睢骄横，飞扬跋扈，昏昏沉沉，浑浑噩噩，等到钻入了骨灰盒，也不明白自己为什么活过一生。

其中不走运的则穷困潦倒，终日为衣食奔波，愁眉苦脸，长吁短叹。即使日子还能过得去的，不愁衣食，能够温饱，然而也终日忙忙碌碌，被困于名缰，被缚于利索。同样是昏昏沉沉，浑浑噩噩，不知道为什么活过一生。

对这样的芸芸众生，人生的意义与价值从何处谈起呢？

我自己也属于芸芸众生之列，也难免浑浑噩噩，并不比任何人高一丝一毫。如果想勉强找一点区别的话，那也是有的：我，当然还有一些别的人，对人生有一些想法，动过一点脑筋，而且自认这些想法是有点道理的。

我有些什么想法呢？话要说得远一点。当今世界上战火纷飞，人欲横流，"黄钟毁弃，瓦釜雷鸣"，是一个十分不安定的时代。但是，对于人类的前途，我始终是一个乐观主义者。我相信，不管还要经过多少艰难曲折，不管还要经历多少时间，人类总会越变越好的，人类大同之域绝不会仅仅是一个空洞的理想。但是，想要达到这个目的，必须经过无数代人的共同努力。犹如接力赛，每一代人都有自己的一段路程要跑。又如一条链子，是由许多环组成的，每一环从本身来看，只不过是微不足道的一点东西；但是没有这一点东西，链子就组不成。在人类社会发展的长河中，我们每一代人都有自己的任务，而且是绝非可有可无的。如果说人生有意义与价值的话，其意义与价值就在这里。

但是，这个道理在人类社会中只有少数有识之士才能理解。鲁迅先生所称之"中国的脊梁"，指的就是这种人。对于那些肚子里吃满了肯德基、麦当劳、比萨饼，到头来终不过是浑浑噩噩的人来说，犹如夏虫不足以与语冰，这些道理是没法谈的。他们无法理解自己对人类发展所应当承担的责任。

话说到这里，我想把上面说的意思简短扼要地归纳一下：如果人生真有意义与价值的话，其意义与价值就在于对人类发展的承上启下、承前启后的责任感。

1995年

关于人的素质的几点思考

一 我们当前所面临的形势

谈问题必须从实际出发，这几乎成了一个常识。谈人的素质又何能例外？

在这方面，我们，包括大陆和台湾，甚至全世界，我们所面临的形势怎样呢？我觉得，法鼓人文社会学院的"通告"中说得简洁而又中肯：

识者每以今日的社会潜伏下列诸问题为忧：即功利气息弥漫，只知夺取而缺乏奉献和服务的精神；大家对社会关怀不够，环境日益恶化；一般人虽受相当教育，但缺乏判断是非善恶的能力；科技教育与人文教育未能整合，阻碍教育整体发展，亦且影响学生健全人格的养成。

这些话都切中时弊。

在这里，我想补充上几句。

我们眼前正处在20世纪的世纪末和千纪末中。"世纪"和"千纪"都是人为地创造出来的；但是，一旦创造出来，它似乎就对人类活动产生了影响。19世纪的世纪末可以为鉴，当前的这一个世纪末，也不例外。在政治、经济等方面所发生的巨大变化，有目共睹。我特别想指出环境保护等方面的令人触目惊心的情况。这些都与西方科学技术的发展密切相联。

西方自产业革命以后，科技飞速发展。生产力解放之后，远迈前古，结果给全体人类带来了极大的意想不到的福利。这一点是无论如何也否认不掉的。但是同时也带来了同样是想不到的弊端或者危害，比如空气污染、海河污染、生态平衡破坏、一些动植物灭种、环境污染、臭氧层出洞、人口爆炸、淡水资源匮乏、新疾病产生，如此等等，不一而足。这些灾害中任何一项如果避免不了，祛除不掉，则人类生存前途就会受到威胁。所以，现在全世界有识之士以及一些政府，都大声疾呼，注意环保工作。这实在值得我们钦佩。

英国浪漫主义诗人雪莱（Shelley）以诗人的惊人的敏感，在

19世纪初叶，正当西方工业发展如火如荼地上升的时候，在他所著的于1821年出版的《诗辨》中，就预见到它能产生的恶果，他不幸而言中，他还为这种恶果开出了解救的药方：诗与想象力，再加上一个爱。这也实在值得我们佩服。

眼前的这一个世纪末，实在是人类历史上一个空前的大动荡大转轨的时代。在这样的时机中，我们平常所说的"代沟"空前地既深且广。老少两代人之间的隔阂十分严峻。有人把现在年轻的一代人称为"新人类"，据说日本也有这个词儿，这个词儿意味深长。

二 人的天性或本能

我们就处在这样的环境条件下来探讨人的天性的一些想法。

两千多年以来，中国哲学史上始终有一个争论不休的问题：性善与性恶。孟子主性善，荀子主性恶，这是众所周知的事实。两说各有拥护者和反对者，中立派就主张性无善无恶说。我个人的看法接近此说，但又不完全相同。如果让我摆脱骑墙派的立场，说出真心话的话，我赞成性恶说，然则根据何在呢？

由于行当不对头——我重点摘的是古代佛教历史、中亚古代语文、佛教史、中印和中外文化交流史等——我对生理学和心理学所知甚微。根据我多年的观察与思考，我觉得，造物主或天或大自然，一方面赋予人和一切生物（动植物都在内）以极强烈的生存欲，另一方面又赋予它们极强烈的发展扩张欲。一棵小草能在砖石重压之下，以惊人的毅力，钻出头来，真令我惊叹不置。一尾鱼能产上百上千的卵，如果每一个卵都能长成鱼，则湖海有朝一日会被鱼填满。植物无灵，但有能，它想尽办法，让自己的种子传播出去。类似的例子，举不胜举。但是，与此同时，造物主又制造某些动植物的天敌，大鱼吃小鱼，小鱼吃虾米，猫吃老鼠，等等，等等，总之是，一方面让你生存发展，一方面又遏止你生存发展，以此来保持物种平衡，人和动植物的平衡。这是造物主给生物开玩笑。老子说："天地不仁，以万物为刍狗。"意思与此差为相近。如此说来，荀子的性恶说能说没有根据吗？荀子说："人之性恶，其善者伪也。""伪"字在这里有"人为"的意思，不全是"假"。总之，这说法比孟子性善说更能说得过去。

三　道德问题

写到这里，我认为可以谈道德问题了。道德讲善恶，讲好坏，讲是非，等等。那么，什么是善，是好，是坏呢？根据我上面的说法，我们可以说：自己生存，也让别的人或动植物生存，这就是善。只考虑自己生存，不考虑别人生存，这就是恶。

《三国演义》中说曹操有言："宁教我负天下人，休教天下人负我。"这是典型的恶。要一个人不为自己的生存考虑，是不可能的，是违反人性的。只要能做到既考虑自己也考虑别人，这一个人就算及格了，考虑别人的百分比愈高，则这个人的道德水平也就愈高。百分之百考虑别人，所谓"毫不利己，专门利人"，是做不到的，那极少数为国家、为别人牺牲自己性命的，用一个哲学家的现成的话来说是出于"正义行动"。

只有人类这个"万物之灵"才能做到既为自己考虑，也能考虑到别人的利益。一切动植物是绝对做不到的，它们根本没有思维能力。它们没有自律，只有他律，而这他律就来自大自然或者造物主。人类能够自律，但也必须辅之以他律。康德所谓"消极义务"，多来自他律。他讲的"积极义务"，则多来自自律。他律的内容很多，比如社会舆论、道德教条等等都是。而最明显的则是公安局、检察机构、法院。

写到这里，我想把话题扯远一点，才能把我想说的问题说明白。

人生于世，必须处理好三个关系：一、人与大自然的关系，那也称之为"天人关系"；二、人与人的关系，也就是社会关系；三、人自己的关系，也就是个人思想感情矛盾与平衡的问题。这三个关系处理好，人就幸福愉快；否则就痛苦。在处理第一个关系时，也就是天人关系时，东西方，至少在指导思想方向上截然不同。西方主"征服自然"（to conquer the nature），《天演论》的"物竞天择，适者生存"，即由此而出。但是天或大自然是能够报复的，能够惩罚的。你"征服"得过了头，它就报复。比如砍伐森林，砍光了森林，气候就受影响，洪水就泛滥。世界各地都有例可证。今年大陆的水灾，根本原因也在这里。这只是一个小例子，其余可依此类推。学术大师钱穆先生一生最后一篇文章《中国文化对人类未来可有的贡献》，讲的就是"天人合一"的问题，我冒昧地在钱老文章的基础上写了两篇补充的文章，我复印了几份，呈献给大家，以求得教正。"天人合一"是中国哲学史上一个重要命题，解释纷纭，莫衷一是。钱老说："我曾说'天人合一'论，是中国文化对人类最大的贡献。"我的补充明确地说，"天人合一"就是人与大自然要合一，要和平共处，不要讲征服与被征服。西方近二百年以来，对大自然征服不已，西方人以"天之骄子"自居，骄横不可一世，结果就产生了我在上文第一章里补充的那一些弊端或灾害。钱宾四先生文章中讲的"天"似乎重点是"天命"，我的"新解"，"天"是指的大自然。这种人与大自然要和谐相处的思想，不仅仅是中国思想的特征，也是东方各国思想的特征。这是东西文化思想分道扬镳的地方。在中国，表现这种思想最明确的无过于宋代大儒张载，他在《西铭》中说："民吾同胞；物吾与也。""物"指的是天地万物。佛教思想中也有"天人合一"的因素，韩国吴亨根教授曾明确地指出这一点来。佛教基本教规之一的"五戒"中就有戒杀生一条，同中国"物与"思想一脉相通。

四　修养与实践问题

我体会，圣严法师之所以不惜人力和物力召开这样一个规模宏大的会议，大陆暨香港地区，以及台湾的许多著名的学者专家之所以不远千里来此集会，绝不会是让我们坐而论道的。道不能不论，不论则意见不一致，指导不明确，因此不论是不行的。但是，如果只限于论，则空谈无补于实际，没有多大意义。况且，圣严法师为法鼓人文社会学院明定宗旨是"提升人的品质，建设人间净土"。这次会议的宗旨恐怕也是如此。所以，我们在议论之际，也必须想出一些具体的办法。这样会议才能算是成功的。

我在本文第一章中已经讲到过，我们中国和全世界所面临的形势是十分严峻的。钱穆先生也说："近百年来，世界人类文化所宗，可说全在欧洲。最近五十年，欧洲文化近于衰落，此下不能再为世界人类文化向往之宗主。所以可说，最近乃人类文化之衰落期。此下世界文化又将何所向往？这是今天我们人类最值得重视的现实问题。"可谓慨乎言之矣。

我就在面临这样严峻的情况下提出了修养和实践问题的，也可以称之为思想与行动的关系，二者并不完全一样。

所谓修养，主要是指思想问题、认识问题、自律问题，他律有时候也是难以避免的。在大陆上，帮助别人认识问题，叫作"做思想工作"。一个人遇到疑难，主要靠自己来解决，首先在思想上解决了，然后才能见诸行动，别人的点醒有时候也起作用。佛教禅宗主张"顿悟"。觉悟当然主要靠自己，但是别人的帮助有时也起作用。禅师的一声断喝，一记猛掌，一句狗屎橛，也能起振聋发聩的作用。宋代理学家有一个克制私欲的办法。清尹铭绶《学见举隅》中引朱子的话说：

> 前辈有欲澄治思虑者，于坐处置两器，每起一善念，则投白豆一粒于器中；每起一恶念，则投黑豆一粒于器中，初时黑豆多，白豆少，后来随不复有黑豆，最后则验白豆亦无之矣。然此只是个死法，若更加以读书穷理的工夫，那去那般不正当底思虑，何难之有？

这个方法实际上是受了佛经的影响。《贤愚经》卷十三，（六七）优波提品第六十讲到一个"系念"的办法：

> 以白黑石子，用当等于筹算。善念下白，恶念下黑。优波提奉受其教，善恶之念，辄投石子。初黑偶多，白者甚少。渐渐修习，白黑正等。系念不止。更无黑石，纯有白

者。善念已盛，逮得初果。（《大正新修大藏经》，第四卷，页四四二下）

这与朱子说法几乎完全一样，区别只在豆与石耳。

这个做法究竟有多大用处，我们且不去谈。两个地方都讲善念、恶念。什么叫善？什么叫恶？中印两国的理解恐怕很不一样。中国的宋儒不外孔孟那些教导，印度则是佛教教义。我自己对善恶的看法，上面已经谈过。要系念，我认为，不外是放纵本性与遏制本性的斗争而已。为什么要遏制本性？目的是既让自己活，也让别人活。因为如果不这样做的话，则社会必然乱了套，就像现代大城市里必然有红绿灯一样，车往马来，必然要有法律和伦理教条。宇宙间，忏何东西，包括人与动植物，都不允许有"绝对自由"。为了宇宙正常运转，为了人类社会正常活动，不得不尔也。对动植物来讲，它们不会思考，不能自律，只能他律。人为万物之灵，是能思考、能明辨是非的动物，能自律，但也必济之以他律。朱子说，这个系念的办法是个"死法"，光靠它是不行的，还必须读书穷理，才能去掉那些不正当的思虑。读书当然是有益的，但却不能只限于孔孟之书；穷理也是好的，但标准不能只限于孔孟之道。特别是在今天，在一个新世纪即将来临之际，眼光更要放远。

眼光怎样放远呢？首先要看到当前西方科技所造成的弊端，

人类生存前途已处在危机中。世人昏昏，我必昭昭。我们必须力矫西方"征服自然"之弊，大力宣扬东方"天人合一"的思想，年轻人更应如此。

以上主要讲的是修养。光修养还是很不够的，还必须实践，也就是行动，最好能有一个信仰，宗教也好，什么主义也好；但必须虔诚、真挚。这里存不得半点虚假成分。我们不妨先从康德的"消极义务"做起：不污染环境、不污染空气、不污染河湖、不胡乱杀生、不破坏生态平衡、不砍伐森林，还有很多"不"。这些"消极义务"能产生积极影响。这样一来，个人的修养与实践、他人的教导与劝说，再加上公检法的制约，本文第一章所讲的那一些弊害庶几可以避免或减少，圣严法师所提出的希望庶几能够实现，我们同处于"人间净土"中。"挽狂澜于既倒"，事在人为。

成功

什么叫成功？顺手拿来一本《现代汉语词典》，上面写道，"成功：获得预期的结果"，言简意赅，明白之至。

但是，谈到"预期"，则错综复杂，纷纭混乱。人人每时每刻每日每月都有大小不同的预期，有的成功，有的失败，总之是无法界定，也无法分类，我们不去谈它。

我在这里只谈成功，特别是成功之道。这又是一个极大的题目，我却只是小做。积七八十年之经验，我得到了下面这个公式：

天资+勤奋+机遇=成功

"天资"，我本来想用"天才"；但天才是个稀见现象，其中不少是"偏才"，所以我弃而不用，改用"天资"，大家一看就明白。这个公式实在是过分简单化了，但其中的含义是清楚的。搞得太烦琐，反而不容易说清楚。

谈到天资，首先必须承认，人与人之间天资是不相同的，这是一个事实，谁也否定不掉。"十年浩劫"中，自命天才的人居然号召大批天才，葫芦里卖的是什么药，至今不解。到了今天，学术界和文艺界自命天才的人颇不稀见，我除了羡慕这些人"自我感觉过分良好"外，不敢赞一词。对于自己的天资，我看，还是客观一点好，实事求是一点好。

至于勤奋，一向为古人所赞扬。囊萤、映雪、悬梁、刺股等故事流传了千百年，家喻户晓。韩文公的"焚膏油以继晷，恒兀兀以穷年"，更为读书人所向往。如果不勤奋，则天资再高也毫无用处。事理至明，无待饶舌。

谈到机遇，往往为人所忽视。它其实是存在的，而且有时候影响极大。就以我自己为例，如果清华不派我到德国去留学，则我的一生完全不会像现在这个样子。

把成功的三个条件拿来分析一下，天资是由"天"来决定的，我们无能为力。机遇是不期而来的，我们也无能为力。只有勤奋一项完全是我们自己决定的，我们必须在这一项上狠下功夫。在这里，古人的教导也多得很。还是先举韩文公。他说："业精于勤荒于嬉，行成于思毁于随。"这两句话是大家都熟悉的。

王静安在《人间词话》中说："古今之成大事业大学问者必经过三种之境界。'昨夜西风凋碧树，独上高楼，望尽天涯路。'此第一境也。'衣带渐宽终不悔，为伊消得人憔悴。'此第二境也。'众里寻他千百度，蓦然回首，那人却在，灯火阑珊处。'此第三境也。"静安先生第一境写的是预期，第二境写的是勤奋，第三境写的是成功。其中没有写天资和机遇。我不敢说，这是他的疏漏，因为写的角度不同。但是，我认为，补上天资与机遇，似更为全面。我希望，大家都能拿出"衣带渐宽终不悔"的精神来从事做学问或干事业，这是成功的必由之路。

2000年1月7日

知足知不足

  曾见冰心老人为别人题座右铭："知足知不足，有为有不为。"言简意赅，寻味无穷。特写短文两篇，稍加诠释。先讲知足知不足。

  中国有一句老话："知足常乐。"为大家所遵奉。什么叫"知足"呢？还是先查一下字典吧。《现代汉语词典》说："知足，满足于已经得到的（指生活、愿望等）。"如果每个人都能满足于已经得到的东西，则社会必能安定，天下必能太平，这个道理是显而易见的。可是社会上总会有一些人不安分守己，癞蛤蟆想吃天鹅肉。这样的人往往要栽大跟头的。对他们来说，"知足常乐"这句话就成了灵丹妙药。

  但是，知足或者不知足也要分场合的。在旧社会，穷人吃草根树皮，阔人吃燕窝鱼翅。在这样的场合下，你劝穷人知足，能劝得动吗？正相反，应当鼓励他们不能知足，要起来斗争。这样的不知足是正当的，是有重大意义的，它能伸张社会正义，能推动人类社会前进。

除了场合以外，知足还有一个分（fēn）的问题。什么叫分？笼统言之，就是适当的限度。人们常说的"安分""非分"等等，指的就是限度。这个限度也是极难掌握的，是因人而异、因地而异的。勉强找一个标准的话，那就是"约定俗成"。我想，冰心老人之所以写这一句话，其意不过是劝人少存非分之想而已。

至于知不足，在汉文中虽然字面上相同，其含义则有差别。这里所谓"不足"，指的是"不足之处""不够完美的地方"。这句话同"自知之明"有联系。

自古以来，中国就有一句老话："人贵有自知之明。"这一句话暗示给我们，有自知之明并不容易，否则这一句话就用不着说了。事实上也确实如此。就拿现在来说，我所见到的人，大都自我感觉良好。专以学界而论，有的人并没有读几本书，却不知天高地厚，以天才自居，靠自己一点小聪明——这能算得上聪明吗？——狂傲恣睢，骂尽天下一切文人，大有用一管毛锥横扫六合之慨，令明眼人感到既可笑、又可怜。这种人往往没有什么出息。因为，又有一句中国老话："学如逆水行舟，不进则退。"

还有一句中国老话："学海无涯。"说的都是真理。但在这些人眼中，他们已经穷了学海之源，往前再没有路了，进步是没有必要的。他们除了自我欣赏之外，还能有什么出息呢？

古代希腊人也认为自知之明是可贵的，所以语重心长地说出了："要了解你自己！"中国同希腊相距万里，可竟说了几乎是一模一样的话，可见这些话是普遍的真理。中外几千年的思想史和科学史，也都证明了一个事实：只有知不足的人才能为人类文化做出贡献。

2001年2月21日

有为有不为

"为"，就是"做"。应该做的事，必须去做，这就是"有为"。不应该做的事必不能做，这就是"有不为"。

在这里，关键是"应该"二字。什么叫"应该"呢？这有点像仁义的"义"字。韩愈给"义"字下的定义是"行而宜之之谓义"。"义"就是"宜"，而"宜"就是"合适"，也就是"应该"，但问题仍然没有解决。要想从哲学上，从伦理学上，说清楚这个问题，恐怕要写上一篇长篇论文，甚至一部大书。我没有这个能力，也认为根本无此必要。我觉得，只要诉诸一般人都能够有的良知良能，就能分辨清是非善恶了，就能知道什么事应该做，什么事不应该做了。

中国古人说："勿以善小而不为，勿以恶小而为之。"可见善恶是有大小之别的，应该不应该也是有大小之别的，并不是都在一个水平上。什么叫大，什么叫小呢？这里也用不着烦琐的论证，只须动一动脑筋，睁开眼睛看一看社会，也就够了。

小恶、小善，在日常生活中随时可见。比如，在公共汽车上给老人和病人让座。能让，算是小善；不能让，也只能算是小恶，够不上大逆不道。然而，从那些一看到有老人或病人上车就立即装出闭目养神的样子的人身上，不也能由小见大看出了社会道德的水平吗？

至于大善大恶，目前社会中也可以看到，但在历史上却看得更清楚。比如宋代的文天祥。他为元军所虏，如果他想活下去，屈膝投敌就行了，不但能活，而且还能有大官做，最多是在身后被列入"贰臣传"，"身后是非谁管得"，管那么多干吗呀。然而他却高赋《正气歌》，从容就义，留下英名万古传，至今还在激励着我们的爱国热情。

通过上面举的一个小恶的例子和一个大善的例子，我们大概对大小善和大小恶能够得到一个笼统的概念了。凡是对国家有利，对人民有利，对人类发展前途有利的事情就是大善，反之就是大恶。凡是对处理人际关系有利，对保持社会安定团结有利的事情可以称之为小善，反之就是小恶。大小之间有时难以区别，这只不过是一个大体的轮廓而已。

大小善和大小恶有时候是有联系的。俗话说："千里之堤，溃于蚁穴。"拿眼前常常提到的贪污行为而论，往往是先贪污少量的财物，心里还有点打鼓。但是，一旦得逞，尝到甜头，又没被人发现，于是胆子越来越大，贪污的数量也越来越多，终至于一发而不可收拾，最后受到法律的制裁，悔之晚矣。也有个别的识时务者，迷途知返，就是所谓浪子回头者，然而难矣哉！

我的希望很简单，我希望每个人都能有为有不为。一旦"为"错了，就毅然回头。

2001年2月23日

容忍

人处在家庭和社会中，有时候恐怕需要讲点容忍的。

唐朝有一个姓张的大官，家庭和睦，美名远扬，一直传到了皇帝的耳中。皇帝赞美他治家有道，问他道在何处，他一气写了一百个"忍"字。这说得非常清楚：家庭中要互相容忍，才能和睦。这个故事非常有名。在旧社会，新年贴春联，只要门楣上写着"百忍家声"就知道这一家一定姓张。中国姓张的全以祖先的容忍为荣了。

但是容忍也并不容易。1935年，我乘西伯利亚铁路的火车经苏联赴德国，车过中苏边界上的满洲里，停车四小时，由苏联海关检查行李。这是无可厚非的，入国必须检查，这是世界公例。但是，当时的苏联大概认为，我们这一帮人，从一个资本主义国家到另一个资本主义国家，恐怕没有好人，必须严查，以防万一。检查其他行李，我绝无意见。但是，在哈尔滨买的一把最粗糙的铁皮壶，却成了被检查的首要对象。这里敲敲，那里敲敲，薄薄的一层铁皮绝藏不下一颗炸弹的，然而他却敲打不止。我真有点无法容忍，想要发火。我身旁有一位年老的老外，是与我们同车的，看到我的神态，在我耳旁悄悄地说了句：Patience is the great virtue（容忍是很大的美德）。我对他微笑，表示致谢。我立即心平气和，天下太平。

看来容忍确是一件好事，甚至是一种美德。但是，我认为，也必须有一个界限。我们到了德国以后，就碰到这个问题。旧时欧洲流行决斗之风，谁污辱了谁，特别是谁的女情人，被污辱者一定要提出决斗，或用手枪，或用剑。普希金就是在决斗中被枪打死的。我们到了的时候，此风已息，但仍发生。我们几个中国留学生相约：如果外国人污辱了我们自身，我们要揣度形势，主要要容忍，以东方的恕道克制自己。但是，如果他们污辱我们的国家，则无论如何也要同他们玩儿命，决不容忍。这就是我们容忍的界限。幸亏这样的事情没有发生，否则我就活不到今天在这里舞笔弄墨了。

现在我们中国人的容忍水平，看了真让人气短。在公共汽车上，挤挤碰碰是常见的现象。如果碰了或者踩了别人，连忙说一声："对不起！"就能够化干戈为玉帛。然而有不少人连"对不起"都不会说了，于是就相吵相骂，甚至于扭打，甚至打得头破血流。我们这个伟大的民族怎么竟变成了这个样子！我在自己心中暗暗祝愿：容忍兮，归来！

1996年12月17日

走运与倒霉

走运与倒霉，表面上看起来，似乎是绝对对立的两个概念。世人无不想走运，而决不想倒霉。

其实，这两件事是有密切联系的，互相依存的，互为因果的。说极端了，简直是一而二、二而一者也。这并不是我的发明创造。两千多年前的老子已经发现了，他说："祸兮福之所倚，福兮祸之所伏，孰知其极？其无正。"老子的"福"就是走运，他的"祸"就是倒霉。

走运有大小之别，倒霉也有大小之别，而二者往往是相通的。走的运越大，则倒的霉也越惨，二者之间成正比。中国有一句俗话说："爬得越高，跌得越重。"形象生动地说明了这种关系。

吾辈小民，过着平平常常的日子，天天忙着吃、喝、拉、撒、睡；操持着柴、米、油、盐、酱、醋、茶。有时候难免走点小运，有的是主动争取来的，有的是时来运转，好运从天上掉下来的。高兴之余，不过喝上二两二锅头，飘飘然一阵了事。但有时又难免倒点小霉，"闭门家中坐，祸从天上来"，没有人去争取倒霉的。倒霉以后，也不过心里郁闷几天，对老婆孩子发点小脾气，转瞬就过去了。

但是，历史上和眼前的那些大人物和大款们，他们一身系天下安危，或者系一个地区、一个行当的安危。他们得意时，比如打了一个大胜仗，或者倒卖房地产、炒股票，发了一笔大财，意气风发，踌躇满志，自以为天上天下，唯我独尊。"固一世之雄也"，怎二两二锅头了得！然而一旦失败，不是自刎乌江，就是从摩天高楼跳下，"而今安在哉"！

从历史上到现在，中国知识分子有一个"特色"，这在西方国家是找不到的。中国历代的诗人、文学家，不倒霉则走不了运。司马迁在《太史公自序》中说："昔西伯拘羑里，演《周易》；孔子厄陈蔡，作《春秋》；屈原放逐，著《离骚》；左丘失明，厥有《国语》；孙子膑脚，而论兵法；不韦迁蜀，世传《吕览》；韩非囚秦，《说难》《孤愤》；《诗》三百篇，大抵贤圣发愤之所为作也。"司马迁算的这个总账，后来并没有改变。汉以后所有的文学大家，都是在倒霉之后，才写出了震古烁今的杰作。像韩愈、苏轼、李清照、李后主等等一批人，莫不皆然。从来没有过状元宰相成为大文学家的。

　　了解了这一番道理之后，有什么意义呢？我认为，意义是重大的。它能够让我们头脑清醒，理解祸福的辩证关系；走运时，要想到倒霉，不要得意过了头；倒霉时，要想到走运，不必垂头丧气。心态始终保持平衡，情绪始终保持稳定，此亦长寿之道也。

1998年11月2日

牵就与适应

　　牵就，也作"迁就"和"适应"，是我们说话和行文时常用的两个词儿，含义颇有些类似之处；但是，一仔细琢磨，二者间实有差别，而且是原则性的差别。

　　根据词典的解释，《现代汉语词典》注"牵就"为"迁就"和"牵强附会"。注"迁就"为"将就别人"，举的例是："坚持原则，不能迁就。"注"将就"为"勉强适应不很满意的事物或环境"。举的例是"衣服稍微小一点，你将就着穿吧！"注"适应"为"适合（客观条件或需要）"。举的例子是"适应环境"。"迁就"这个词儿，古书上也有，《辞源》注为"舍此取彼，委曲求合"。

　　我说，二者含义有类似之处，《现代汉语词典》注"将就"

一词时就使用了"适应"一词。

词典的解释，虽然头绪颇有点乱，但是，归纳起来，"牵就（迁就）"和"适应"这两个词儿的含义还是清楚的。"牵就"的宾语往往是不很令人愉快、令人满意的事情。在平常的情况下，这种事情本来是不能或者不想去做的。极而言之，有些事情甚至是违反原则的，违反做人的道德的，当然完全是不能去做的。但是，迫于自己无法掌握的形势，或者出于利己的私心，或者由于其他的什么原因，非做不行，有时候甚至昧着自己的良心，自己也会感到痛苦的。

根据我个人的语感，我觉得，"牵就"的根本含义就是这样，词典上并没有说清楚。

但是，义是根据我个人的语感，我觉得，"适应"同"牵就"是不相同的。我们每一个人都会经常使用"适应"这个词儿的。不过在大多数的情况下，我们都是习而不察。我手边有一本沈从文先生的《花花朵朵坛坛罐罐》，汪曾祺先生的"代序：沈从文转业之谜"中有一段话说："一切终得变，沈先生是竭力想适应这种'变'的。"这种"变"，指的是解放。沈先生写信给人说："对于过去种种，得决心放弃，从新起始来学习。这个新的起始，并不一定即能配合当前需要，唯必能把握住一个进步原则来肯定，来完成，来促进。"沈从文先生这个"适应"，是以"进步原则"来适应新社会的。这个"适应"是困难的，但是正确的。我们很多人在新中国成立初期都有类似的经验。

再拿来同"牵就"一比较，两个词儿的不同之处立即可见。"适应"的宾语，同"牵就"不一样，它是好的事物，进步的事物；即使开始时有点困难，也必能心悦诚服地予以克服。在我们的一生中，我们会经常不断地遇到必须"适应"的事务，"适应"成功，我们就有了"进步"。

简捷说：我们须"适应"，但不能"牵就"。

谦虚与虚伪

在伦理道德的范畴中，谦虚一向被认为是美德，应该扬；而虚伪则一向被认为是恶习，应该抑。

然而，究其实际，二者间有时并非泾渭分明，其区别间不容发。谦虚稍一过头，就会成为虚伪。我想，每个人都会有这种体会的。

在世界文明古国中，中国是提倡谦虚最早的国家。在中国最古的经典之一的《尚书·大禹谟》中就已经有了"满招损，谦受益，时（是）乃天道"这样的教导，把自满与谦虚提高到"天道"的水平，可谓高矣。从那以后，历代的圣贤无不张皇谦虚，贬抑自满。一直到今天，我们常用的词汇中仍然有一大批与"谦"字有联系的词儿，比如"谦卑""谦恭""谦和""谦谦君子""谦让""谦顺""谦虚""谦逊"等等，可见"谦"字之深入人心，久而愈彰。

我认为，我们应当提倡真诚的谦虚，而避免虚伪的谦虚，后者与虚伪间不容发矣。

可是在这里我们就遇到了一个拦路虎：什么叫"真诚的谦虚"？什么又叫"虚伪的谦虚"？两者之间并非泾渭分明，简直可以说是因人而异，因地而异，因时而异，掌握一个正确的分寸难于上青天。

最突出的是因地而异，"地"指的首先是东方和西方。在东方，比如说中国和日本，提到自己的文章或著作，必须说是"拙作"或"拙文"。在西方各国语言中是找不到相当的词儿的。尤有甚者，甚至可能产生误会。中国人请客，发请柬必须说"洁治菲酌"，不了解东方习惯的西方人就会满腹疑团：为什么单单用"不丰盛的宴席"来请客呢？日本人送人礼品，往往写上"粗品"二字，西方人又会问：为什么不用"精品"来送人呢？在西方，对老师，对朋友，必须说真话，会多少，就说多少。如果你说，这个只会一点点儿，那个只会一星星儿，他们就会信以为真，在东方则不会。这有时会很危险的。至于吹牛之流，则为东西方同样所不齿，不在话下。

可是怎样掌握这个分寸呢？我认为，在这里，真诚是第一标准。虚怀若谷，如果是真诚的话，它会促你永远学习，永远进步。有的人永远"自我感觉良好",这种人往往不能进步。康有为是一个著名的例子。他自称,年届而立,天下学问无不掌握。结果说康有为是一个革新家则可,说他是一个学问家则不可。较之乾嘉诸大师,甚至清末民初诸大师,包括他的弟子梁启超在内,他在学术上是没有建树的。

总之,谦虚是美德,但必须掌握分寸,注意东西。在东方谦虚涵盖的范围广,不能施之于西方,此不可不注意者。然而,不管东方或西方,必须出之以真诚。有意的过分的谦虚就等于虚伪。

1998年10月3日

论压力

  《参考消息》今年7月3日以半版的篇幅介绍了外国学者关于压力的说法。我也正考虑这个问题，因缘和合，不免唠叨上几句。

  什么叫"压力"？上述文章中说："压力是精神与身体对内在与外在事件的生理与心理反应。"下面还列了几种特性，今略。我一向认为，定义这玩意儿，除在自然科学上可能确切外，在人文社会科学上则是办不到的。上述定义我看也就行了。

  是不是每一个人都有压力呢？我认为，是的。我们常说，人生就是一场拼搏，没有压力，哪来的拼搏？佛家说，生、老、病、死、苦，苦也就是压力。过去的国王、皇帝，近代外国的独裁者，无法无天，为所欲为，看上去似乎一点压力都没有。然而他们却战战兢兢，时时如临大敌，担心边患，担心宫廷政变，担心被毒害被刺杀。他们是世界上最孤独的人，压力比任何人都大。大资本家钱太多了，担心股市升降，房地产价波动等等。至于吾辈平民老百姓，"家家有一本难念的经"，这些都是压力，谁能躲得开呢？

压力是好事还是坏事？我认为是好事。从大处来看，现在全球环境污染、生态平衡破坏、臭氧层出洞、人口爆炸、新疾病丛生等等，人们感觉到了，这当然就是压力，然而压出来的是增强忧患意识，增强防范措施，这难道不是天大的好事吗？对一般人来说，法律和其他一切合理的规章制度，都是压力。然而这些压力何等好啊！没有它，社会将会陷入混乱，人类将无法生存。这个道理极其简单明了，一说就懂。我举自己做一个例子。我不是一个没有名利思想的人——我怀疑真有这种人，过去由于一些我曾经说过的原因，表面上看起来，我似乎是淡泊名利，其实那多半是假象。但是，到了今天，我已至望九之年，名利对我已经没有什么用，用不着再争名于朝、争利于市，这方面的压力没有了。但是却来了另一方面的压力，主要来自电台采访和报刊以及友人约写文章。这对我形成颇大的压力。以写文章而论，有的我实在不愿意写，可是碍于面子，不得不应。应就是压力。于是"拨冗"苦思，往往能写出有点新意的文章。对我来说，这就是压力的好处。

压力如何排除呢？粗略来分类，压力来源可能有两类：一被动，一主动。天灾人祸，意外事件，属于被动，这种压力，无法预测，只有泰然处之，切不可杞人忧天。主动的来源于自身，自己能有所作为。我的"三不主义"的第三条是"不嘀咕"，我认为，能做到遇事不嘀咕，就能排除自己造成的压力。

1998年7月8日

论恐惧

法国大散文家和思想家蒙田写过一篇散文《论恐惧》。他一开始就说：

我并不像有人认为的那样是研究人类本性的学者，对于人为什么恐惧所知甚微。

我当然更不是一个研究人类本性的学者，虽然在高中时候读过心理学这样一门课，但其中是否讲到过恐惧，早已忘到爪哇国去了。

可我为什么现在又写《论恐惧》这样一篇文章呢？

理由并不太多，也谈不上堂皇。只不过是因为我常常思考这个问题，而今又受到了蒙田的启发而已。好像是蒙田给我出了这样一个题目。

根据我读书思考的结果，也根据我自己的经验，恐惧这一种心理活动和行动是异常复杂的，绝不是三言两语所能说得清楚的。人们可以从很多角度来探讨恐惧问题，我现在谈一下我自己从一个特定角度上来研究恐惧现象的想法，当然也只能极其概括，极其笼统地谈。

我认为，应当恐惧而恐惧者是正常的。应当恐惧而不恐惧者是英雄。我们平常所说的从容镇定，处变不惊，就是指的这个。不应当恐惧而恐惧者是孱头。不应当恐惧而不恐惧者也是正常的。

两个正常的现象用不着讲，我现在专讲三两个不正常的现象。要举事例，那就不胜枚举。我索性专门从《晋书》里面举出两个事例，两个都与苻坚有关。《谢安传》中有一段话：

> 玄等既破坚，有驿书至，安方对客围棋，看书既，竟便摄放床上，了无喜色，棋如故。客问之，徐答曰："小儿辈遂已破贼。"

苻坚大兵压境，作为大臣的谢安理当恐惧不安，然而他竟这样从容镇定，至今传颂不已。所以我称之为英雄。

《晋书·苻坚传》有下面这几段话：

谢石等以既败梁成，水陆继进。坚与苻融登城而望王师，见部阵齐整，将士精锐，又北望山上草木皆类人形，顾谓融曰："此亦劲敌也，何谓少乎！"怃然有惧色。

下面又说：

　　坚大惭，顾谓其夫人张氏曰："朕若用朝臣之言，岂见今日之事耶！当何面目复临天下乎！"潸然流涕而去，闻风声鹤唳，皆谓晋师之至。

这活生生地画出了一个孱头。敌兵压境，应当振作起来，鼓励士兵，同仇敌忾，可是苻坚自己却先泄了气。这样的人不称为孱头，又称之为什么呢？结果留下了两句著名的话："风声鹤唳，草木皆兵。"至今还流传在人民的口中，也可以说是流什么千古了。

　　如果想从《论恐惧》这一篇短文里吸取什么教训的话，那就是明明白白地摆在眼前的。我们都要锻炼自己，对什么事情都不要惊慌失措，而要处变不惊。

2001年3月13日

论朋友

人类是社会动物。一个人在社会中不可能没有朋友。任何人的一生都是一场搏斗。在这一场搏斗中，如果没有朋友，则形单影只，鲜有不失败者。如果有了朋友，则众志成城，鲜有不胜利者。

因此，在人类几千年的历史上，任何国家，任何社会，没有不重视交友之道的，而中国尤甚。在宗法伦理色彩极强的中国社会中，朋友被尊为五伦之一，曰"朋友有信"。我又记得什么书中说："朋友，以义合者也。""信""义"含义大概有相通之处。后世多以"义"字来要求朋友关系，比如《三国演义》"桃园三结义"之类就是。

《说文》对"朋"字的解释是"凤飞，群鸟从以万数，故以为朋党字"。"凤"和"朋"大概只有轻唇音重唇音之别。对"友"的解释是"同志为友"。意思非常清楚。中国古代，肯定也有"朋友"二字连用的，比如《孟子》。《论语》"有朋自远方来，不亦说乎！"却只用一个"朋"字。不知从什么时候起，"朋友"才经常连用起来。

在中国几千年的历史上，重视友谊的故事不可胜数。最著名的是管鲍之交，钟子期和伯牙的故事等等。刘、关、张三结义更是有口皆碑。一直到今天，我们还讲究"哥儿们义气"，发展到最高程度，就是"为朋友两肋插刀"。只要不是结党营私，我们是非常重视交朋友的。我们认为，中国古代把朋友归入五伦是有道理的。

我们现在看一看欧洲人对友谊的看法。欧洲典籍数量虽然远远比不上中国，但是，称之为汗牛充栋也是当之无愧的。我没有能力来旁征博引，只能根据我比较熟悉的一部书来引证一些材料，这就是法国著名的《蒙田随笔》。

《蒙田随笔》上卷，第二十八章，是一篇叫作《论友谊》的随笔。其中有几句话：

　　我们喜欢交友胜过其他一切，这可能是我们本性所使然。亚里士多德说，好的立法者对友谊比对公正更关心。

寥寥几句，充分说明西方对友谊之重视。蒙田接着说：

> 自古就有四种友谊：血缘的、社交的、待客的和男女情
> 爱的。

这使我立即想到，中西对友谊含义的理解是不相同的。根据
中国的标准，"血缘的"不属于友谊，而属于亲情；"男女情爱
的"也不属于友谊，而属于爱情。对此，蒙田有长篇累牍的解
释，我无法一一征引。我只举他对爱情的几句话：

> 爱情一旦进入友谊阶段，也就是说，进入意愿相投的阶
> 段，它就会衰落和消逝。爱情是以身体的快感为目的，一旦
> 享有了，就不复存在。相反，友谊越被人向往，就越被人享
> 有，友谊只是在获得以后才会升华、增长和发展，因为它是
> 精神上的，心灵会随之净化。

这一段话，很值得我们仔细推敲、品味。

1999年10月26日

谈孝

孝，这个概念和行为，在世界上许多国家中都是有的，而在中国独为突出。中国社会，几千年以来就是一个宗法伦理色彩非常浓的社会，为世界上任何国家所不及。

中国人民一向视孝为最高美德。嘴里常说的、书上常讲的"三纲五常"，又是什么"三纲六纪"，哪里也不缺少父子这一纲。具体地应该说"父慈子孝"是一个对等的关系。后来不知道是怎么一来，只强调"子孝"，而淡化了"父慈"，甚至变成了"天下无不是的父母"。古书上说："身体发肤，受之父母。"一个人的身体是父母给的，父母如果愿意收回去，也是可以允许的了。

历代有不少皇帝昭告人民"以孝治天下"，自己还装模作样，尽量露出一副孝子的形象。尽管中国历史上也并不缺少为了争夺王位导致儿子弑父的记载，野史中这类记载就更多，但那是天子的事，老百姓则是绝对不能允许的。如果发生儿女杀父母的事，皇帝必赫然震怒，处儿女以极刑中的极刑：万剐凌迟。在中国流传时间极长而又极广的所谓"教孝"中，就有一些提倡愚孝的故事，比如王祥卧冰、割股疗疾等等都是迷信色彩极浓的故事，产生了不良的影响。

但是中华民族毕竟是一个极富于理性的民族。就在已经被视为经典的《孝经·谏净章》中，我们可以读到下列的话：

> 昔者天子有诤臣七人，虽无道，不失其天下；诸侯有诤臣五人，虽无道，不失其国；大夫有诤臣三人，虽无道，不失其家；士有诤友，则身不离于令名；父有诤子，则身不陷于不义。故当不义，则子不可以不诤于父，臣不可以不诤于君；故当不义，则诤之，从父之令，又焉得为孝乎？

这话说得多么好呀，多么合情合理呀！这与"天下无不是的父母"这一句话形成了鲜明的对立。后者只能归入愚孝一类，是不足取的。

到了今天，我们应该怎样对待孝呢？我们还要不要提倡孝道呢？据我个人的观察，在时代变革的大潮中，孝的概念确实已经淡化了。不赡养老父老母，甚至虐待他们的事情，时有所闻。我认为，这是不应该的，是影响社会安定团结的消极因素。我们当然不能再提倡愚孝。但是，小时候父母抚养子女，没有这种抚养，儿女是活不下来的。父母年老了，子女来赡养，就不说是报恩吧，也是合乎人情的。如果多数子女不这样做，我们的国家和社会能负担起这个任务来吗？这对我们迫切要求的安定团结是极为不利的。这一点简单的道理，希望当今为子女者三思。

1999年5月14日

谈礼貌

    眼下，即使不是百分之百的人，也是绝大多数的人，都抱怨现在社会上不讲礼貌。这是完全有事实做根据的。前许多年，当时我腿脚尚称灵便，出门乘公共汽车的时候多，几乎每一次我都看到在车上吵架的人，甚至动武的人。起因都是微不足道的：你碰了我一下，我踩了你的脚，如此等等。试想，在拥拥挤挤的公共汽车上，谁能不碰谁呢？这样的事情也值得大动干戈吗？

    曾经有一段时间，有关的机关号召大家学习几句话："谢谢！""对不起！"等等。就是针对上述的情况而发的。其用心良苦，然而我心里却觉得不是滋味。一个有五千年文明的堂堂大国竟要学习幼儿园孩子们学说的话，岂不大可哀哉！

    有人把不讲礼貌的行为归咎于新人类或新新人类。我并无资格成为新人类的同党，我已经是属于博物馆的人物了。但是，我却要为他们打抱不平。在他们诞生以前，有人早着了先鞭。不过，话又要说了回来。新人类或新新人类确实在不讲礼貌方面有所创造，有所前进，他们发扬光大了这种并不美妙的传统，他们（往往是一双男女）在光天化日之下，车水马龙之中，拥抱接吻，旁若无人，扬扬自得，连在这方面比较不拘小节的老外看了都目瞪口呆，惊诧不已。古人说："闺房之内，有甚于画眉者。"这是两口子的私事，谁也管不着。但这是在闺房之内的事，现在竟几乎要搬到大街上来，虽然还没有到"甚于画眉"的水平，可是已经很可观了。新人类还要新到什么程度呢？

如果一个人孤身住在深山老林中，你愿意怎样都行。可我们是处在社会中，这就要讲究点人际关系。人必自爱而后人爱之。没有礼貌是目中无人的一种表现，是自私自利的一种表现，如果这样的人多了，必然产生与社会不协调的后果。千万不要认为这是个人小事而掉以轻心。

现在国际交往日益频繁，不讲礼貌的恶习所产生的恶劣影响已经不局限于国内，而是会流布全世界。前几年，我看到过一个什么电视片，是由一个意大利著名摄影家拍摄的，主题是介绍北京情况的。北京的名胜古迹当然都包罗无遗，但是，我的眼前忽然一亮：一个光着膀子的胖大汉子骑自行车双手撒把做打太极拳状，飞驰在天安门前宽广的大马路上。给人的形象是野蛮无礼。

这样的形象并不多见，然而却没有逃过一个老外的眼光。我相信，这个电视片是会在全世界都放映的。它在外国人心目中会产生什么影响，不是一清二楚了吗？

最后，我想当一个文抄公，抄一段香港《公正报》上的话：

　　富者有礼高质，贫者有礼免辱，父子有礼慈孝，兄弟有礼和睦，夫妻有礼情长，朋友有礼义笃，社会有礼祥和。

2001年1月29日

漫谈伦理道德

现在，以德治国的口号已经响彻祖国大地。大家都认为，这个口号提得正确，提得及时，提得响亮，提得明白。但是，什么叫"德"呢？根据我的观察，笼统言之，大家都理解得差不多。如果仔细一追究，则恐怕是言人人殊了。

我不揣谫陋，想对"德"字进一新解。

但是，我既不是伦理学家，对哲学家们那些冗见别扭的分析阐释又不感兴趣，我只能用自己惯常用的野狐参禅的方法来谈这个问题。既称野狐，必有其不足之处；但同时也必有其优越之处，他没有教条，不见框框，宛如天马行空，驰骋自如，兴之所至，灵气自生，谈言微中，搔着痒处，恐亦难免。坊间伦理学书籍为数必多，我一不购买，二不借阅，唯恐读了以后"污染"了自己观点。

近若干年以来，我一直在考虑一个问题。人生一世，必须处理好三个关系：第一，人与大自然的关系，也就是天人关系；第二，人与人的关系，也就是社会关系；第三，个人身、口、意中正确与错误的关系，也就是修身问题。这三个关系紧密联系，互为因果，缺一不可。这些说法也许有人认为太空洞，太玄妙。我看有必要分别加以具体的说明。

首先谈人与大自然的关系。在人类成为人类之前，他们是大自然的一个不可或缺的组成部分。等到成为人类之后，就同自然闹起独立性来，把自己放在自然的对立面上。尤有甚者，特别是在西方，自从产业革命以后，通过所谓发明创造，从大自然中得到了一些甜头，于是遂诛求无餍，最终提出了"征服自然"的口号。他们忘记了一个基本事实，人类的衣、食、住、行的所有资料都必须取自大自然。大自然不会说话，"天何言哉！"但是却能报复。恩格斯说过：

> 我们不能过分陶醉于我们对自然界的胜利，对于每一次这样的胜利，自然界都报复了我们。

在一百多年以前，大自然的报复还不十分明显，恩格斯竟能说出这样准确无误又含义深远的话，真不愧是马克思主义伟大的奠基人之一！到了今天，大自然的报复已经十分明显，十分触目惊心，举凡臭氧出洞、温室效应、全球变暖、淡水短缺、生态失衡、物种灭绝、人口爆炸、资源匮乏、新疾病产生、环境污染，如此等等，不胜枚举。其中哪一项如果得不到控制，都能影响人类的生存前途。到了这种危机关头，世界上一些有识之士才幡然醒悟，开了一些会，采取了一些措施。世界上一些国家的领导人也知道要注意环保问题了，这都是好事。但是，根据我个人的看法，还都是不够的。我们必须努力发出狮子吼，对全世界发聋振聩。

其次，我想谈一谈人与人的关系。自从人成为人以后，就逐渐形成了一些群体，也就是我们现在称之为社会的组织。这些群体形形色色，组织形式不同，组织原则也不同，但其为群体则一也。人与人之间，有时候利益一致，有时候也难免产生矛盾。举一个极其简单的例子，比如讲民主，讲自由，都不能说是坏东西，但又都必须加以限制。就拿大城市交通来说吧，绝对的自由是行不通的，必须有红绿灯，这就是限制。如果没有这个限制，大城市一天也存在不下去。这里撞车，那里撞人，弄得人人自危，不敢出门，社会活动会完全停止，这还能算是一个社会吗？这只是一个小例子，类似的大小例子还能举出一大堆来。因此，我们必须强调要处理好社会关系。

最后，我要谈一谈个人修身问题。一个人，对大自然来讲，是它的对立面；对社会来讲，是它的最基本的组成部分，是它的细胞。因此，在宇宙间，在社会上，一个人所处的地位是十分关键的。一个人的思想、语言和行动方向的正确或错误是有重要意义的。一个人进行修身的重要性也就昭然可见了。

写到这里，也许有人要问：你不是谈伦理道德问题吗，怎么跑野马跑到正确处理三个关系上去了？我敬谨答曰：我谈正确处理三个关系，正是谈伦理道德问题。因为，三个关系处理得好，人类才能顺利发展，社会才能阔步前进，个人生活才能快乐幸福。这是最高的道德，其余那些无数的烦琐的道德教条都是从属于这个最高道德标准的。这个道理，即使是粗粗一想，也是不难明白的。如果这三个关系处理不好，就要根据"不好"的程度而定为道德上有缺乏、不道德或"缺德"，严重的"不好"，就是犯罪。这个道理也是容易理解的。

全世界都承认，中国是伦理道德的理论和实践最发达的国家。中国伦理道德的基础是先秦时期的儒家打下的，在其后发展的过程中，又掺杂进来了一些道家思想和佛家思想，终于形成了现在这样一个伦理体系，仍在支配着我们的社会行动。这个体系貌似清楚，实则是一个颇为模糊的体系。三教信条你中有我、我中有你，绝不是泾渭分明的，但仍以儒家为主，则是可以肯定的。

儒家的伦理体系在先秦初打基础时可以孔子和孟子为代表。孔子学说的中心，也可以说是伦理思想的中心，是一个"仁"字。这个说法已为学术界比较普遍地接受。孟子学说的中心，也可以说伦理思想的中心，是"仁""义"二字。对此，学术界没有异词。先秦其他儒家的学说，我们不一一论列了。至于先秦以后几千年儒家学者伦理道德的思想，我在这里也不一一论列了。一言以蔽之，他们基本上沿用孔孟的学说，间或有所增益或有新的解释，这是事物发展的必然规律，不足为怪。不这样，反而会是不可思议的。

多少年来，我个人就有个想法。我觉得，儒家伦理道德学说的重点不在理论而在实践。先秦儒家已经安排好了的：格物、致知、诚意、正心、修身、齐家、治国、平天下，是大家所熟悉的。这样的安排极有层次，煞费苦心，然而一点理论的色彩都没有。也许有人会说，人家在这里本来就不想讲理论而只想讲实践的。我们即使承认这一句话是对的，但是，什么是"仁"，什么是"义"？这在理论上总应该有点交代吧，然而，提到"仁""义"的地方虽多，也只能说是模糊语言，读者或听者并不能得到一点清晰的概念。

秦代以后，到了唐代，以儒家道统传承人自命的大儒韩愈，对伦理道德的理论问题也并没有说清楚。他那一篇著名的文章《原道》一开头就说：

　　博爱之谓仁，行而宜之之谓义，由是而之焉之谓道，足乎己无待于外之谓德。

句子读起来铿锵有力，然而他想什么呢？他只有对"仁"字下了一个"博爱"的定义？而这个定义也是极不深刻的。此外几乎全是空话。"行而宜之"的"宜"意思是"适宜"，什么是"适宜"呢？这等于没有说。"由是而之焉"的"之"字，意思是"走"。"道"是人走的道路，这又等于白说。至于"德"字，解释又是根据汉儒那一套"德者得也"，说了仍然是让人莫名其妙。至于其他朝代的其他儒家学者，对仁义道德的解释更是五花八门，莫衷一是。我不是伦理学者，现在也不是在写中国伦理学史，恕我不再一一列举了。

我在上面极其概括地讲了从先秦一直到韩愈儒家关于仁义道德的看法。现在，我忽然想到，我必须做一点必要的补充。我既然认为，处理好天人关系在道德范畴内居首要地位，就必须探讨一下，中国古代对于这个问题是怎样看的。换句话说，我必须探讨一下先秦时代一些有代表性的哲学家对天、地、自然等概念是怎样界定的。

首先谈"天"。一些中国哲学史家认为，在春秋末期哲学家们争论的主要问题之一是"天"是否是有人格有意志的神？这些哲学家大体上可以分为两个阵营：一个阵营主张不是，他们认为天是物质性的东西，就是我们头顶的天。这可以老子为代表。汉代《说文解字》的"天，颠也，至高无上"，可以归入此类。一个阵营的主张是，他们认为天就是上帝，能决定人类的命运，决定个人的命运。这可以孔子为代表。有一些中国哲学史袭用从前苏联贩卖过来的办法，先给每一个哲学家贴上一张标签，不是唯心主义，就是唯物主义，把极端复杂的思想问题简单化了。这种做法为我所不取。

老子《道德经》中在几个地方都提到天、地、自然等等。他说：

人法地，地法天，天法道，道法自然。（二十五章）

在这一段话里老子哲学的几个重要概念都出现了。他首先提出"道"这个概念，在他以后的中国哲学史上起着重要的作用。这里的"天"显然不是有意志的上帝，而是与"地"相对的物质性的东西。这里的"自然"是最高原则。老子主张"无为"，"自然"不就是"无为"吗？他又说：天地不仁，以万物为刍狗。（五章）明确说天地是没有意志的。他又说：

道之尊，德之贵，夫莫之命而常自然。（五十一章）

道德不发号施令，而是让万物自由自在地成长。总而言之，老子认为天不是神，而是物质的东西。

几乎可以说，与老子形成对立面的是孔子。在《论语》中有许多讲到"天"的地方。孔子虽然说"子不语怪力乱神"，但是，在他的心目中是有神的，只不过是"敬鬼神而远之"而已。"天"在孔子看来也是有人格有意志的神。孔子关于"天"的话我引几条：

> 天何言哉！四时行焉，百物生焉，天何言哉！
>
> 天之将丧斯文也，后死者不得与于斯文也；天之未丧斯
> 文也，匡人其如予何！
>
> 天生德于予，桓魋其如予何！

孔子还提倡"天命"，也就是天的意志，天的命令。自命为孔子继承人的孟子，对"天"的看法同孔子差不多。他有一段常被征引的话：

> 天之将降大任于斯人也，必先苦其心志，劳其筋骨，
> 饿其体肤，空乏其身，行拂乱其所为。所以动心忍性，曾
> （增）益其所不能。

在这里，"天"也是一个有意志的主宰者。

也被认为是儒家的荀子，对"天"的看法却与老子接近，而与孔孟迥异其趣。他不承认天是有人格有意志的最高主宰者。有的哲学史家说，荀子直接把"天"解释为自然界。我个人认为，这是非常重要也非常正确的解释。荀子主要是在《天论》中对"天"做了许多唯物的解释，我不去抄录。我想特别提出"天养"说："财非

其类以养其类，夫是之谓天养。"意思是说人类利用大自然养活自己。这也是很重要的思想。多少年前我曾写过一篇论文《天人合一新解》，我当时没有注意到荀子对"天"的解释，所以自命为"新解"，其实并不新了。荀子已先我二千多年言之矣。我的贡献在于结合当前世界的情况，把"天人合一"归入道德最高标准而已。这一点我在上面讲天人关系一节中已经讲到，请读者参阅。

我在上面只讲了老子、孔子、孟子和荀子。其他诸子对"天"的看法也是五花八门的。因为同我要谈的问题无关，我不一一论列。我只讲一下墨子，他认为"天"是有意志的，这同儒家的孔孟差不多。

我的补充解释就到此为止。

尽管荀子对"天"的认识已经达到了很高的水平，但是支配中国思想界的儒家仍然是保守的。我想再回头分析一下上面已经提到过的格、致等八个层次。前五项都与修身有关，后三项则讲的是社会关系，没有一项是天人关系的。这是什么原因呢？根据我个人肤浅的看法，先秦儒家，大概同一般老百姓一样，觉得天离开人们远，也有点恍兮惚兮，不容易捉摸，而人际关系则是摆在眼前的，时时处处都会碰上，不注意解决是不行的。我们汉族是一个偏重实际的民族，所以就把注意力大部分用在解决社会关系和个人修身上面了。

几千年来，在中国的封建社会中，有很多形成系列的道德教条，什么仁、义、礼、智、信，什么孝、悌、忠、信、廉、耻，如此等等，不一而足。每一个人在社会中的地位也排列得井井有条，比如五伦之类。亲属间的称呼也有条不紊，什么姑夫、舅父、表姑、表舅等等，世界上哪一种语言也翻译不出来，甚至在当前的中国，除了年纪大的一些人以外，年轻人自己也说不明白了。《白虎通》的三纲、六纪，陈寅恪先生认为是中国文化的精义之所寄，可见中国这一些处理社会关系的准则在他心目中的重要地位了。

上面讲的是社会关系和个人修身问题。至于天人关系，除了先秦诸子所讲的以外，中国历代还有一种说法，就是所谓"天子"，说皇帝是上天的儿子。这种说法对皇帝和臣民都有好处。皇帝以此来吓唬老百姓，巩固自己的地位。臣下也可以适当地利用它来给皇帝一点制约，比如利用日食、月食、彗星出现等等"天变"来向皇帝进谏，要他注意修德，要他注意自己的行动，这对人民多少有点好处。

把以上所讲的归纳起来看，本文中所讲的三个关系，第二个关系社会关系和第三个个人修身问题，人们早已注意到了，而且一贯加以重视了。至于天人关系，虽也已注意到，但只是片面讲，其间的关系则多所忽略，特别是对大自然能够报复则认识比较晚，这情况中西皆然。只是到了西方产业革命以后，西方科技发展迅猛，人们忘乎所以，过分相信"人定胜天"的力量，以致受到了自然的报复，才出现了恩格斯所说的那种情况。到了今天，世界上一些有识之士，其中包括一些国家领导人，如梦初醒，惊呼"环保"不止。然而，从世界范围来看，并不是每个人都清醒够了，污染大气、破坏生态平衡的举动仍然到处可见，我个人的看法是不容乐观。因此我才把处理好天人关系提高到伦理道德的高标准来加以评断。

从一部人类发展前进的历史来看，三个关系的各自的对立面并不是固定不变的，而是变动不居的，因此制约这些关系的伦理道德教条也不可能一成不变。各个时代，各个民族，各个国家，情况不一，要求不一，道德标准也不可能统一。因此，我们必须提出，对过去的道德标准一定要批判继承。过去适用的，今天未必适用；今天适用的，将来未必适用。在道德教条中有的寿命长，有的寿命短。有的可能适用于全人类，有的只能适用于某一些地区。适用于一切时代，一切地区，万古长青的道德教条恐怕是绝无仅有的。

文章已经写得很长，必须结束了。我再着重说明一下，我不是伦理学家，没有研究过伦理学史。我只是习惯于胡思乱想。我常感觉到，中国以及世界上道德教条多如牛毛，如粒粒珍珠，熠熠闪光。可是都有点各自为政，不相贯联。我现在不揣冒昧提出了一条贯串众珠的线，把这些珠子穿了起来。是否恰当？自己不敢说。请方家不吝教正。

2001年5月25日

漫谈撒谎

（一）

世界上所有的堂堂正正的宗教，以及古往今来的贤人哲士，无不教导人们：要说实话，不要撒谎。笼统来说，这是无可非议的。

最近读日本稻盛和夫、梅原猛著，卞立强译的《回归哲学》第四章，梅原和稻盛两人关于不撒谎的议论。梅原说："不撒谎是最起码的道德。自己说过的事要实行，如果错了就说错了——我希望现在的领导人能做到这样最普通的事。苏格拉底可以说是最早的哲学家，在苏格拉底之前有些人自称是诡辩家、智者。所谓诡辩家，就是能把白的说成黑的，站在A方或反A方同样都可以辩论。这样的诡辩家教授辩论术，曾经博得人们欢迎。原因是政治需要颠倒黑白的辩论术。"

在这里，我想先对梅原的话加上一点注解。他所说的"现在的领导人"，指的是像日本这样国家的政客。他所说的"政治需要颠倒黑白的辩论术"，指的是古代希腊的政治。

梅原在下面又说："苏格拉底通过对话揭露了掌握这种辩论术的诡辩家的无智。因而他宣称自己不是诡辩家，不是智者，而是'爱智者'。这是最初的哲学。我认为哲学家应当回归其原点，恢复语言的权威。也就是说，道德的原点是'不撒谎'……不撒谎是道德的基本和核心。"

梅原把"不撒谎"提高到"道德原点"的高度，可见他对这个问题是多么重视。我们且看一看他的对话者稻盛是怎样对待这个问题的。稻盛首先表示同意梅原的意见。可是，随后他就撒谎问题做了一些具体的分析。他讲到自己的经历，他说，有一个他敬仰的颇有点浪漫气息的人对他说："稻盛，不能说假话，但也不必说真话。"他听了这话，简直高兴得要跳起来。接着他就写了下面一段话："我从小父母也是严格教导我不准撒谎。我当上了经营的负责人之后，心里还是这么想：说谎可不行啊！可是，在经营上有关企业的机密和人事等问题，有时会出现很难说真话的情况。我想我大概是为这些难题苦恼时而跟他商量的。他的这种回答在最低限度上贯彻了'不撒谎'的态度，但又不把真实情况和盘托出，这样就可以求得局面的打开。"

上面我引用了两位日本朋友的话，一位是著名的文学家，一位是著名的企业家。他们俩都在各自的行当内经过了多年的考验与磨炼，都富于人生经验。他们的话对我们会有启发的。我个人觉得，稻盛引用的他那位朋友的话："不能说假话，但也不必说真话。"最值得我们深思。我的意思就是，对撒谎这类的社会现象，我们要进行细致的分析。

（二）

我们中国的父母，同日本稻盛的父母一样，也总是教导子女：不要撒谎。可怜天下父母心，总希望自己的子女能做一个堂堂正正的人，一个诚实可靠的人。如果子女撒谎成性，就觉得自己脸面无光。

不但父母这样教导，我们从小受教育也接受这种要诚实、不撒谎的教育。我记得小学教科书上讲了一个故事，内容是：一个牧童在村外牧羊，有一天忽然想出了一个坏点子，大声狂呼："狼来了！"村里的人听到呼声，都争先恐后地拿上棍棒，带上斧刀，跑往村外，到了牧童所在的地方，那牧童却哈哈大笑，看到别人慌里慌张，觉得很开心，又很得意。谁料过了不久，果真有狼来了，牧童再狂呼时，村里的人却毫无动静，他们上当受骗一次，不想再重蹈覆辙。牧童的结果怎样，就用不着再说了。

所有这一些教导都是好的，但是也有一个共同的缺点，就是缺乏分析。

上面我说到，稻盛对撒谎问题是进行过一些分析的。同样，几百年前的法国大散文家蒙田（1533年—1592年），对撒谎问题也是做过分析的。在《蒙田随笔》上卷第九章《论撒谎者》，蒙田写道："有人说，感到自己记性不好的人，休想成为撒谎者，这样说不无道理。我知道，语法学家对说假话和撒谎是做区别的。他们说，说假话是指说不真实的，但却信以为真的事，而撒谎一词源于拉丁语（我们的法语就源于拉丁语）。这个词的定义包含违背良智的意思，因此只涉及那些言与心违的人。"

大家一琢磨就能够发现，同样是分析，但日本朋友和蒙田的着眼点和出发点，都是不同的。其间区别是相当明显的，用不着再来啰唆。

记得鲁迅先生有一篇文章，讲的是一个阔人生子庆祝，宾客盈门，竞相献媚。有人说：此子将来必大富大贵。主人喜上眉梢。又有人说，此子将来必长命百岁。主人乐在心头。忽然有一个人说：此子将来必死。主人怒不可遏。但是，究竟谁说的是实话呢？

写到这里，我自己想对撒谎问题来进行点分析。我觉得，德国人很聪明，他们有一个词儿notluege，意思是"出于礼貌而不得不撒的谎"。一般说来，不撒谎应该算是一种美德，我们应该提倡。但是不能顽固不化。假如你被敌人抓了去，完全说实话是不道德的，而撒谎则是道德的。打仗也一样。我们古人说"兵不厌诈"，你能说这是不道德吗？我想，举了这两个小例子，大家就可以举一反三了。

1996年12月7日

隔膜

鲁迅先生曾写过关于"隔膜"的文章，有些人是熟悉的。鲁迅的"隔膜"，同我们平常使用的这个词儿的含义不完全一样。我们平常所谓"隔膜"是指"情意不相通，彼此不了解"。鲁迅的"隔膜"是单方面的以主观愿望或猜度去了解对方，去要求对方。这样做，鲜有不碰钉子者。这样的例子，在中国历史上并不稀见。即使有人想"颂圣"，如果隔膜，也难免撞在龙犄角上，一命呜呼。

最近读到韩升先生的文章《隋文帝抗击突厥的内政因素》（《欧亚学刊》第二期），其中有几句话：

对此，从种族性格上斥责突厥"反复无常"，其出发点是中国理想主义感情性的"义"观念。国内伦理观念与国际社会现实的矛盾冲突，在中国对外交往中反复出现，深值反思。

这实在是见道之言，值得我们深思。我认为，这也是一种"隔膜"。

记得当年在大学读书时，适值"九一八"事件发生，日军入寇东北。中国军队实行不抵抗主义，南京政府派大员赴日内瓦国联（相当于今天的联合国）控诉，要求国联伸张正义。当时我还属于隔膜党，义愤填膺，等待着国际伸出正义之手。结果当然是落了空。我颇恨恨不已了一阵子。

在这里，关键是什么叫"义"？什么叫"正义"？韩文公说："行而宜之之谓义。"可是"宜之"的标准是因个人而异的，因民族而异的，因国家而异的，因立场不同而异的。不懂这个道理，就是"隔膜"。

懂这个道理，也并不容易。我在德国住了十年，没有看到有人在大街上吵架，也很少看到小孩子打架。有一天，我看到就在我窗外马路对面的人行道上，两个男孩在打架，一个大的约十三四岁，一个小的只有七八岁，个子相差一截，力量悬殊明显。不知为什么，两个人竟干起架来。不到一个回合，小的被打倒在地，哭了几声，立即又爬起来继续交手，当然又被打倒在地。如此被打倒了几次，小孩边哭边打，并不服输，日耳曼民族的特性昭然可见。此时周围已经聚拢了一些围观者。我总期望，有一个人会像在中国一样，主持正义，说一句："你这么大了，怎么能欺负小的呢！"但是没有。最后还是对门住的一位老太太从窗子里对准两个小孩泼出了一盆冷水，两个小孩各自哈哈大笑，战斗才告结束。

这件小事给了我一个重要的教训：在西方国家眼中，谁的拳头大，正义就在谁手里，我从此脱离了隔膜党。

今天，我们的国家和人民都变得更加聪明了，与隔膜的距离越来越远了。我们努力建设我们的国家，使人民的生活水平越来越提高。对外我们决不侵略别的国家，但也决不允许别的国家侵略我们。我们也讲主持正义，但是，这个正义与隔膜是不搭界的。

2001年2月27日

毁誉

好誉而恶毁，人之常情，无可非议。

古代豁达之人倡导把毁誉置之度外。我则另持异说，我主张把毁誉置之度内。置之度外，可能表示一个人心胸开阔，但是，我有点担心，这有可能表示一个人的糊涂或颟顸。

我主张对毁誉要加以细致的分析。首先要分清：谁毁你？谁誉你？在什么时候？在什么地方？由于什么原因？这些情况弄不清楚，只谈毁誉，至少是有点模糊。

我记得在什么笔记上读到过一个故事。一个人最心爱的人，只有一只眼。于是他就觉得天下人（一只眼者除外）都多长了一只眼。这样的毁誉能靠得住吗？

还有我们常常讲什么"党同伐异"，又讲什么"臭味相投"

等等。这样的毁誉能相信吗？

孔门贤人子路"闻过则喜"，古今传为美谈。我根本做不到，而且也不想做到，因为我要分析：是谁说的？在什么时候，在什么地点，因为什么而说的？分析完了以后，再定"则喜"，或是"则怒"。喜，我不会过头；怒，我也不会火冒十丈，怒发冲冠。孔子说："野哉，由也！"大概子路是一个粗线条的人物，心里没有像我上面说的那些弯弯绕。

我自己有一个颇为不寻常的经验。我根本不知道世界上有某一位学者，过去对于他的存在，我一点都不知道，然而，他却同我结了怨。因为，我现在所占有的位置，他认为本来是应该属于他的，是我这个"鸠"把他这个"鹊"的"巢"给占据了。因此，勃然对我心怀不满。我被蒙在鼓里，很久很久，最后才有人透了点风给我。我不知道，天下竟有这种事，只能一笑置之。不这样又能怎样呢？我想向他道歉，挖空心思，也找不出丝毫理由。

大千世界，芸芸众生，由于各人禀赋不同，遗传基因不同，生活环境不同，所以各人的人生观、世界观、价值观、好恶观等等，都不会一样，都会有点差别。比如吃饭，有人爱吃辣，有人爱吃咸，有人爱吃酸，如此等等。又比如穿衣，有人爱红，有人爱绿，有人爱黑，如此等等。在这种情况下，最好是各人自是其是，而不必非人之非。俗语说："各人自扫门前雪，不管他人瓦上霜。"这话本来有点贬义，我们可以正用。每个人都会有友，也会有"非友"，我不用"敌"这个词儿，避免误会。友，难免有誉；非友，难免有毁。碰到这种情况，最好抱上面所说的分析的态度，切不要笼而统之，一锅糊涂粥。

好多年来，我曾有过一个"良好"的愿望：我对每个人都好，也希望每个人对我都好。只望有誉，不能有毁。最近我恍然大悟，那是根本不可能的。如果真有一个人，人人都说他好，这个人很可能是一个极端圆滑的人，圆滑到琉璃球又能长只脚的程度。

1997年6月23日

三思而行

　　"三思而行"，是我们现在常说的一句话。主要劝人做事不要鲁莽，要仔细考虑，然后行动，则成功的可能性会大一些，碰壁的可能性会小一些。

　　要数典而不忘祖，也并不难。这个典故就出在《论语·公冶长第五》："季文子三思而后行。子闻之曰：'再，斯可矣。'"这说明，孔老夫子是持反对意见的。吾家老祖宗文子（季孙行父）的三思而后行的举动，二千六七百年以来，历代都得到了几乎全天下人的赞扬，包括许多大学者在内。查一查《十三经注疏》，就能一目了然。《论语正义》说："三思者，言思之多，能审慎也。"许多书上还表扬了季文子，说他是"忠而有贤行者"。甚至有人认为三思还不够。《三国志·吴志·诸葛恪传注》中说，有人劝恪"每事必十思"。可是我们的孔圣人却冒天下之大不韪，批评了季文子三思过多，只思二次（再）就够了。

这怎么解释呢？究竟谁是谁非呢？

我们必须先弄明白，什么叫"三思"。总起来说，对此有两个解释，一个是"言思之多"，这在上面已经引过。一个是"君子之谋也，始衷（中）终皆举之而后入焉"。这话虽为文子自己所说，然而孔子以及上万上亿的众人却不这样理解。他们理解，一直到今天，仍然是"多思"。

多思有什么坏处呢？又有什么好处呢？根据我个人几十年来的体会，除了下围棋、象棋等等以外，多思有时候能使人昏昏，容易误事。平常骂人说是"不肖子孙"，意思是与先人的行动不一样的人。我是季文子的最"肖"子孙。我平常做事不但三思，而且超过三思，是否达到了人们要求诸葛恪做的"十思"，没做统计，不敢乱说。反正是思过来，思过去，越思越糊涂，终而至头昏昏然，而仍不见行动，不敢行动。我这样一个过于细心的人，有时会误大事的。我觉得，碰到一件事，决不能不思而行，鲁莽行动。记得当年在德国时，法西斯统治正如火如荼，一些盲目崇拜希特勒的人，常常使用一个词儿Darauf-galngertum，意思是"说干就干，不必思考"。这是法西斯的做法，我们必须坚决扬弃。遇事必须深思熟虑，先考虑可行性，考虑的方面越广越好。然后再考虑不可行性，也是考虑的方面越广越好。正反两面仔细考虑完以后，就必须加以比较，做出决定，立即行动。如果你考虑正面，又考虑反面之后，再回头来考虑正面，又再考虑反面，那么，如此循环往复，终无宁日，最终成为考虑的巨人，行动的侏儒。

所以，我赞成孔子的"再，斯可矣"。

1997年5月11日

慈善是道德的积累

我是搞语言的，要我来讲道德，讲慈善，实在是有些惶恐。

什么是道德？这是一个大问题，可以写一本书。简单说来，道德是一种社会意识，是一种不依靠外力的特殊的行为规范。道德以善与恶、美与丑、真与伪等概念调整人与人、人与社会之间的关系。我国正处在一个大发展、大变革时期，稳定是第一位的，一定要处理好人与人、人与社会之间的关系。除了法律、行政手段的进一步强化和完善以外，道德是社会稳定发展必不可少的行为规范和调节手段。

在中国的传统道德中，伦理道德有很重要的位置，伦理就是解决人与人之间关系的，儒家讲的三纲六纪就是规定了君臣父子夫妇兄弟朋友之间关系的准则。这里有糟粕的地方，因为人与人之间应该是平等的，不应该谁是谁的纲。儒家强调要处理好人的各方面社会关系，还有许多值得批判吸收的东西。比方对父母的关系，中国人讲孝，这个孝字在英文没有这样一个词，要用两个词才能表述这个意思。所以西方的老人晚年是十分凄凉的。中西的道德是有区别的。我举个例子，我在欧洲住的年头不少，我看小孩子打架，一个十三四岁，一个七八岁，结果小的被打倒了，哭一阵爬起来再打。要在中国就会有人讲了，大的怎么欺侮小的呢。他们那儿没人管，他们认为力量、拳头是第一位的，不管你大小，只要把别人打倒就是正当的。西方道德中也有对我们有用的。我国传统的伦理道德应批判继承，精华留下，糟粕去掉。对外国好的，也可以学习，不要排斥。

慈善是良好道德的发扬，又是道德积累的开端。孟子说："恻隐之心，仁之端也。"一个社会的良好的道德风尚，一个人良好的道德修养，不是从天上掉下来的，要宣传教育，要舆论引导，更要实践、参与。慈善是具有广泛群众性的道德实践。慈善可以是很高的层次，无私奉献，也可以有利己的目的，比如图个好名声，或者避税，或者领导号召不得不响应；为慈善付出的可以很大也可以很少，可以是金钱也可以是时间、精神，层次很多，幅度很大，不管在什么条件下，出于什么动机，只要他参与了，他就开始了他的道德积累。所以我主张慈善不要问动机。毛泽东同志讲动机与效果的辩证统一，我的理解，效果是决定因素。"四人帮"有个特点，就是抓活思想，抓活思想就是追究动机。过去有句古话："有心为善，虽善不赏，无心为恶，虽恶不罚"，这是典型的动机唯心主义。

一寸光阴不可轻

中华乃文章大国，北大为人文渊薮，二者实有密不可分的联系，倘机缘巧遇，则北大必能成为产生文学家的摇篮。五四运动时期是一个具体的例证，最近几十年来又是一个鲜明的例证。在这两个时期的中国文坛上，北大人灿若列星。这一个事实我想人们都会承认的。

最近若干年来，我实在忙得厉害，像50年代那样在教书和搞行政工作之余还能有余裕的时间读点当时的文学作品的"黄金时代"一去不复返了。不过，幸而我还不能算是一个懒汉，在"内忧""外患"的罅隙里，我总要挤出点时间来，读一点北大青年学生的作品。《校刊》上发表的文学作品，我几乎都看。前不久我读到《北大往事》，这是北大70、80、90三个年代的青年回忆和写北大的文章。其中有些篇思想新鲜活泼，文笔清新俊逸，真使我耳目为之一新。中国古人说："雏凤清于老凤声。"我——如果大家允许我也在其中滥竽一席的话——和我们这些"老凤"，真不能不向你们这一批"雏凤"投过去羡慕和敬佩的眼光了。

但是，中国古人又说："满招损，谦受益。"我希望你们能够认真体会这两句话的含义。"倚老卖老"，固不足取，"倚少卖少"也同样是值得青年人警惕的。天下万事万物，发展永无穷期。人外有人，天外有天，"老子天下第一"的想法是绝对错误的。你们对我们老祖宗遗留下来的浩如烟海的文学作品必须有深刻的了解。最好能背诵几百首旧诗词和几十篇古文，让它们随时涵蕴于你心中，低吟于你们口头。这对于你们的文学创作和人文素质的提高，都会有极大的好处。不管你们现在或将来是教书、研究、经商、从政，或者是专业作家，都是如此，概莫能外。对外国的优秀文学作品，也必实下一番功夫，简练揣摩。这对你们的文学修养是绝不可少的。如果能做到这一步，则你们必然能融会中西，贯通古今，创造出更新更美的作品。

宋代大儒朱子有一首诗，我觉得很有针对性，很有意义，我现在抄给大家：

少年易老学难成，
一寸光阴不可轻。

未觉池塘春草梦，

阶前梧叶已秋声。

这一首诗，不但对青年有教育意义，对我们老年人也同样有教育意义。文字明白如画，用不着过多的解释。光阴，对青年和老年，都是转瞬即逝，必须爱惜。"一寸光阴一寸金，寸金难买寸光阴"，这是我们古人留给我们的两句意义深刻的话。

你们现在是处在"燕园幽梦"中，你们面前是一条阳关大道，是一条铺满了鲜花的阳关大道。你们要在这条大道上走上六十年、七十年、八十年，或者更多的年，为人民、为人类做出出类拔萃的贡献。但愿你们永不忘记这一场燕园梦，永远记住自己是一个北大人，一个值得骄傲的北大人。这个名称会带给你们美丽的回忆，带给你们无量的勇气，带给你们奇妙的智慧，带给你们悠远的憧憬。有了这些东西，你们就会自强不息，无往不利，不会虚度此生。这是我的希望，也是我的信念。

1998年5月3日

（本文是为《燕园幽梦》写的序）

长寿之道

我已经到了望九之年，可谓长寿矣。因此经常有人向我询问长寿之道，养生之术。

我敬谨答曰："养生无术是有术。"

这话看似深奥，其实极为简单明了。我有两个朋友，十分重视养生之道，每天锻炼身体，至少要练上两个钟头。曹操诗曰："对酒当歌，人生几何？"人生不过百年，每天费上两个钟头，统计起来，要有多少钟头啊！利用这些钟头，能做多少事情呀！如果真有用，也还罢了。他们二人，一个先我而走，一个卧病在家，不能出门。

因此，我首创了三"不"主义：不锻炼、不挑食、不嘀咕，名闻全国。

我这个三不主义，容易招误会，我现在利用这个机会解释一下。我并不绝对反对适当的体育锻炼。锻炼但不要过头。一个人如果天天望长寿如大旱之望云霓，而又绝对相信体育锻炼，则此人心态恐怕有点失常，反不如顺其自然为佳。

至于不挑食，其心态与上面相似。常见有人年才逾不惑，就开始挑食，蛋黄不吃，动物内脏不吃，每到吃饭，战战兢兢，如履薄冰，窘态可掬，看了令人失笑。以这种心态而欲求长寿，岂非南辕而北辙！

我个人认为，第三点最为重要。对什么事情都不嘀嘀咕咕，心胸开朗，乐观愉快，吃也吃得下，睡也睡得着，有问题则设法解决之，有困难则努力克服之，决不视芝麻绿豆大的窘境如须弥山般大，也决不毫无原则随遇而安，决不玩世不恭。"应尽便须尽，无复独多虑。"有这样的心境，焉能不健康长寿？

我现在还想补充一点，很重要的一点。根据我个人七八十年的经验，一个人决不能让自己的脑筋投闲置散，要经常让脑筋活动着。根据外国一些科学家实验结果，"用脑伤神"的旧说法已经不能成立，应改为"用脑长寿"。人的衰老主要是脑细胞的死亡。中老年人的脑细胞虽然天天死亡，但人一生中所启用的脑细胞只占细胞总量的四分之一，而且在活动的情况下，每天还有新的脑细胞产生。只要脑筋的活动不停止，新生细胞比死亡细胞数目还要多。勤于动脑筋，则能经常保持脑中血液的流通状态，而且能通过脑筋协调控制全身的功能。

我过去经常说："不要让脑筋闲着。"我就是这样做的。结果是有人说我"身轻如燕，健步如飞"。这话有点过了头，反正我比同年龄人要好些，这却是真的。原来我并没有什么科学根据，只能算是一种朴素的直觉。现在读报纸，得到了上面认识。在沾沾自喜之余，谨做补充如上。

这就是我的"长寿之道"。

1997年10月29日

图书在版编目（CIP）数据

读书与做人／季羡林著 .—— 北京：北京十月文艺
出版社，2021.8
　（季羡林典藏文集）
　ISBN 978-7-5302-1998-0

　Ⅰ.①读… Ⅱ.①季… Ⅲ.①散文集－中国－现代
Ⅳ.①I266

中国版本图书馆 CIP 数据核字（2019）第 205910 号

读书与做人
DUSHU YU ZUOREN

季羡林　著

出　　版　北 京 出 版 集 团
　　　　　北京十月文艺出版社
地　　址　北京北三环中路 6 号
邮　　编　100120
网　　址　www.bph.com.cn
发　　行　新经典发行有限公司
　　　　　电话（010）68423599
经　　销　新华书店
印　　刷　河北鹏润印刷有限公司
版　　次　2021 年 8 月第 1 版
印　　次　2024 年 3 月第 8 次印刷
开　　本　850 毫米 ×1168 毫米　1/32
印　　张　11.75
字　　数　221 千字
书　　号　ISBN 978-7-5302-1998-0
定　　价　49.00 元

质量监督电话　010-58572393
如有印装质量问题，由本社负责调换